CHRISTIAN
LANGE

DIE ÆGYPTISCHE MASCHINE

EIS UND DAMPF

Dieser Titel ist auch als E-Book erhæltlich:
ISBN 978-3-86762-336-0

Autor: Christian Lange
Lektorat: Judith C. Vogt
Korrektorat: Frank Roßnagel
Satz und Gestaltung: Oliver Graute

1. Auflage 2018
ISBN 978-3-86762-335-3
Gedruckt in der EU

www.feder-und-schwert.com

Erich von Däniken gewidmet

Der mir klar gemacht hat, dass der Weg, den alle gehen, nicht der einzig richtige sein muss.
Mit Mut und Phantasie kann man auch abseits der Wege Antworten finden.

Traut euch, Pfade zu verlassen.
Traut eurer Phantasie.

Kapitel 1

„Wo bin ich?“ Er öffnete die Augen, doch konnte nichts sehen. Seine Hände tasteten im Dunkeln umher. Was war geschehen? Er spüre harten, rauen Stein unter sich. Sandstein, weder warm noch kalt.

War er tot? Oder schlimmer noch, hatte man ihn begraben, weil man ihn für tot hielt?

Plötzlich bekam er keine Luft mehr. Die Angst schnürte ihm die Kehle zu. Er brauchte Luft.

Hatte man ihn in einen Sarg gesteckt?

Seine Hände wedelten durch die Luft, suchten etwas Greifbares. Nein, über ihm war kein Sargdeckel; soweit er fühlen konnte, war da nichts um ihn herum bis auf den steinernen Boden, auf dem er lag.

Langsam begann er wieder zu atmen.

Ein und Aus. Ein und Aus.

Vorsichtig setzte er sich auf und lauschte.

Nichts.

Kein Scharren, kein Krabbeln, kein Kratzen.

Nichts, gar nichts.

Er sollte um Hilfe rufen, doch tat es nicht. Irgendetwas sagte ihm, dass keine Hilfe zu erwarten war.

Was war nur geschehen? Woran erinnerte er sich?

Wieder war da nichts. Nur Dunkelheit.

War er doch tot?

Erwartete ihn nun das Totengericht? Er spürte die Angst, merkte, wie sie an ihm empor kroch, um ihm wieder die Luft zu nehmen.

War da etwas an seinen Beinen? Hinter ihm?

Hilflos schlug er um sich, stolperte, fiel. Keuchend kniete er in der Schwärze.

„Hilfe", flüsterte er.

Die Stille antwortet nicht.

„Hilfe", rief er lauter.

Niemand antwortete.

„Hilfe", brüllte er, so laut er nur konnte. Doch sein Schrei verhallte.

Er war allein. Allein in allumfassender Schwärze. Der Tod war schlimmer, als er erwartet hatte. Oder war dies ein Teil der Prüfung?

Wurde seine Seele auf diese Weise gewogen?

Seine Beine zitterten, als er sich erhob. *Aufrecht will ich sein. Stark, so wie ich es im Leben war, furchtlos.*

Doch die Furcht war noch da.

Sie lähmte ihn, machte ihn schwach. Er merkte, wie er schwankte, wie seine Beine zitterten.

Wenn er doch nur etwas sehen könnte!

Er kniff die Augen zu, so stark, dass sein Hirn ihm kleine, bunte Lichtblitze vorgaukelte.

Licht. Ich will Licht! Nur eine kleine Flamme, ein Funke würde genügen.

Er atmete ein, atmete aus. Dann öffnete er die Augen.

Er musste blinzeln, spürte Tränen, die seine Wangen hinabflossen.

Nie hätte er für möglich gehalten, wie glücklich ihn ein Funke Licht machen konnte.

Kapitel 2

Die eisernen Räder eilten über die Schienen. Jede Unebenheit, jede Abweichung gaben sie mit lautem Poltern an die Passagiere weiter.

Eve saß in ihrem Abteil und schaute hinaus. Frankreich sah so sehr anders aus als ihre Heimat Ængland. Hier gab es weniger Schnee, wenn auch die Berge noch schneebedeckt waren, aber vor allem gab es hier den allgegenwärtigen Dunst nicht, der alles auf der Insel einhüllte. Hier roch die Luft frischer, gesünder.

Die Abteiltür öffnete sich quietschend. Eve fuhr herum, ihre Hand ging zu ihrer Manteltasche.

Die alte Frau, die ihr schräg gegenübersaß, zuckte zusammen.

„*Les billets, s'il vous plaît.*“

Eve atmete aus, ließ den kleinen Revolver, wo er war.

„*Sorry, I don't speak French. Do you speak Ænglish?*“

Der Schaffner starrte sie ungerührt an, nur seine rechte Augenbraue hob sich ein wenig.

Natürlich. Die Franzosen weigerten sich stur, eine so unwichtige Sprache wie Ænglisch zu lernen. Und selbst wenn sie fähig wären, sie zu verstehen, war es ausgeschlossen, sie dazu zu bringen, sie auch zu nutzen.

„Deutsch?“

„Ah, Sie kommen aus Deutschland, Mademoiselle?“

Der Schaffner setzte sein bestes falsches Lächeln auf. So ein Klotz. Er wusste genau, dass sie von der Insel kam.

„Nein, Sir“, sie benutzte das „Sir“ mit voller Absicht. Sie kramte in ihrer Manteltasche und zog den Fahrschein heraus.

Mit gefrorener Miene nahm der Schaffner das Papier an sich und studierte es ausführlich.

Die Alte erhob sich umständlich und reichte dem Schaffner ihr Ticket, dabei drängte sie sich so unbeholfen an Eve vorbei, dass diese ein Stück zur Seite rücken musste, um den altmodischen Reifrock nicht im Gesicht zu haben.

„Von Calais nach Paris, soso“, murmelte der Schaffner halblaut, nachdem er die Alte kontrolliert und diese sich wieder auf ihren Sitz zurückgezogen hatte.

Eve kniff die Lippen zusammen. Zum einen, weil das Wort „Calais“ sie sofort an die stürmische Überfahrt über den ænglischen Kanal erinnerte. Der Luftraum über Ængland war häufig zu neblig und windig, um Luftschiffe einzusetzen. Also musste man notgedrungen die unbequeme Überfahrt über das unruhige Wasser nehmen. Ihr Magen hatte das nicht gut vertragen.

Zum anderen war Eve keinesfalls darauf erpicht, zu viel Aufmerksamkeit zu erregen – was ohnehin bereits geschah, wenn sie versuchte, sich ohne Kenntnis des Französischen durchzuschlagen. Niemand sollte wissen, dass sie unterwegs war. Schon gar nicht, wohin.

„Ja. Stimmt so weit alles mit den Papieren, Monsieur?“

Auch wenn es ihr gegen den Strich ging, so wollte sie dem Mann einen halben Schritt entgegenkommen, damit er nicht noch lauter über sie und ihren Fahrschein grübelte.

Sein Lächeln wurde breiter.

„Aber natürlich, Mademoiselle. Ich wünsche noch eine gute Fahrt bis zum *Gare du Nord.*“

Er gab ihr das Ticket zurück, deutete eine Verbeugung an und verließ ihre Kabine wieder.

Eve fluchte leise, bevor sie das Ticket wieder verstaute.

Die Alte erhob sich, murmelte etwas und schob sich umständlich aus der Kabine.

Eve wartete einen Moment, dann erhob sie sich und öffnete die Tür. Ein schneller Blick nach links. Nur die Alte, die den Gang entlang watschelte. Rechts lungerte jemand am Ende des Ganges herum. Er war groß, trug einen langen, dunklen und nicht sehr sauberen Mantel, und ein breitkrempiger Hut versteckte sein Gesicht.

Eve musterte den Fremden ein paar Augenblicke lang. War er es?

Schwer zu sagen.

Sie zog die Abteiltür wieder zu, schob die Vorhänge zu. Der Riegel würde kaum jemanden aufhalten, aber er gab ihr dennoch ein kleines Gefühl von Sicherheit.

Diese Reise war ein Risiko. In jeglicher Hinsicht. Alles sprach dagegen, derart ungeschützt auf eine so wichtige Mission zu gehen. Aber so sehr sie auch gegrübelt hatte, eine andere Option als diese war ihr nicht eingefallen.

Ein Blick auf die Uhr sagte ihr, dass der Zug noch eine knappe Stunde bis Paris unterwegs sein würde. Bereits jetzt konnte sie erste größere Siedlungen sehen. Vertrauter Rauch stieg auf.

Jemand rüttelte an der Tür. War es die alte Frau? Nein, das Rütteln war kräftig, Männerhände. Eve griff nach ihrem Revolver. Sollte sie einen Blick durch den Vorhang wagen?

Nein, sie drückte sich in eine Ecke, zielte mit der Waffe auf die Tür.

Das Rütteln hörte auf.

War es noch einmal der Schaffner? Nein, der würde klopfen, um sich anzukündigen. Eve hielt den Atem an.

Misstrauisch musterte sie das Fenster der Kabine. Sollte sie bei voller Fahrt versuchen, am Zug entlang in ein anderes Abteil zu gelangen?

Ein Knall unterbrach ihre Gedanken.

Die Tür flog auf, verfing sich im Vorhang. Eves Finger krümmte sich um den Abzug, sie drückte ab, der Schuss peitschte durch das kleine Abteil.

Jemand schrie auf, Schritte trampelten den Gang entlang. Der Vorhang wurde auseinandergerissen. Ein junger Mann erschien, seine Hautfarbe deutete darauf hin, dass er Osmane war. Sein Gesicht schmerzverzerrt, und der Stoff an seinem linken Ärmel färbte sich dunkel.

Er griff mit der Rechten in seine Jackentasche. Eve senkte die Waffe, doch bevor sie nachladen konnte, warf sich jemand auf den mutmaßlichen Osmanen. Die beiden Männer fielen in den Gang, Schmerzensschreie erklangen.

Eve zog ihre Reisetasche unter dem Sitz hervor und eilte zur Tür. Die Pistole vorgestreckt, wagte sie sich durch den flatternden Vorhang. Auf dem Boden rangen die beiden Männer miteinander; der Osmane und der Mann, den sie vorhin im Gang gesehen hatte, lagen auf dem Boden und prügelten aufeinander ein. Eve nutzte die Gelegenheit und rannte den Gang entlang in die andere Richtung. Fahrgäste reckten die Köpfe aus den Abteilen. Eve wich ihnen aus, rannte weiter.

Im nächsten Waggon angekommen, riss sie das Fenster auf und blickte hinaus: Gleich würden sie einen Vorort erreichen. Die ersten Häuser lehnten sich bereits an die Bahnstrecke.

Eve schob mit dem Fuß die Tür zur Herrentoilette auf. Ein Loch im Boden zeigte die vorbeirasenden Bahnschwellen. Der Geruch, der in der Kammer hing, war trotzdem ekelhaft. Doch sie schob ihre Tasche in die Kammer.

Während sie sich mit der rechten Hand an einer Haltestange festklammerte, riss sie mit der linken an der Nothalteleine. Abrupt wurde der Zug langsamer. Während Schreie aus Schmerz und Überraschung vom Lärm der Bremsen überdeckt wurden, hielt sich Eve mühevoll fest. Erst als der Zug fast stand, eilte sie in die Abtrittskabine und verriegelte sie. Sie schob den Vorhang zur Seite und linste hinaus.

Wie erhofft, verließen etliche Reisende eilig den Zug. Manche aus Angst, die meisten aus Neugier. Sie hörte wütende Stimmen im Zug, die Fragen des Schaffners nach dem Verursacher des ungewollten Zwischenfalls.

Es dauerte eine halbe Ewigkeit, bis Schaffner und Zugführer wohl beschlossen, die Fahrt fortzusetzen. Eve schaute nach draußen. Kaum ein Dutzend Schritte von ihr entfernt, kniete der Osmane und schaute gehetzt den Zug entlang, dann zwischen den Rädern hindurch auf die andere Zugseite. Eine Wunde am Arm war provisorisch verbunden. Der andere war nicht zu sehen.

Der Zug schnaufte los, der Osmane blieb zurück und schaute sich ratlos um.

Eve schloss die Augen und versuchte, den Gestank zu ignorieren. Paris war nicht mehr weit.

Kapitel 3

Schiete."

Hauke fluchte.

War das Weib abgesprungen oder im Zug geblieben?

Er lugte zwischen den Rädern hindurch. Der Osmane stand noch immer auf der anderen Seite des Zuges und schaute sich wild um.

Wahrscheinlich stellte er sich die gleiche Frage.

Dass sie die Notbremse gezogen hatte, war klar.

Zufälle gab es schließlich nicht. Sie war abgehauen, und kurz darauf war er quer durch den Gang geflogen. Hatte sie es geschafft, schnell aus dem Zug zu verschwinden oder nicht?

Entlang der Strecke standen etliche ärmliche Hütten. Die Zäune waren löchrig, die Gärten dahinter ungepflegt. Perfekt, um unterzutauchen.

Die Lok stieß einen langen Pfiff aus.

Hauke schaute sich noch einmal um. Sie war nirgends zu sehen. Er musterte seinen Gegner auf der anderen Seite, und als dieser gerade abgelenkt war, sprang Hauke los. Der Zug setzte sich stampfend in Bewegung. Der Friese griff eine Haltestange und zog sich hoch. Er öffnete die Tür, trat aber noch nicht ein. Aufmerksam beobachtete er die Umgebung. Etliche Anwohner standen am Gleis und gafften neugierig. Der Osmane blickte dem Zug hinterher. Seinen Gesichtsausdruck konnte Hauke nicht sehen, aber er erahnte seine Gedanken.

Dann stieg Hauke in den Waggon. Laut Fahrplan hielt der Zug erst wieder in Paris, es war also zwecklos, sie jetzt im Zug zu suchen. Er wollte keine zweite Notbremsung provozieren, sie war schon aufgescheucht genug. Er lugte ins erstbeste Abteil. Eine ältere Dame saß dort und schaute ziemlich verschreckt drein.

„Moin", sagte er beim Betreten. Ihre weit aufgerissenen Augen zeigten ihm, dass sein Erscheinungsbild wohl nicht gerade ihr Vertrauen erweckte. Er setzte sich neben die Tür, versuchte sich an einem Lächeln. Es half natürlich nicht, aber er hatte sein Bestes getan.

Hauke zog sich den Hut in die Stirn und versuchte, ein wenig zu schlafen.

o O o

Ein lautes Räuspern weckte ihn. Die alte Dame stand mit zusammengekniffenem Mund vor ihm. Er hob die Brauen, sie schaute bedeutsam nach oben. Ihr Koffer.

Ächzend erhob er sich. War er im Weg oder sollte er helfen? Viele Menschen wollten keine Hilfe von ihm. Irgendwie sah er wohl zu abstoßend oder vertrauensunwürdig aus. Er hatte sich noch keine genaueren Gedanken darüber gemacht.

Auch jetzt war keine Zeit dafür: Der Zug stand, das hieß, sie waren in Paris. Eilig griff er nach dem Koffer der Frau, wuchtete das schwere Teil auf den Boden. Dann murmelte er eine Verabschiedung und verließ den Zug. Ein Großteil der Passagiere war bereits ausgestiegen.

Schiete!

Eilig bahnte Hauke sich seinen Weg durch die Passagiere auf dem Bahnsteig. Doch sie war nirgends zu sehen.

Schiete, Schiete, Schiete!

Wütend trat er gegen einen Aufsteller voller Groschenblätter. Einige Hefte fielen zu Boden. Ein wütender kleiner Franzose mit pomadisierten Haaren quatschte ihn an, ohne dass Hauke auch nur ein Wort verstand. Na gut. Ein oder zwei Schimpfworte kannte er in vielen europäischen Sprachen. Das brachte seine Tätigkeit so mit sich.

Seufzend kramte er in seinem Mantel, kramte ein paar ænglische Münzen hervor und drückte sie dem Mann in die Hand. Er schnappte sich eines der Hefte.

La fée verte – Die grüne Fee. Was immer damit auch gemeint war. Egal.

Der Bahnsteig lehrte sich. Hauke senkte den Kopf.

Er hatte sie verloren. Und die Chancen, sie in Paris zu finden, standen schlecht. Die Stadt war riesig, hatte mehrere Bahnhöfe und Luftschiffhäfen. Bevor er hier jemanden gefunden hatte, der ihm weiterhalf, würden wertvolle Tage vergehen, und es wäre wahrscheinlich zu spät.

Er ließ sich auf einer Bank nieder und starrte vor sich hin. Die letzten Passagiere hatten den Zug verlassen. Ein einsamer alter Mann mit einem Besen machte sich daran, den Bahnsteig zu säubern.

Was nun?

Hauke griff sich an die linke Schulter und knetete sie. Sie schmerzte mal wieder.

Der alte Mann auf dem Bahnsteig hielt plötzlich inne und schaute zum Zug herüber. Der Friese folgte seinem Blick: Eine Tür öffnete sich langsam. Vorsichtig zog sich Hauke hinter einen der zahlreichen eisernen Masten zurück, die das gläserne Bahnhofsdach trugen. Ein Frauenkopf schob sich aus der Tür und schaute sich um. Hauke grinste erleichtert. Manchmal brauchte man einfach Glück.

Nachdem sie sich davon überzeugt hatte, dass niemand ihr nachstellte, stieg sie endlich aus dem Zug. Sie rückte ihren Hut zurecht, aus dem ein paar Strähnen ihres braunen Haares hervorlugten, griff sich ihre Reisetasche und ging los. Schwankte sie ein wenig? Hauke war versucht, sein Versteck aufzugeben und ihr unter die Arme zu greifen.

Nein. Er musste im Verborgenen bleiben. So konnte er seinen Auftrag besser erfüllen.

Kapitel 4

Borchert schüttelte den Kopf.

Diese Wissenschaftler hielten sich immer für schlau, und doch kam man ihnen ganz einfach auf die Schliche. Er hielt inne.

Nun ja, eigentlich doch nicht.

Schon seit Monaten war er einer Sensation auf der Spur, aber immer wieder schaffte es das Objekt seiner Begierde, sich ihm zu entziehen. Doch jeder Mensch, egal, wie schlau er war, machte hin und wieder Fehler.

Auch dem berühmt-berüchtigten Professor Clockworth-Merenge war es nicht anders ergangen. Der Mann selbst war nicht zu fassen. Das war auch besser für ihn, musste Borchert zugeben. Denn abgesehen von ihm, dem zukünftig wichtigsten investigativen Reporter der GRÜNEN FEE, waren natürlich auch die Polizei, zahlreiche Geheimdienste und sicher auch andere Organisationen hinter dem Mann her.

Aber wer wandelnde Leichen, sogenannte Shellys, erschuf, der musste damit rechnen, dass halb Europa und wahrscheinlich auch andere Nationen und Interessengruppen hinter einem her waren.

Johann Ludwig Borchert ächzte beim Aussteigen.

Eve Bailiff, die vermutliche Vertraute des Professors entschwand gerade am Ende des Bahnsteigs in die Bahnhofshalle des Pariser Nordbahnhofes. Der unauffällig auffällige Fremde, der sie schon seit London verfolgte, tat dies auch hier.

Anfänger, murmelte Borchert. Er musste ihr nicht folgen, um zu wissen, wohin sie wollte. Während sich die Ahnungslose vom Schaffner hatte ablenken lassen, dem Borchert vorher ein paar Münzen zugesteckt hatte, war ihm ein Blick in ihre Tasche gelungen. Die Hoteladresse in Paris und einen Termin unterhalb des Eiffelturms am morgigen Tage hatte er erkennen können.

„Puis-je vous aider?", hörte Borchert eine Stimme.

Er versuchte, sich den Schreck nicht anmerken zu lassen. Der alte Mann, der hier offenbar den Bahnsteig zu fegen hatte, war ihm völlig entgangen.

Borchert wedelte mit seinem Fächer und versuchte, sein Gesicht zu verdecken. Er wollte jetzt nicht noch auffliegen.

Der Alte grinste ihn an und entblößte ein erstaunlich gepflegtes Gebiss. Borchert kniff die Zähne zusammen. Vielleicht war es doch keine so gute Idee gewesen, sich als alte Lady zu verkleiden. Eilig raffte er seine Röcke und stolzierte so schnell wie möglich aus der Reichweite des Alten.

Eine Mietdroschke vor der Tür brachte ihn schnell ins Hotel L'Égypte. Auch der Kutscher warf ihm grinsende Blicke zu, als er Borchert aus der Kutsche half.

Borchert versteckte sich wieder hinter seinem Fächer. Entweder war seine Verkleidung so schlecht, dass ihn alle Welt als verkleideten Mann erkannte, oder seine Verkleidung war so gut, dass sie ihm wirklich den Hof machten. Beides wäre unangenehm.

Die Bediensteten des Hotels hatten sich glücklicherweise besser im Griff.

„Ich hätte gern ein Zimmer", bat Borchert mit verstellter Stimme.

„*Bien sûr*, Fräulein", antwortete der Concierge. Um dessen Deutsch war es offensichtlich nicht gut bestellt. Aber Borchert blieb bei Deutsch, auch wenn er perfekt Französisch sprach. Tarnung und Verwirrung waren alles.

Während der Concierge die Formalitäten erledigte, schaute sich Borchert unauffällig um. Das Hotel gehörte zu jenen, die im neumodischen ægyptischen Stil erbaut worden waren. Seit Champollion begonnen hatte, die alten Zeichen der Ægypter zu entziffern, war alle Welt plötzlich wild auf die alte Kultur. Nun ja, zumindest die Franzosen. Aber die hielten sich ja auch für das Zentrum der Welt.

Die Dekoration war eine Mischung aus billigem bunten Gips und Stuck und einigen, vermutlich geschmuggelten, antiken Objekten. Ein steinerner Sarkophag schmückte die Halle, in Vitrinen standen Figürchen, sogar Schmuck konnte man bewundern. Dazu kamen an die Wände gemalte Zeichen, die vermutlich Hieroglyphen darstellen sollten. Borchert konnte die Schrift der alten Ægypter zwar nicht lesen, aber er wusste genug, um jenes Gekritzel als Fälschung zu erkennen.

„Deine Name, *s'il vous plaît*", bat der Concierge.

Borchert drehte sich um, griff nach der Feder.

Johann ... begann er und hielt inne. Der Concierge beobachtete ihn neugierig. Sapperlot, jetzt hätte er beinahe mit seinem richtigen Namen unterschrieben. Die halbe Welt kannte doch Johann Ludwig Borchert, den Starjournalisten der GRÜNEN FEE. Er wäre aufgeflogen, noch bevor es richtig begonnen hatte.

Er schluckte, setzte sein fraulichstes Lächeln auf und schrieb weiter: *... Johanna von Grünfee.*

Das sollte reichen, um seine Identität zu verschleiern, und war eine schöne Anekdote, wenn er die Geschichte später niederschreiben würde.

Der Concierge musterte den Namen, dann nickte er und händigte Borchert einen Zimmerschlüssel aus.

„Eine Frage, mein Guter." Borchert fächerte sich wie wild Luft zu. „Meine Nichte, die gute Eve Bailiff, ist auch in diesem Haus abgestiegen. Wissen Sie, wir haben uns seit damals, seit dieser unmöglichen Hochzeit zwischen dem Conte de Funes und der ehemaligen Duchess of …"

Ein Räuspern des Concierges unterbrach ihn. Das war auch gut so, denn Borchert fiel gerade keine passende englische Herzogin ein. Also kam er auf den Punkt.

„Gut, gut. Ich würde sie jedenfalls gern überraschen. Welches Zimmer hat sie doch gleich?"

Der Concierge kniff die Augen zusammen, dann wehrte er mit den Händen ab.

„Madame, was halten Du von …"

Borchert kannte die Geste. Er kramte einen Geldschein aus seiner Handtasche und ließ ihn unauffällig in die Hände des Mannes gleiten.

Der räusperte sich, beugte sich vor und flüsterte: „Die Dame ist in Zimmer 13, mein Herr."

Dann verneigte er sich kurz und wandte sich eilig dem nächsten Gast zu.

Kapitel 5

Er hasste Paris. Es war so groß, so laut, so … so viel. Überall liefen Menschen herum, Pferdefuhrwerke klapperten über das Pflaster, Karbiddroschken verpesteten die Luft.

Wer kam nur auf die Idee, dass es gut sei, so viele Menschen an einem Ort anzusiedeln?

Selbst London war ihm oft schon zu viel gewesen.

Na gut. Paris hatte trotz der Droschken bessere Luft als London. Aber das war nichts im Vergleich zu …

Hauke blieb stehen. Im Vergleich zu was?

Er war doch noch nie aus London weg gewesen. Oder doch?

Da war so ein Erinnerungsfetzen. Sand, Meer, ein weiter Blick. Vielleicht die Kanalküste? Ein Urlaub mit den Eltern?

Der Friese schaute sich um. Wo war sie hin?

Er sprang auf das Fundament einer Straßenlaterne, zog sich mit links hoch. Aufmerksam musterte er die Menschenmenge vor sich. Alles strömte irgendwohin. Mochte der Düwel wissen, wohin.

Da. Dort ging jemand gegen den Strom. Hauke erkannte den Hut.

Er sprang auf den Boden, bahnte sich seinen Weg durch die Menge.

Als er drei Armeslängen hinter ihr war, passte er sich ihrem Tempo an. Sie schien etwas zu suchen, schaute immer wieder auf einen Zettel.

Sie fragte sogar einige Passanten, hielt den Leuten den Zettel hin. Doch die schauten nicht einmal darauf, winkten nur unwirsch ab. Er hatte gute Lust, den unfreundlichen Franzosen Höflichkeit einzubläuen, doch er durfte keine Aufmerksamkeit erregen. Also stieß er nur einen fetten Pariser zur Seite. Natürlich begann sich der Kerl, auf die unnachahmliche Art der Franzosen aufzuregen. Doch es reichte, dass Hauke sich zu ihm umdrehte und ihn wortlos betrachtete. Der fette Kerl verzog das Gesicht, dann eilte er weiter.

Als Hauke sich wieder umwandte, hatte sie offenbar gefunden, was sie suchte: ein Hotel.

Der Friese rümpfte die Nase. Das Haus war furchtbar bunt und schrill. Er nickte dem Portier zu, als ob er ihn kennen würde und drückte sich ins Foyer. Hier war es ruhiger, aber nicht minder bunt.

Hauke kannte sich mit all dem ægyptischen Kram nicht aus, aber selbst ihm war klar, dass das meiste billige Fälschungen sein mussten. Früher hatte er auch mit diesem Zeug gehandelt. Dieses Gerede vom Fluch des Pharaos hatte immer zu vielen Streitigkeiten geführt. Er kratzte sich am Kopf. Mit wem hatte er sich gestritten?

Egal. Er drückte sich in einen Sessel, schnappte sich eine Zeitung und beobachtete sie.

Der Mann hinter dem Schalter … wie nannte man den noch gleich? … ließ sie ein Papier unterschreiben, dann gab er ihr einen Schlüssel.

Sollte er hinterher? Oder besser den Schaltermann ausquetschen? Bevor Hauke sich entscheiden konnte, sah er, wie sie in den Aufzug stieg. Schafschiete, da konnte er nicht mit rein.

Na, dann eben der andere Weg. Doch bevor er es dorthin schaffte, drängelte sich ein altes Weibsstück vor.

Hauke war kurz davor, die Alte zur Seite zu stoßen. Doch dann fiel ihm ein, dass das vielleicht doch zu viel Aufmerksamkeit erregen würde. Also platzierte er sich hinter ihr.

Ein Zimmer wollte die Deutsche. Der Franzose kramte sein schlechtestes Deutsch hervor und vermietete ihr eines. Immerhin ging das schnell. Als sie fast schon im Gehen war, drehte sie sich noch einmal um.

Hauke glaubte seinen Ohren nicht zu trauen. Fragte sie wirklich nach Eve?

Zimmer 13?

Er wusste nicht, ob er sich über die ihm zugeflogene Information freuen sollte, oder sich wegen der Alten Sorgen machen musste.

Eve hatte keine Tante.

Moment. Was hatte der Schalterfritze gesagt? „Mein Herr?"

Hauke glotzte der Alten nach.

„Was kann ich für dich tun, mein Herren?", fragte der Angestellte hinter ihm.

Der Friese ignorierte die Frage und folgte dem verkleideten Mann.

Der nahm die Treppe in die erste Etage, verschwand dort hinter einer Tür mit der Nummer 7. Hauke malte das Zeichen gegen Unglück vor sich in die Luft. Die Sieben bedeutete nichts Gutes. Er konnte sich nicht mehr genau erinnern, aber irgendeine seiner Tanten hatte mal an einem Siebten das gute Geschirr fallen lassen. Teller für vierundzwanzig Personen, ein riesiger Scherbenhaufen. Hauke grinste. Das musste ein Spaß gewesen sein. Wie hatte doch gleich die Tante geheißen?

Egal. Er schlich zur Tür mit der messingfarbenen Sieben am Holz. Niemand war auf dem Flur, also drückte er sein Ohr an die Tür. Drinnen fluchte jemand leise. Eine Männerstimme.

Hatte der Schalterfritze also Recht gehabt: Die Alte war ein verkleideter Mann und hinter Eve her. Sollte er gleich die Tür eintreten und den Mann aus der Stadt prügeln?

Er entschied sich, es nicht zu tun. Stattdessen ging er den Flur entlang, hinter einer Ecke befand sich Zimmer 13. Hier also wohnte Eve.

Vorsichtig trat er näher. Nichts war zu hören.

War sie noch nicht hier? Schlief sie? Oder war sie bereits wieder gegangen?

Hauke blickte sich um. Hier konnte er nicht bleiben. Sie würde ihn sofort entdecken, falls sie jetzt auftauchte.

Er hörte Schritte hinter sich. Dem Geklapper nach waren es Frauenschuhe. *Schiete.*

Ohne sich umzuschauen, griff er nach der Klinke der gegenüberliegenden Tür. Ein Stoßgebet, dann drückte er die Klinke herab. Die Tür öffnete sich quietschend. Eilig trat Hauke ein, schloss die Tür schnell.

Drinnen war es still. Hauke schloss die Augen und atmete hörbar aus.

Koffer oder persönliche Dinge sah er keine. Vielleicht war das Zimmer einfach leer. Er lauschte an der Tür. Die Schritte kamen näher, hielten auf der anderen Seite an. Dann blieb es eine Weile ruhig.

Was sollte er tun, wenn jemand hereinkam? Erst zuschlagen und dann Fragen stellen? Oder fliehen?

Metall kratzte über Metall, dann wurde ein Schloss geöffnet. Glücklicherweise nicht das zu Haukes Zimmer. Wenn es die Tür gegenüber war, dann kam Eve also tatsächlich gerade an.

Hauke atmete auf. Es ging ihr also gut. Er nahm einen Stuhl, stellte ihn vor die Tür, sodass die Klinke durch die Stuhllehne blockiert wurde. Das würde ihm ein wenig Zeit verschaffen, wenn jemand ins Zimmer wollte. Er schaute sich um. Eigentlich hatte er es ja ganz gut getroffen: Es gab schlechtere Plätze, um auf der Lauer zu liegen. Ein Bett, ein Fenster, und auf dem kleinen Tisch vor dem Spiegel stand eine Schüssel und daneben eine Karaffe mit Wasser. Da kein Becher zu finden war, trank Hauke das Wasser direkt aus dem großen Glasgefäß.

Wahrscheinlich brachte das Personal die Becher erst, wenn jemand einzog.

Der Blick in den Spiegel war nicht so erfrischend wie das Wasser. Er nahm den Hut ab, musterte sich selbst. Seine Haare waren verschwitzt, sein Gesicht war von Bartstoppeln bedeckt. Unter den Augen zeigten sich dicke, dunkle Ringe. Wann hatte er das letzte Mal richtig geschlafen?

Hauke seufzte.

Er wusste es nicht. Es musste Tage her sein – irgendwann in London vermutlich.

o O o

Ein Schrei weckte ihn. Hauke fuhr hoch. Wo war er?

Ein Bett, enge Wände, ein Fenster, durch das flackerndes Licht hereinfiel. Er sprang auf, er war in diesem Hotel, musste eingeschlafen sein. Längst war es dunkel draußen. Gaslaternen flackerten.

Hauke lief zur Tür. Hatte er den Schrei nur geträumt, oder kam er von gegenüber aus Eves Zimmer?

Er riss den Stuhl zur Seite, den er unter die Klinke geklemmt hatte.

Das helle Licht im Flur blendete ihn. Hauke versuchte, seine Augen mit der Hand abzuschirmen.

Die Tür auf der anderen Seite des Ganges stand offen. Eve stolperte gerade heraus, der Osmane aus dem Zug sprang hinter ihr her, stieß sie zu Boden.

Hauke verstand nicht, was er sagte. Das war aber auch nebensächlich. Brüllend stürmte er los, rammte den Mann zu Boden.

Er verpasste dem Mann einen schwungvollen Haken nach dem anderen. Das Gesicht des Osmanen zerbrach.

Der Anblick des zerquetschten Schädels ernüchterte Hauke augenblicklich. Still blieb er hocken, starrte auf die Leiche unter sich.

Was war geschehen?

Eve wimmerte. Irgendwo im Flur wurden Stimmen laut. Hauke blickte auf seine linke Hand. Irgendwas stimmte hier nicht.

„Wir müssen hier weg“, flüsterte Eve, griff nach ihrer Tasche, zog Hauke auf die Beine.

Verwirrt schaute er sie an.

Irgendetwas stimmte hier nicht. Nein, nichts stimmte hier! Er hatte jemandem mit der Faust den Schädel eingeschlagen. Und Eve, die Frau, die er seit einer halben Ewigkeit heimlich verfolgte und schützte, schien gar nicht überrascht, ihn zu sehen.

Träumte er noch?

Eve kniete neben dem toten Osmanen, wühlte in seinen Taschen. Was sie fand, steckte sie ein.

Hauke sah, dass ihr Gesicht leichenblass war. Sie zog ihn aus dem Zimmer, vorbei an fragenden Gesichtern und Stimmen, die sich über den Lärm beschwerten.

„Wir müssen verschwinden, bevor die Polizei hier ist“, raunte sie ihm zu.

Sie nahmen die Treppe. Im Foyer hakte sie sich bei ihm ein und spürte die Feuchtigkeit auf seinem Mantel. Zum Glück war dieser dunkel, sodass man das Blut nicht sah. Sie schluckte ihren Ekel hinunter und zog ihn schnellen Schrittes zur Tür.

Draußen winkte sie eine Karbiddroschke herbei.

Als die Droschke losfuhr, schaute sie noch eine Weile nach hinten, bevor sie sich entspannte.

Hauke betrachtete sie. Er hatte sie lange nicht mehr aus der Nähe gesehen. Sie war schön. Grüne Augen, rote Lippen, Sommersprossen. Ihre braunen Haare quollen aus dem Haarband heraus und gaben ihr ein verwegenes Aussehen. Ihr helles Reisekleid wies ein paar Blutspritzer auf.

Hauke blinzelte. Einen Moment lang hatte er vergessen, dass er gerade jemanden getötet hatte.

„Wie heißen Sie?“, fragte Eve.

„Hauke“, antwortete er.

„Ein schöner Name. Ich bin Eve, Eve Bailiff.“

Der Friese nickte.

„Sie haben mich gerettet, Hauke“, sprach sie weiter.

Er nickte. Sein Mund war wie zugenäht. Seit Ewigkeiten bewachte er sie, sorgte für ihre Sicherheit, und jetzt, da er sie das erste Mal vor einer ernsten Gefahr bewahrt hatte, entdeckte sie ihn und sprach auch noch mit ihm.

Das war nicht so, wie er es sich gedacht hatte. Hauke runzelte die Stirn. Wie hatte er es sich eigentlich gedacht?

„Ist alles in Ordnung?“

Hauke schreckte aus seinen Gedanken auf. Eve schaute ihn fragend an. Oder war ihr Gesichtsausdruck besorgt?

„Jaja, alles in Ordnung.“

Er schaute aus dem Fenster. Häuserschluchten zogen an der Droschke vorbei.

„Wohin fahren wir?“, fragte er.

Eve kramte in ihrer Tasche, zog einen Zettel hervor.

„Wir fahren wieder ins Hotel L'Égypte“, erklärte sie.

„Aber dort wird man uns suchen …“, stieß er hervor. Die Aussicht auf eine französische Arrestzelle fand er nicht besonders berauschend.

„Ja, deshalb werden wir ein oder zwei Tage warten“, schlug sie vor. „Der Ægypter, der mich überfallen hat, hatte einen Zettel dabei. Darauf stehen die Adresse des Hotels und die Zimmernummer 6. Wenn wir erfahren wollen, was der Kerl von mir wollte, müssen wir wohl dorthin.“

„Ægypter?“, fragte Hauke.

Sie nickte. „Was sonst? Es wird wohl kein Zufall sein, dass wir in diesem Hotel gelandet sind.“

Hauke nickte, schaute sich den Zettel an. In der Tat, Hotel und Nummer standen dort. Die Schrift war eigentümlich. Fast wie die eines Kindes. Ungelenk, so als hätte der Schreiber keine Übung.

„Aber wir fahren doch jetzt nicht zwei Tage in der Droschke umher, oder?“

Eve lachte auf. Hauke lächelte. Ihr Lachen war großartig. Einzigartig. Mitreißend.

„Nein, natürlich nicht. Wir werden uns ein anderes Hotel suchen. Eines, in dem man uns nicht finden kann.“

Hauke nickte.

o O o

Wenig später hielt ihre Droschke vor einer heruntergekommenen Herberge an.

Louis XIV stand auf dem Schild über dem Eingang, dabei sah das Haus so gar nicht königlich aus. Eve drückte dem Kutscher ein paar Münzen in die Hand, dann eilte sie auf das Gebäude zu. Hauke folgte ihr. Noch immer war er verwirrt. Etwas stimmte nicht; mit der Situation, mit ihm. Vielleicht auch mit Eve.

Aber seine Instinkte setzten wieder ein, das beruhigte ihn. Sein Blick ging suchend umher, musterte die Menschen, suchte Gesichter, Gefahren, Angreifer.

Doch alles schien ruhig.

Das Hotel hatte kein Foyer, nur einen schmalen Flur. Ein Mann saß im Unterhemd an einem Tisch, halb im Weg, und lauschte einem Grammophon. Hauke war sich nicht sicher, ob das Gerät kaputt war oder es so jaulend klingen sollte. Es erinnerte ihn irgendwie an die Rufe junger Seehunde nach ihren Müttern. Die Franzosen hatten einfach keinen Geschmack, nicht einmal bei Musik.

Während Eve sich um die Unterkunft kümmerte, blickte Hauke zurück auf die Straße. Droschken fuhren vorbei, Menschen spazierten umher. Aber niemand schaute in den Hoteleingang hinein, niemand interessierte sich für sie.

Hauke war trotzdem nicht beruhigt. Der Mann, der sich als alte Frau verkleidet hatte, fiel ihm wieder ein. Auch er war hinter Eve her gewesen. Hatte er den Ægypter geschickt? Oder umgekehrt?

Der Friese schnaufte. Es wäre ihm fast lieber, den Kerl hier zu erblicken, dann könnte er ihn vertreiben.

Oder totschlagen. Missmutig sah er hinunter auf seine linke Hand, das Blut hatte er nur hastig abwischen können.

„Kommst du, Hauke?", rief Eve.

Der Satz klang vertraut. Er folgte ihr die Treppe hinauf. Das Zimmer, das sie gemietet hatte, war zwar groß, aber dafür nicht besonders sauber. Auf der einen Seite stand ein riesiges Bett, das aussah, als hätte man drei Matratzen aufeinandergestapelt. Wahrscheinlich kippte man mitsamt den Matratzen auf den Boden, wenn man diesen Berg besteigen wollte.

Auf der gegenüberliegenden Seite des Zimmers standen ein Sofa, das nicht besonders bequem aussah, und ein Sessel. Die Muster der beiden Möbel waren verblichen. Hauke beschloss, dass das Sofa sein Nachtlager werden würde. Langsam ließ er sich nieder. Wer wusste schon, ob die Franzosen Möbel bauten, die ihn aushielten?

„Hauke?"

Er sprang auf. Eve stand neben dem Bett und hatte ihn wohl beobachtet.

Lächelnd winkte sie ab.

„Nein, bleib bitte sitzen!"

Langsam setzte er sich wieder.

„Ich habe einen Vorschlag für dich. Vielleicht möchtest du ihn dir anhören?"

Er nickte. Was für ein Vorschlag mochte das sein? Sollte er sich der Polizei stellen? Das konnte sie vergessen.

„Ich bin auf einer wichtigen Reise. Und es sieht so aus, dass dieser Umstand jemandem nicht gefällt. Mir war bis vorhin nicht bewusst, wie gefährlich die Sache ist."

Sie machte eine Pause, ging zum einzigen Fenster des Zimmers. Sollte er etwas sagen? Oder sprach sie weiter? Warum war sein Kopf so leer?

„Was hältst du davon, wenn du mich auf dieser Reise beschützen würdest?“

Sie drehte den Kopf, schaute ihn über die Schulter hinweg an. Oh, dieser Blick. Wurde er rot? Schnell schaute er zu Boden.

„Natürlich würde ich dich bezahlen. Das versteht sich von selbst.“

Hauke blinzelte. Das war … perfekt. Er konnte weiter auf sie achten, musste aber nicht mehr versuchen, sich vor ihr zu verstecken.

„Ja, Mylady“, flüsterte er.

Eve winkte lachend ab.

„Eve, nenn mich Eve.“

Er musterte sie.

„Gerne, Eve, sehr gerne.“

Kapitel 6

Der Tag verging so langsam, dass es Eve schien, dass sie auch einer Schnecke beim Überwinden des Burggrabens um den Tower of London hätte zusehen können. Die Absteige, die ihr der Kutscher empfohlen hatte, war billig in jeglicher Hinsicht. Sie war schmutzig und laut und absolut kein Ort, den sie freiwillig aufsuchen würde. Aber sie war ja auch nicht aus freien Stücken hier.

Ungewöhnliche Zeiten erforderten außergewöhnliches Verhalten. Hier würde sie zumindest niemand vermuten und demzufolge auch nicht suchen.

Hauke hatte sie nach draußen geschickt, um eine Mahlzeit zu besorgen. Das war dringend nötig, aus mehreren Gründen sogar: Sie hatte Hunger, und diese Absteige bot natürlich keinen Zimmerservice. Außerdem brauchte ihr neuer Beschützer eine Beschäftigung, damit er nicht zu viel über die Situation nachdachte, in der sie sich gerade befanden.

Zudem brauchte sie ihrerseits gerade ein wenig Ruhe, um nachzudenken.

Die Dinge waren ihr aus den Fingern geglitten. Der Besuch des Ægypters hatte sie überrascht, sie verstand nicht, was der Mann von ihr gewollt hatte. Aber allein sein Auftreten war aggressiv gewesen und hatte ihr Angst gemacht.

Haukes Reaktion war sicherlich im Ergebnis zu viel gewesen, aber doch verständlich. Dummerweise war der Kerl nun tot. Eigentlich hatte sie sich erhofft, in einem ruhigen Gespräch Informationen über den Auftrag zu bekommen. Dann hätte sie erklären können, warum nicht der Professor persönlich, sondern seine weit unbekanntere Assistentin nach Paris gekommen war.

Die ganze Geschichte war aber auch zu verlockend gewesen: Der Brief an den Professor war ganz normal mit der Post eingetroffen. Allein das war ungewöhnlich, denn eigentlich war die Adresse des berühmten Professors Clockworth-Merenge niemandem bekannt. Der æenglische Geheimdienst schützte ihn schließlich.

Und doch war der Brief zu ihnen gelangt, lag eines Tages ohne Briefmarke, ohne Absender und einfach nur an „Prof. Clockworth-Merenge, Ængland" adressiert auf ihrem Schreibtisch.

Einen Moment lang hatte sie überlegt, den Brief sofort an den Professor weiterzuleiten. Er konnte ungehalten sein, wenn man sich in seine Privatsachen einmischte, sehr ungehalten. Und was privat war und was nicht, entschied er allein und oft spontan.

Ebenso konnte er gereizt sein, wenn man ihn mit unwichtigen Dingen belastete. So oder so, Eve konnte kaum abschätzen, wie der Professor reagieren würde. Eine „No-win-Situation" nannte man das wohl.

Also hatte sie den Brief geöffnet.

Kapitel 7

Rückblick

Der Inhalt des Briefes war erstaunlich.

Der Schreiber, der vorerst anonym bleiben wollte, bat um die Hilfe des Professors. Es ging um einen kürzlich Verunglückten, der es irgendwie geschafft haben sollte, seinen Geist in ein Gefäß aus Anbar zu transportieren. Ein wohl sehr unglücklicher Umstand, da die verunglückte Person einiges politisches Gewicht in ihrem Heimatland hatte. Kurz, die Hilfe des Professors auf dem Gebiet der Geistestranslokation war unumgänglich.

Eve las den Brief mehrmals, wurde aber nicht schlau daraus. Wo war Anbar? Ihr Gedächtnis für geographische Namen war recht gut, aber ein solcher Ort war ihr noch nicht untergekommen.

Nach kurzem Nachdenken vertraute sie sich der *Encyclopædia Britannica* an, einem Werk, dem außerhalb des Inselreiches kaum jemand Beachtung schenkte. Dabei konnte man hier in der Fülle menschlichen Wissens schwelgen.

Anbar – arabischer Name für Bernstein.

Eve rutschte das Buch beinahe aus der Hand. Bernstein? Jemand hatte seinen Geist in einen Bernstein übertragen?

Ganz gegen ihre Gewohnheit ließ sie den ersten Band der *Encyclopædia* offen auf dem Tisch liegen und eilte zum Büro des Professors.

Wenn das der Wahrheit entsprach, eröffnete dies ungeahnte Möglichkeiten auf dem Gebiet der Erforschung des menschlichen Geistes. Bislang war immer ein menschliches Gehirn nötig, um einen Geist aufzunehmen. Wenn man gleiches auch mit einem Bernstein erreichen könnte ...

Vor dem Büro des Professors blieb sie stehen. Sie hörte, wie er drinnen gerade jemanden anschrie.

In ihrem Kopf herrschte Chaos. Ein Chaos, das sie nicht mochte. Sie brauchte Ordnung.

Eve drehte sich um und ging zurück in ihr kleines Büro.

Sie klappte die *Encyclopædia* zu, stellte das Buch zurück ins Regal. Dann las sie den Brief wieder und wieder.

Ein Gefäß aus Bernstein. Konnte das sein? Hatte es vielleicht mit der Fähigkeit dieser Steine zu tun, elektrische Ladungen zu speichern? Wenn das wahr wäre!

Eve schaute aus dem Fenster, obwohl der Blick nicht besonders inspirierend war. Die Öffnung war nur ein enger Luftschacht. Wenn sie sich weit herausbeugte, konnte sie ein kleines Stück des verrauchten Londoner Himmels sehen.

Was wäre, wenn sie diese Aussicht gegen eine Reise mit besserer Aussicht tauschen würde? Die Aussicht auf einen bahnbrechenden Durchbruch auf ihrem Forschungsgebiet war ein sehr verlockender Gedanke.

Aber wie sollte sie die Reise bezahlen? Ganz davon abgesehen, dass der Professor sie ihr nie gestatten würde. Sie würde wohl ihren Notgroschen benutzen müssen. Es waren tatsächlich ein paar goldene Münzen, die sie zuhause unter einem lockeren Dielenbrett aufbewahrte. Der Familienschatz, sozusagen. Doch da ihre Familie quasi nicht mehr existierte, konnte sie die Münzen auch benutzen.

Und wohin ging es überhaupt? Anbar war Arabisch, aber diese Sprache wurde in vielen Ländern gesprochen. Sie drehte den Brief um.

Tatsächlich; da stand eine Adresse, doch diese führte sie nicht nach Arabien. Auf der Rückseite stand in kleinen Buchstaben: „Paris, Hotel L'Égypte, Zimmer 13".

Kapitel 8

Und dorthin war sie aufgebrochen. Der Concierge hatte ihr das Zimmer überlassen, ohne mit der Wimper zu zucken. Jemand habe bereits für einen Besucher aus London bezahlt, es sei nur ein Stichwort nötig. Eve hatte den Namen des Professors genannt und ein Lächeln des Mannes geerntet.

Sie schloss die Augen. Vermutlich lag es am Professor. Wer auch immer den Brief geschrieben hatte, wollte den Professor.

Und stattdessen bekam er sie. Sie konnte nachvollziehen, dass der Angreifer enttäuscht, vielleicht sogar wütend gewesen war. Doch es half nichts. Sie wollte, nein, sie musste mehr wissen.

In ihrem Kopf reifte ein Plan.

Heute Nacht würden sie zurück zum Hotel fahren, um es zuerst eine Weile zu beobachten, bevor Hauke, ohne Hut und Mantel, nach dem Rechten sehen würde. Wenn alles ruhig war, konnten sie versuchen, ins Zimmer des Angreifers zu kommen.

Als Hauke zurückkam, erklärte sie ihm den Plan. Kauend stimmte er zu. Nur der Teil, in dem er Hut und Mantel ablegen sollte, missfiel ihm offenbar.

Eve erklärte ihm, wie leicht er an seinem Äußeren zu erkennen war. Sie sah, dass diese Information ihn nachdenklich machte.

Schnell lobte sie ihn für das Essen, das er besorgt hatte. Es war zwar nur Weißbrot und billiger, roter Wein, aber mehr hatte er mit seinen Sprachkenntnissen wohl nicht auftreiben können.

Halbwegs gestärkt verließen sie das Zimmer. Draußen dämmerte es. Sie brauchte eine Weile, um eine Droschke zu finden, die sie zurück ins Zentrum der Stadt brachte. Immerhin bot ihnen das die Gelegenheit, Hauke eine fleckige Anzugjacke zu besorgen, die bei einem Krämer im Schaufenster hing. Nur widerwillig legte er seinen Mantel ab.

Eve ließ den Fahrer am Hotel vorbeifahren und dann an der nächsten Kreuzung anhalten. Polizei war ihr nicht aufgefallen, und auch sonst war ihr nichts verdächtig vorgekommen.

„Wollen wir es wagen?“, fragte sie Hauke.

Der bewegte seine Schultern, als würde die neue Jacke kratzen.

„Hmm.“

Sie zeigte auf ein Café. „Ich werde mich dort hinsetzen, den Eingang des Hotels im Blick haben und auf dich warten.“

Hauke nickte.

„Du gehst ins Foyer, gehst schnurstracks zur Treppe, hinauf in die erste Etage und dann in den Flur zu Zimmer 6. Wenn niemand auf dem Flur ist, lauschst du. Aber sonst nichts. Verstanden? Nicht ins Zimmer gehen, mit niemandem reden. Nur schauen, auskundschaften und dann wieder zurückkommen, in Ordnung?“

Eve musterte den Mann vor ihr. In seiner Anzugjacke sah er tatsächlich bemitleidenswert aus. Auf jeden Fall war er damit unauffällig.

Würde er sich an ihren Auftrag halten? Eve war sich nicht ganz sicher, aber eine andere Option bot sich ihr gerade nicht.

Sie hängte Mantel und Hut an die Garderobe des Cafés und bestellte sich einen Tee. Der Kellner schaute sie einen Moment verwundert an, nickte dann aber.

Eve war zufrieden: Sie war als Ængländerin erkannt. Der Tee würde furchtbar sein, und es würde lange dauern, bis sie ihn bekommen würde.

Sie wartete, bis der Kellner ihr den Rücken zuwandte, dann eilte sie aus dem Café. Auf die andere Seite der Straße zu gelangen, ohne vom Hotel aus gesehen zu werden, hätte mehr Zeit gebraucht, als sie hatte. Also lief sie nur einen kleinen Bogen und verschwand in der Seitenstraße neben der Herberge.

Es erwies sich nun als Vorteil, dass dieses kitschige Hotel neu war, denn man hatte darauf geachtet, dass es einen zweiten Ausgang gab, durch den man im Falle eines Feuers entkommen konnte. Eve gedachte, sich nicht an die Vorschrift zu halten, dass diese Tür nur als Ausgang zu benutzen war.

Sie schob sich hindurch, lief die kleine Dienstbotentreppe in die erste Etage hinauf und warf einen Blick in den langen Gang. Wie erwartet, stand dort Hauke und lauschte an einer Zimmertür.

Jetzt galt es. Hatte sie ihn richtig eingeschätzt?

Hauke schaute sich um, dann griff er nach der Klinke. Als sie nicht nachgab, setzte er auf Körperkraft. Mit einem dumpfen Knall gab das Schloss nach. Hauke lief ins Zimmer. Obwohl sie sicher zwanzig Meter von ihm entfernt war, konnte sie den Lärm hören, den er veranstaltete.

Jemand kam aus einem der Nachbarzimmer und beschwerte sich darüber. Im Türrahmen zu Zimmer Nummer 6 machte er Bekanntschaft mit Haukes Faust. Mit der schwächeren Rechten, folgerte Eve, denn der Mann war noch lebendig genug, um laut loszubrüllen, sodass Hauke fluchtartig aus dem Zimmer stürmte.

Der schreiende und heftig an der Augenbraue blutende Gast und einige Neuankömmlinge aus anderen Zimmern folgten ihm lautstark. Das Gebrüll verlagerte sich ins Foyer.

Eve lächelte. Ja, es lief ganz so, wie sie es sich gedacht hatte. Hauke war und blieb berechenbar.

Sie eilte zu Zimmer Nummer 6. Viel Zeit hatte sie nicht: Mit etwas Glück hatten sie Hauke unten aufhalten können, dann dauerte alles etwas länger.

Eilig musterte sie das Chaos, das ihr Begleiter in der kurzen Zeit angerichtet hatte. Eine Reisekiste war durchwühlt, das Bett ebenso.

„Suchen Sie etwas?", fragte jemand hinter ihr auf Ænglisch. Sie musste sich nicht umdrehen, um das Grinsen im Gesicht des Mannes zu sehen. Sie schloss die Augen, atmete einmal tief durch. Mit besorgter Miene drehte sie sich um.

„Ich wollte nur nach dem Grund für den Lärm schauen", gab sie vor.

Der Mann stand in der Tür des gegenüberliegenden Zimmers. Sein Lächeln überdeckte nur schlecht sein Lauern. Er kam ihr vage bekannt vor.

Schritte waren auf der Treppe zu hören.

„Ich schlage vor, wir setzen die Unterhaltung in meinem Zimmer fort", sagte er mit Blick zur Treppe.

Eve verschränkte die Arme. Er war offensichtlich daran interessiert, mit ihr zu reden. Das war noch kein Vorteil für sie, aber es glich die Situation zumindest etwas aus.

„Mrs Bailiff, es wäre wirklich angebracht, wenn wir uns unterhalten würden."

Er wusste ihren Namen … woher? Warum nur hatte sie im Hotel ihren echten Namen angegeben? Dem Concierge konnte man sicher kaum trauen. Oder wusste der Kerl mehr?

Konnte sie es riskieren?

Eve nickte und schritt so gelassen wie möglich aus der Tür von Zimmer Nummer 6 ins gegenüberliegende Zimmer. Prompt setzte draußen Lärm ein. Er hob den Finger an den Mund. Sie nickte.

Kapitel 9

Borchert hielt die Luft an. Es war albern, aber die Aufregung der letzten Minuten zwang ihn dazu.

Mit vorgeblicher Selbstsicherheit hatte er die Assistentin des berühmten Professors Clockworth-Merenge in sein Zimmer gelotst.

Nun war vor der Tür gerade der Teufel los: Jederzeit konnte die Polizei sein Zimmer stürmen und ihn wegen Beihilfe an einem Gewaltverbrechen verhaften. Und die französische Polizei war nicht gerade zimperlich gegenüber einem Reporter, wie er es war.

Aber jetzt war sie hier, das musste er nutzen, solange er konnte.

Borchert deutete stumm auf den Sessel, Eve Bailiff musterte ihn einen Moment, dann setzte sie sich.

Noch immer drang Lärm durch die Zimmertür.

„Ich schlage vor, wir warten, bis sich draußen die Lage beruhigt hat“, flüsterte Borchert.

Mrs Bailiff nickte langsam.

Borchert spürte den Schweiß auf seiner Stirn.

Eigentlich konnte er die Zeit zum Überlegen gebrauchen. Gestern hatte er befürchtet, die Spur zur Assistentin des Professors verloren zu haben: Plötzlich war da dieser Mann mit gebrochenem Schädel in ihrem Zimmer gewesen, während sie und ihr tumber Schatten geflohen waren.

Nicht einmal die üblichen Bestechungsgelder hatten Borchert weitergebracht, also hatte er gewartet. Geduld war nicht gerade seine erste Tugend. Aber wie man sah, hatte es sich gelohnt, denn die Täter waren an den Ort ihrer Tat zurückgekehrt. Borchert verstand nur nicht genau, warum der Mann so dilettantisch vorgegangen war.

Egal. Eve Bailiff saß auf seinem Sessel. Er musste herausbekommen, was sie in Paris wollte.

Draußen wurde es leiser.

„Nun, Mrs Bailiff, ich hatte bislang nicht das Vergnügen, mich Ihnen vorzustellen. Mein Name ist Ibrahim Ibn Abdallah."

Ihre Stirn legte sich in Falten.

Borchert lächelte leutselig.

„Ja, ich weiß, was Sie denken: ‚Der Mann sieht nicht aus wie ein Osmane.'"

Bailiff blieb stumm.

„Wissen Sie, meine Mutter war Deutsche, während mein Vater aus …" Er machte eine Pause, hoffte, dass sie raten und ihm damit einen Hinweis geben würde, doch sie hob nur ihre Augenbrauen.

„… Ægypten kam?", riet Borchert.

Sie kniff kurz die Augen zusammen. Was hieß das? Hatte er gut geraten oder durchschaute sie ihn längst?

„Ihre Familiengeschichte ist ja sehr interessant, Mr …?" Sie sah ihn fragend an.

„Abdallah", antwortete er lächelnd. *Guter Versuch, Mädchen.* Aber so fing sie ihn nicht.

„Mr Abdallah. Aber Sie verstehen sicher, dass meine Zeit begrenzt ist. Warum also wollten Sie mich sprechen?"

Er nickte, ging ein paar Schritte auf und ab.

„Mein Mitarbeiter sollte Sie kontaktieren, um ein paar Details Ihrer Reise zu besprechen. Leider kam es dabei zu einem kleinen …“, er presste die Hände vor seiner Brust zusammen, „… Zwischenfall.“

Sie schloss die Augen, verzog ein wenig die Mundwinkel.

„Keine Sorge, Mrs Bailiff, ich nehme Ihnen das nicht übel. Missverständnisse passieren. Ich würde nur gern wissen, ob Ihnen mein unfähiger Mitarbeiter schon alles Wichtige mitgeteilt hat?“

Die Frau erhob sich.

„Wie auch immer Sie heißen, Sir, ich glaube, Sie verwechseln mich.“

Borchert versuchte ruhig zu bleiben. Er hatte geblufft und wohl überreizt. Das war das Risiko des Spielers.

„Wir werden uns wiedersehen, Mrs Bailiff“, rief er ihr nach, als sie, ohne sich umzudrehen, die Tür öffnete und hinausging. Der Concierge, der gerade dabei war, die eingetretene Tür zu inspizieren, wandte sich nicht zu ihr um.

Borchert erwog kurz, ihn auf Eve Bailiff aufmerksam zu machen. Schließlich wurde sie nach gestern verzweifelt gesucht. Man ließ nicht einfach eine Leiche in seinem Hotelzimmer, wenn man auszog. Doch was hätte er davon?

Borchert ließ sie ziehen und schloss die Tür.

Sollte sie nur gehen, dieses Mal würde sie ihm nicht entkommen.

Der Journalist kratzte sich am Kinn. Wie sollte er sich heute tarnen?

Kapitel 10

Hauke wartete nicht, bis der Laufbursche des Hotels mit der Polizei zurückkehrte. Am linken Arm hielt ihn der Portier, am rechten ein Kerl, der nach altem Fett roch. Beide sahen kräftig aus, doch der Friese machte sich keine Sorgen. Er war schon aus schlimmeren Situationen entkommen. Aus weitaus schlimmeren.

Für einen Moment war da wieder diese Leere, dieses Gefühl, etwas vergessen zu haben, doch Hauke füllte die Leere mit Taten.

Er schwang beide Arme nach vorn. Der Koch hielt ihn dennoch fest, doch der Portier konnte seinen linken Arm nicht bändigen und wurde nach vorn geworfen. Kaum war Haukes linker Arm frei, verpasste er dem Stinker zu seiner Rechten einen Schwinger.

Ohne einen Laut von sich zu geben, sank der Kerl zu Boden.

Hauke kniete sich neben ihn, tastete nach seinem Puls.

Gut, er lebte.

Der Portier hatte sich aufgerappelt und baute sich vor ihm auf. Hauke sah seinen unsicheren Blick, der immer wieder zu seinem regungslosen Kollegen hinab ging. Hauke legte den Kopf leicht schief und grinste den Türsteher an. Der schluckte, hob vorsichtig beide Hände und ging langsam zur Seite.

Hauke nickte und verließ langsam das Hotel. Er warf einen unauffälligen Blick zum Café gegenüber, doch er konnte Eve nicht entdecken.

Egal, er konnte ohnehin nicht direkt zu ihr zurück, ohne sie zu gefährden. Eilig ging er die Straße entlang, an der nächsten Ecke links, dann wieder links, noch einmal, und schließlich kam er wieder in der Straße vor dem Hotel an. Wie erwartet standen der Tresenheinrich und der Türsteher vor dem Hotel und diskutieren mit zwei Polizisten. Denen war anzusehen, dass sie keine Lust hatten, einem prügelnden Gast hinterherzulaufen. Während der eine betont langsam Notizen auf einen Block kritzelte, gähnte der andere demonstrativ.

Hauke grinste. Die Welt war doch überall gleich. Wenn er noch fünf Minuten wartete, würden die Polizisten wieder fort sein und damit auch jeder, der ihm gefährlich werden konnte.

o O o

Es dauerte keine fünf Minuten, bis die Polizisten sich davon machten. Sicherheitshalber wartete er noch eine weitere Minute, bis er sich auf den Weg zum Café machte.

Moment … die Frau, die dort aus der Gasse neben dem Hotel kam, war doch Eve. Was hatte sie dort zu suchen? Sie wollte doch warten! Oder hatte sie Angst um ihn gehabt?

Hauke beobachtete, wie sie zu ihrem Tisch im Café eilte, kurz mit dem Kellner diskutierte, an einer Tasse nippte und diese dann mit angewidertem Blick wieder abstellte.

Im Augenwinkel nahm der Friese eine Bewegung war. Ein älterer Mann trat aus der Seitengasse, aus der vor wenigen Augenblicken Eve gekommen war. Hauke kniff die Augen zusammen.

Er erkannte den Alten zunächst nicht, aber irgendwas stimmte da nicht. Dann fiel ihm die Ähnlichkeit auf: Es war der Kerl, der als alte Frau verkleidet nach Eves Hotelzimmer gefragt hatte. Er verfolgte Eve also noch immer!

Egal, der ist nicht gefährlich.

Hauke spazierte über die Straße. Er nickte Eve kurz zu, setzte sich seinen Hut auf und warf sich den Mantel über die Schulter. Dann er winkte einer Kutsche.

Wenig später stieg Eve ebenfalls ein.

„Wir werden verfolgt", murmelte Hauke. Zwar war der Kutscher der Einzige, der sie hören konnte, doch er wollte kein Risiko eingehen.

Eve nickte. „Ich weiß."

Kapitel 11

Eve ließ den Kutscher weite Umwege fahren. An der Seine entlang, über die Brücken, kreuz und quer durch die engen Straßen des alten, ärmlichen Paris.

Hinter einer Ecke ließ sie Hauke aus dem Wagen springen und fuhr mit dem Kutscher um ein paar Ecken, um den Friesen wieder einzusammeln.

„Ich glaube, wir haben ihn abgehängt", murmelte er.

„Aber du bist dir nicht sicher?" Eve war verärgert.

Wozu hatte man einen Beschützer, wenn dieser sich seiner Sache nicht sicher war?

„Doch, doch", grummelte er.

Sie musterte ihn, schaute selbst noch einmal aus dem Fenster der Kutsche hinaus. Aber es war schier unmöglich, in dem Menschengewimmel einen eventuellen Verfolger zu sehen.

„Nun gut, dann also wieder zu unserer Absteige."

○ ○ ○

„Ich hatte dir doch gesagt, dass du nicht ins Zimmer gehen sollst!" Eve schrie ihren Ärger hinaus.

Hauke starrte nur auf den Fußboden, wie ein kleines Kind. *Ein richtiger Mann würde sich wehren, zumindest mit Worten,* dachte sie.

Doch ihre Wut verrauchte. Er konnte ja nichts dafür.

„Es tut mir leid", sagte er leise.

„Schon gut."

Eve setzte sich aufs Bett. Sie wollte ihm jetzt nicht erklären, dass es eigentlich ihre Schuld war. Sie hatte sich diesen dummen Plan ausgedacht, bei dem sie ihn als Köder benutzt hatte, und es war gründlich schiefgegangen.

Andererseits hatte sie eine neue Information gewonnen: zwar nichts über den heimlichen Auftraggeber, aber immerhin wusste sie nun um einen Verfolger. Das würde auf ihrer Reise für Unannehmlichkeiten sorgen, zeugte aber davon, dass diese Reise wichtig genommen wurde. Eve seufzte. Aber das alles half nichts, wenn sie nicht erfuhr, wer ihr Auftraggeber war, und wie sie ihn finden konnte.

Hauke räusperte sich.

„Ich brauche Ruhe, ich muss nachdenken", sagte sie, ohne aufzuschauen.

Einen Moment herrschte Stille. Dann räusperte sich der Friese erneut.

„Ich sagte doch …" Eve unterbrach sich.

Hauke hielt ihr einen kleinen Stapel Papiere hin. Alles war ein wenig zerdrückt und zerknittert.

Gefesselt starrte Eve auf das Schriftstück, das ganz oben auf dem Stapel lag. Sie konnte den Text nicht lesen, dazu war Hauke einen Schritt zu weit entfernt, doch sie erkannte ein Siegel.

Es war groß und aufwändig gearbeitet, soweit sie sehen konnte. Kein Siegel, das ein kleines Bankhaus in Berlin oder Zürich benutzen würde. Nein, das hier war etwas Großes.

Sie sprang auf und riss ihm die Papiere aus der Hand.

„Wo hast du die her?"

„Na, aus dem Zimmer."

Eilig schaute sie sich Dokument um Dokument an, legte eins nach dem anderen auf das Bett. Mit jedem Blatt wuchs die Enttäuschung.

Arabisch. Jedes einzelne Schriftstück war auf Arabisch verfasst, oder zumindest meinte Eve, in den großen, verschnörkelten Buchstaben Arabisch zu erkennen.

Nichts davon konnte sie lesen, nicht einen einzigen Buchstaben.

Enttäuscht griff sie sich das Papier mit dem Siegel und setzte sich aufs Bett.

Das Siegel war nicht dazu da, den Brief zu verschließen. Nein, es verlieh dem Dokument wohl eher einen offiziellen Status. Sie strich über das rote, harte Wachs. Einige Stellen waren bereits abgebröckelt. Doch noch immer konnte man das Bild erkennen, das der Stempel einst ins heiße Wachs gepresst hatte.

Drei Pyramiden, direkt hintereinander. Daneben ein paar Palmen und arabische Schriftzeichen. Nichts, was sie lesen konnte. Aber diese drei Pyramiden waren doch eindeutig.

Ægypten.

Wo anders auf der bekannten Welt standen drei Pyramiden eng beieinander?

Eve ließ sich aufs Bett fallen.

Ægypten. Bernstein. Gab es da eine Verbindung?

Sie kramte in ihrem Gedächtnis, doch ihr fiel keine Verbindung ein. Hätte sie doch nur ihre *Encyclopædia* dabei!

Wieder unterbrach sie ein Räuspern von Hauke.

Sie seufzte und setzte sich wieder auf.

„Entschuldige, die Papiere, die du gefunden hast, helfen mir bestimmt weiter. Ich kann sie zwar nicht lesen …"

Hauke hielt erneut etwas in der Hand.

„Verdammt, Hauke. Warum sagst du denn nichts?"

Sie sprang auf und ging zu ihm herüber.

„Sie hatten gesagt, dass Sie Ruhe …"

„Jaja, schon gut. Was hast du da?"

Er reichte ihr ein ledernes Etui. Es war flach, viel konnte sich nicht darin befinden.

„Was ist das?", fragte sie.

„Ich hab nicht reingeschaut."

Eve nahm ihm das Etui ab. Das Leder war weich. Auf den ersten Blick konnte Eve nicht sagen, von welchem Tier es stammte. *Vielleicht Krokodil,* kicherte sie in Gedanken. *Nein, Quatsch. Wer würde schon Leder von diesen Tieren verwenden?*

Ein ledernes Band verschloss das Behältnis mit einem Knoten. Eve öffnete den Knoten. Aufgeklappt offenbarten sich zwei Fächer, in denen sich jeweils ein Dokument befand. Und dieses Mal war die Schrift sogar lesbar.

Eve traute ihren Augen kaum: Das eine Papier war ein Scheck. Ausgegeben von der *Banque de Paris.* Ausgestellt in Franc und zwar über eine Summe, die einem durchschnittlichen Menschen ein bequemes Leben für lange Zeit finanzieren konnte.

Das einzige Problem war, dass der Empfänger bereits ausgefüllt war. Und natürlich stand dort nicht Eve Bailiff.

Nein, es war Professor Clockworth-Merenge, für den das Geld bestimmt war.

Ebenso stand sein Name auf dem zweiten Papier in der ledernen Börse. Es war ein Ticket für ein Luftschiff der *Lufthanse.* Dem Inhaber des Tickets war es gestattet, erster Klasse von Paris nach Kairo zu reisen.

„Kairo", flüsterte Eve.

„Kairo?", fragte Hauke.

Sie schaute ihn an, lächelte.

„Ja, wir fliegen nach Kairo."

Kapitel 12

Eigentlich war eine Pagenuniform eine gute Idee. In der richtigen Umgebung war man für die Menschen fast unsichtbar, denn man wurde nur noch als Teil des Mobiliars wahrgenommen.

Hin und wieder ein kleiner Auftrag vielleicht, den man aber getrost auch vergessen konnte. Schließlich merkte sich kein feiner Pinkel das Gesicht unter der Pagenmütze. Wenn ihm nach zehn Minuten einfiel, dass er noch immer keinen Champagner bekommen hatte, dann herrschte er ohnehin einfach den nächstbesten Bediensteten an.

Als Page konnte man einfach wunderbar Menschen beobachten.

Natürlich hatte es auch Nachteile. Mitunter stand man stundenlang in der Gegend herum, ohne irgendetwas unternehmen zu können.

So wie jetzt.

Borchert stand in der Uniform, die er gestern einem Pagen abgeschwatzt hatte, auf der zweiten Etage des Eiffelturms. Unten auf der ersten Etage standen die Besucher, die Touristen, alle jene, die kein Geld für einen Flug mit einem Luftschiff hatten, aber trotzdem von sich sagen wollten, dass sie bereits auf dem Eiffelturm gewesen seien. Hier, auf der zweiten Etage, hatten nur jene Zutritt, die ein gültiges Ticket vorweisen konnten. Oder die sich eine Pagenuniform ergaunert hatten. Ganz oben an der Spitze und an mehreren Auslegern legten die Schiffe an. Dorthin brachte einen der Fahrstuhl, wenn das Luftschiff bereit war.

Borchert ging langsam um die Plattform herum. Hier war der richtige Ort, der einzige Ort, an dem er Eve Bailiff und ihren merkwürdigen Begleiter finden konnte.

Während er langsam durch die Menge schritt, fluchte der Reporter innerlich. Sie hatten ihn gestern abgehängt. Einfach so. Mit einer simplen Kutsche.

Wie der Teufel hatte ihr Kutscher die Pferde durch die Gassen der Stadt gepeitscht. Borchert hatte seinen Kutscher vergeblich angetrieben. Der war eher von der phlegmatischen Sorte. Gemütlich hatte er sein Pfeifchen geraucht, sodass Borchert abgesprungen war und sich die nächste Kutsche geschnappt hatte. Doch es war vergeblich gewesen: Eve Bailiff und ihr Kettenhund waren fort.

Ratlos war er in sein Hotel zurückgekehrt, hatte sich in sein Zimmer zurückgezogen. Erst der Lärm aus dem Zimmer gegenüber hatte ihn aus seiner Lethargie geweckt.

„Was geschieht hier?“, hatte er den Concierge gefragt.

„Wir säubern das Zimmer und verpacken die Leiche.“

Etliche Fragen kämpften hinter Borcherts Stirn. Er verkniff sie sich und stellte nur jene, die wichtig waren.

„Verpacken? Sie verschicken den Leichnam also? Darf ich fragen, wohin?“

Der Concierge nickte geistesabwesend. „Natürlich. Der Tote war Ægypter. Er war hin und wieder hier zu Gast.“

Borchert ignorierte, dass seine Frage nicht beantwortet wurde. Eigentlich drängte es ihn, sein Notizbuch hervorzuholen und aufzuschreiben, was der Franzose ganz nebenbei preisgab.

„Ægypter, soso …“

„Ja, und da er aus unerfindlichen Gründen eine Abneigung dagegen hatte, in unserer schönen Stadt begraben zu sein, hat er Anweisungen hinterlassen."

„Natürlich. Und wohin schicken Sie den Körper?"

Der Concierge musterte ihn.

„Sie sind ganz schön neugierig."

Borchert lächelte so unschuldig, wie es ihm nur möglich war. „Verzeihen Sie. Aber so etwas erlebt man nicht alle Tage. Man steigt in einem wundervollen Hotel wie diesem ab, und dann passiert nicht nur ein Mord, sondern der Mörder kehrt auch noch zurück."

Der Concierge legte den Finger auf die Lippen.

„Niemand muss von diesem …", er schaute sich um, „unglücklichen Todesfall erfahren! Das wäre äußerst schlecht für den Ruf dieses Hauses.", „

Borchert hob die Brauen, blieb aber still. Der Concierge kniff die Augen zusammen. Dann schaute er erneut nach links und rechts, bevor er Borchert zuflüsterte: „Wir schicken ihn nach Ægypten, zum Palast des Vizekönigs."

„Nein!" Borchert brauchte den Überraschten nicht zu spielen. Dass es nach Ægypten ging, hatte er ja geahnt. Aber dass die Affäre, in die Eve Bailiff verwickelt war, mit dem Hof des Vizekönigs von Ægypten zu tun hatte, hätte er sich nicht träumen lassen.

o O o

Und so stand er nun auf der Plattform des Eiffelturms und schaute, ob Bailiff hier auftauchte. Ihr Kontaktmann war tot und wurde, wie eine Mumie verschnürt, sicherlich demnächst verladen. Borchert schaute nach oben.

Die *Otto der Große*, das gewaltige Luftschiff, das in einer halben Stunde Richtung Kairo ablegen sollte, lag oben an der Spitze des Turmes vor Anker.

Lange durfte sich das ænglische Fräulein nicht mehr Zeit lassen: Bald würde der Gigant der Lüfte dort oben ablegen und das nächste Schiff Richtung Kairo war erst in einer Woche geplant.

Da! Borchert sah einen alten Lederhut zwischen den Menschen auftauchen. Das musste ihr unflätiger Begleiter sein. Vorsichtig schob er sich durch die Gäste.

Ja, da waren sie. Eve Bailiff stand am kleinen Schalterhäuschen und redete auf den Mann darin ein. Sie wedelte mit einem Stück Papier, während ihr tumber Begleiter hinter ihr stand und ihre Tasche hielt.

Borchert schob sich näher, versuchte den Kopf unten zu lassen.

„… wie ich schon sagte, mein Herr Vater, der Professor, ist leider schwer erkrankt. Deshalb muss ich diese wichtige Reise für ihn unternehmen. Zusammen mit meinem Assistenten."

„Aber Madame. Selbst wenn ich darüber hinwegsehen würde, dass der Name ihres Vaters auf dem Ticket steht … Dies ist ein Ticket für eine Person in der ersten Klasse. Sie können damit nicht zu zweit reisen."

Die Ængländerin musterte ihn kurz und schien nachzudenken. „Gibt es denn eine zweite Klasse?"

Borchert hatte genug gehört. Er zweifelte nicht daran, dass es der Ængländerin gelingen würde, ihr Ticket zu tauschen und samt ihrem Hündchen auf das Luftschiff zu gelangen. Nun war es an ihm, ebenfalls seinen Weg dort hinein zu finden.

Missmutig schaute er nach oben. Luftschiffe waren nicht seine bevorzugte Reiseform. Auch wenn jedermann, der es sich leisten konnte, mit Luftschiffen flog, war ihm doch nicht wohl dabei. Was konnte alles passieren?

Was nicht alles passieren konnte! Unwetter, Luftpiraten, oder einfach nur ein Loch in der dünnen Stoffhülle des fliegenden Ungetüms ….

Egal, er musste an Bord.

Kapitel 13

Hauke war im Himmel.

Die Schwingungen des Schiffes im Wind, der Geruch von geöltem Metall und Gas. Das Gefühl, weit über allem zu schweben. Es berauschte ihn.

„Geht es dir gut?“ Eve schaute ihn mit einem Gesichtsausdruck an, den er nicht deuten konnte.

Was hatte er getan, dass sie ihn so ansah?

„Ja, wieso?“

„Du hast ganz verzückt geschaut.“

„Verzückt?“

„Ja. Kennst du das Wort nicht? Es bedeutet …“

„Ich weiß, was es bedeutet.“

Hauke verschränkte die Arme und schaute aus dem kleinen runden Fenster. Paris hatten sie schon seit einer Weile hinter sich gelassen. Sie flogen nach Süden, vielleicht ein paar Strich gen Südsüdost. Hinunter zum Mittelmeer, dann nach Italien, Sizilien und dann würden sie den Sprung über das Wasser nach Afrika wagen. Weiter an der Küste nach Ægypten sollte dann nur noch ein Klacks sein.

Oder man nahm die andere Route, bei der man kein großes Wasser überqueren musste. Dann musste man allerdings über das Gebiet des Osmanischen Reiches, und die Osmanen waren sicher nicht gut auf …

Moment … auf wen waren sie nicht gut zu sprechen? Dies war ein normales Passagierschiff, ein Schiff der *Lufthanse*, die zahlte Gebühren für das Durchfliegen des Luftraums und das Anlegen in Städten.

Woran hatte er nur gedacht?

„Du hast doch was?"

Hauke spürte Eves Hand auf der Schulter. Er drehte sich um, sah die Sorge in ihren Augen. Diese Augen. Grün wie das Meer.

„Wie wäre es, wenn wir uns ein wenig unterhalten?", schlug sie vor. „Immerhin dauert es sicher noch eine Weile, bis wir in Kairo sind."

Hauke nickte und ließ sich auf dem Boden vor dem Fenster nieder. Eve schaute sich suchend um und setzte sich dann auf eine Kiste.

Er grinste, als er daran dachte, wie sie das Schiff betreten hatten und Eve gefragt hatte, wo die Kabinen der dritten Klasse wären.

Der Steward hatte sie erst erstaunt angeschaut und dann gelacht, so als habe sie einen dummen Witz gemacht, über den er als Bediensteter aber besser lachte.

Hauke war es egal. Die Reise würde er notfalls hier in der Gepäckkammer verbringen. Eve war nicht so begeistert gewesen, doch ihr Drang, nach Kairo zu kommen, war wohl doch stärker gewesen. Was wollten sie eigentlich dort?

Er kratzte sich am Kopf.

„Du hast doch was."

„Ich … ich weiß nicht. Mein Gedächtnis lässt mich manchmal im Stich."

Eve sagte nichts.

„Vielleicht hab ich neulich bei einer Prügelei was auf den Schädel bekommen. Passiert ja manchmal." Er grinste, doch er konnte sich an keine verfluchte Prügelei erinnern?

„Fangen wir doch mal von vorn an. Wie heißt du eigentlich?“

Hauke schaute sie an. In ihrem Blick lag ein Schmerz. Sicherlich hatte sie Mitleid. Er hasste Mitleid. Er war ein Kerl, und Mitleid hatte man höchstens mit Mädchen.

Er blinzelte. Das hatte er doch früher schon einmal gesagt! Und er hatte dafür eins aufs Maul bekommen. Von einem Mädchen.

„Also …?“ Eve sah ihn fragend an.

„Ach so, ja. ’Tschuldigung. Hauke, Hauke Greve heiß ich.“

„Hmm, das klingt Deutsch, oder?“

„Na ja, fast. Friesisch.“

„Ist das nicht Deutsch?“

Er hob die Augenbrauen. Sie hob die Hände.

„Schon gut, ich nehme alles zurück.“

Eve grinste, und er konnte nicht anders, als ebenfalls zu grinsen.

„Du bist sicher an der Küste aufgewachsen, oder?“

Der Friese nickte.

„Ja, wenn ich die Augen schließe, kann ich das Meer hören. Ich schmecke das Salz in der Luft, die Gischt auf der Haut. Den Sturm …“ Hauke starrte aus dem Fenster.

„Ich bin in London aufgewachsen. In einem Waisenhaus“, unterbrach Eve seine Gedanken. Er blinzelte.

„Oh, das tut mir leid“, antwortete er pflichtschuldig.

„Schon gut. Es war besser so. Mutter trank und Vater … nun ja, der machte illegale Sachen. Im Heim war ich besser dran.“

Hauke nickte. „Ja, manchmal gerät man schnell auf die schiefe Bahn.“

„Was ist mit deinen Eltern?“

Hauke runzelte die Stirn. Dann schüttelte er den Kopf, schaute Eve ratlos an. „Nichts. Da ist nichts!“ Er hämmerte sich gegen den Kopf.

„Schon gut", sagte sie, als versuche sie, ihn zu beschwichtigen.

„Schon gut?" Hauke sprang auf. Er rang nach Worten.

„Es ist überhaupt nichts gut! Ich kann mich kaum daran erinnern, was ich heute Morgen gegessen habe! Von gestern ganz zu schweigen! Und was ich vor einer Woche gemacht habe, ist einfach wie weggewischt!"

Er trat gegen eine Kiste.

„Tjark Evers", sagte Eve.

„Hmm?" Hauke drehte sich zu ihr. Die Wut verrauchte.

„Tjark Evers", wiederholte sie. „Kennst du die Geschichte?"

„Natürlich."

„Er wollte nach Hause, doch man setzte ihn auf einer Sandbank ab. Dann kam die Flut. Er schrieb einen letzten Brief, dann versank er. Immer tiefer sank er hinab. Überall war das grüne Meer ..."

Hauke starrte in ihre grünen Augen. Ihre Worte erzeugten Bilder, kalte, ruhige Bilder. Seine Hände tasteten nach Halt. Blind griff er nach einem Balken hinter sich, ließ sich daran herabsinken.

○ ○ ○

Ein Rascheln hinter ihm weckte ihn.

Hauke schaute sich um. Er lehnte an einer Stahlstrebe, jemand hatte eine alte Decke über ihn gebreitet. Eve hockte noch immer auf ihrer Kiste. Auch sie schlief, den Kopf an einen Sack gelehnt.

Der Friese blieb ruhig sitzen. Unter der Decke griff er nach dem kleinen Messer in seinem Stiefel. Irgendjemand schlich da hinter ihm herum, und das gefiel ihm nicht.

Er sprang auf und blickte in ein erschrockenes Gesicht gute zwanzig Meter entfernt. Zwischen all den Kisten und Säcken stand ein kleiner Mann.

Hauke verzog das Gesicht. Das war der Kerl aus dem Hotel: Der Typ hatte es tatsächlich auf dieses Schiff geschafft.

„So, Freundchen. Jetzt reicht es."

Das Männlein duckte sich aus seinem Blickfeld. Hauke hörte das Getrappel von Füßen.

Er grinste. Offenbar kannte der Kerl sich nicht aus: Sie befanden sich im Frachtraum des Luftschiffs. Der war bei diesem Schiffstyp zu einem Teil in die Hülle hineingebaut.

Dort, wo der Kleine hinrannte, ging es nur höher in die Hülle hinein. Hinein in die Welt der Stege und Leitern, und die Gaszellen lagen so eng um den Axialsteg, dass es dort kein Entkommen für ihn geben würde.

Aber eigentlich war es Hauke egal, wohin der Kerl floh. Auf einem Luftschiff gab es wenige Orte, an denen man sich verstecken konnte. Es sei denn, man war verwegen genug, nach draußen zu klettern. Hauke lachte in sich hinein: So hatte der Kerl mit Sicherheit nicht ausgesehen.

Gemütlich machte er sich auf den Weg und folgte den Schritten ihres Verfolgers.

Kapitel 14

Borchert schwitzte. Dabei war ihm eiskalt.

Schon seit einer halben Stunde jagte ihn der Verrückte durch das Innenleben des verfluchten Luftschiffs. Enge Stege entlang, Leitern hinauf, Seile hinab.

Doch es gab keinen Ausweg: Immer, wenn er dem Lagerraum oder der Kabine mit den Gästen zu nahe kam, war der tumbe Friese bereits da.

Die einzigen Wege, die er nicht versperrte, waren jene zu den Mannschaftsquartieren oder zur Kommando… Borcherts Gedanken stockten. Wie hieß das hier? Brücke? Wie auf einem Schiff? Oder Zentrale?

Ach, egal. Auf keinen Fall wollte Borchert dorthin, wo er auf den Kapitän des Schiffs treffen würde. Schnell würde auffliegen, dass er kein Ticket besaß. Er wollte sich nicht darauf verlassen, dass der Kapitän eines Luftschiffs zivilisiert mit ungebetenen Passagieren umging.

Seit ungefähr fünf Minuten presste er sich nun schon an eine Leiter, die vom Axialsteg hinab führte. Ein paar Augenblicke lang spürte er die Neugier des Reporters: Wie funktionierte so ein fliegendes Ding überhaupt? Wie flog es, wie steuerte man es? Doch dann obsiegte wiederum die Angst.

Die Reise nach Ægypten war lang. Er konnte unmöglich lange Zeit unter diesen Umständen verbringen.

„Du kannst dich unmöglich bis nach Ægypten an den Mast klammern", erklang eine Stimme wenige Meter unter ihm.

Borchert erschrak. Konnte der Kerl Gedanken lesen?

„Nun komm runter. Wir steigen bald hoch über die Alpen. Da frieren dir die Flossen ab, und du fällst von allein runter", hörte Borchert.

Er biss die Zähne zusammen. Eiskalt war es jetzt schon. Er wollte sich gar nicht ausmalen, wie kalt es noch werden würde.

„Gut, aber versprechen Sie mir, mich nicht aus dem Schiff zu werfen", forderte er. Erschrocken stellte er fest, dass seine Stimme ganz dünn und unsicher klang. Fast wie die eines kleinen Jungen, den man beim Stehlen erwischt hatte und der darum bat, man möge seine Eltern nicht informieren.

Ein schallendes Lachen war die Antwort. „Ja, versprochen", folgte dann.

Borchert wagte sich Strebe um Strebe die Leiter hinab. Schräg unter ihm stand der Begleiter von Eve Bailiff und grinste ihn frech an.

„Und Sie liefern mich auch nicht aus?" Borchert rutschte langsam an der Leiter herab nach unten. Natürlich befand er sich in der schlechteren Position, aber vielleicht war der Kerl ja so dumm, wie er aussah, und ließ sich bequatschen.

„Nein, natürlich nicht. Wir wollen nur mit dir reden."

Borchert nickte. Seine Hände waren so kalt, dass er sie kaum noch spürte. Er musste unbedingt ins Warme.

„Komm mit", sagte der Kerl und ging voraus.

„Einfach da rein." Er lotste ihn zu einer einfachen Tür, bevor sie zu den Kabinen der Passagiere am Ende des Kielstegs kamen: offenbar der Lagerraum, aus dem er geflohen war.

Borchert nickte und ging voraus.

Als er die Tür öffnete, erkannte er seinen Fehler. Ein kurzer Blick zurück bestätigte seine Ahnung: Der Kerl war weg.

Vor ihm starrten ihn zehn Männer in der Uniform der *Lufthanse* an. Resigniert blieb Borchert stehen. Hier war es warm, das war gerade alles, was zählte.

Kapitel 15

Eve war froh, als Kairo in Sicht kam. So sehr Hauke den Aufenthalt im Luftschiff genoss, so sehr zehrte die Reise inzwischen an ihren Nerven. Ständig schwankte es, knarrte oder knackste, von den Ratten an Bord ganz zu schweigen.

Ratten! Sie hasste die Viecher. Nie hätte sie gedacht, dass dieses Ungeziefer auf Luftschiffen überleben konnte. Bislang war sie allerdings auch nie dritter Klasse gereist. Es befand sich sogar eine Katze an Bord, die ab und an mit einer Ratte im Maul ihren Weg kreuzte. Eve schüttelte sich.

Dazu waren die Temperaturen eine Zumutung, es war anfangs so kalt wie in London gewesen, inzwischen fühlte sie sich wie in einem Treibhaus.

Doch es war noch aus einem anderen Grund wichtig, dass sie das Schiff endlich verlassen konnten. Hauke war in den letzten Tagen deutlich ruhiger geworden. Seit er den lästigen Reporter geschickt in die Hände der Besatzung gelotst hatte, die den blinden Passagier mit Freuden in Empfang genommen hatte, versank er immer wieder in Gedanken.

Stumm stand er dann im Skelett des Schiffes und starrte vor sich hin. Eve tippte auf Erinnerungsfetzen, die er nicht einordnen konnte. Wenn sie ihn fragte, schüttelte er nur den Kopf. Ihn abzulenken, gelang ihr kaum noch.

Sie schaute durchs Fenster auf die große Stadt mit der ihr fremden Architektur. Dort unten würde es ihm hoffentlich besser gehen. Die Situation war schwierig genug, einen verqueren Friesen konnte sie da nicht gebrauchen.

Befehle schallten durchs Schiff, langsam sank es tiefer.

Eve versuchte, sich zu orientieren. Leider hatte die Zeit in Paris nicht mehr gereicht, um einen Reiseführer für Ægypten oder einen Stadtplan der Hauptstadt zu erwerben. Hoffentlich war der Luftschiffhafen entsprechend ausgerüstet.

Die Stadt unter ihr war grün, das war das Erste, was Eve auffiel. Das Grün rührte nicht nur von den zahlreichen Palmen, die scheinbar jede größere Straße säumten. Auch viele Häuser waren grün gestrichen. Dazwischen gab es zahlreiche bunte Plätze.

Die Lebensader der Stadt war offensichtlich der Nil. Wie ein schmutziggelbes Band teilte er die riesige Stadt. Weit im Norden reichte Kairo bis ans Mittelmeer, im Süden sah Eve unweit des Flusses sandfarbene Pyramiden aus dem grünen Meer hervorragen.

Das Schiff hingegen steuerte die Mitte der Stadt an. Gleich neben dem Fluss und einer der großen Brücken erhob sich ein großer Mast, der dem Eiffelturm in Paris nicht unähnlich sah. Im Gegensatz zur europäischen Variante, die den Werkstoff in den Vordergrund gestellt hatte, hatte man sich hier mehr auf den äußeren Anschein konzentriert. Der Turm strotzte vor Farbe, jede Strebe war anders lackiert. Zudem konnte Eve beim Näherkommen üppige Verzierungen erkennen. Sie schüttelte den Kopf: Was für eine Verschwendung.

In London sparte man sich solchen Tand. Energie und Rohstoffe waren kostbar, und sie an solchen Kitsch zu verschwenden, war undenkbar.

Hauke befand sich nicht mehr an ihrer Seite. Sicherlich schaute er der Mannschaft beim Anlegen zu.

Eve packte ihre Tasche. Sie mussten das Schiff rasch verlassen, damit der Mann auf andere Gedanken kam.

Sie fand ihn am Ausstieg. Er grinste und winkte sie zu sich.

„Was ist denn?"

„Schau", forderte er sie auf.

Sie folgte seinem Blick und sah, wie der Journalist, der sie scheinbar seit London verfolgte hatte, in Handschellen von Bord geführt wurde. Man hatte ihm zusätzlich einen Knebel verpasst. Offenbar hatte er seinen Mund nicht gehalten.

Hauke winkte dem Mann fröhlich zu. Eve hingegen war besorgt. Sie hatte keine Ahnung, wie die ægyptische Gerichtsbarkeit mit blinden Passagieren umging. Würde ihm dort Gefahr drohen? Oder das andere Extrem: War der Kerl vielleicht in fünf Minuten wieder auf freiem Fuß und folgte erneut ihren Spuren?

„Wir müssen schnell hier weg, bevor der uns wieder auf den Fersen ist", sagte sie.

Hauke schüttelte den Kopf.

„Nee, nee, das dauert. Die Ægypter sind langsam."

Eve runzelte kurz die Stirn, sagte aber nichts. War er schon einmal hier gewesen? Erinnerte er sich daran?

„Nimmst du meine Tasche?" Sie wartete seine Antwort nicht ab, drückte ihm die Tasche in die Hände und verließ das Schiff.

○ ○ ○

„Wohin gehen wir jetzt?", fragte er, als sie wieder festen Boden unter den Füßen hatten. Seine Laune war seit der Passkontrolle merklich gesunken. Vielleicht lag es daran, dass diese deutlich schneller verlaufen war, als er es vorausgesagt hatte.

Eve biss die Zähne zusammen. Ja, wohin? Vermutlich würde sie nicht umhinkommen, irgendwen zu suchen, der ihr erklären konnte, was das Siegel mit den drei Pyramiden bedeutete, und vor allem, wem es gehörte.

Doch dann erblickte sie etwas, das sie laut auflachen ließ. Manchmal war das Leben auch schön.

„Was is'n?", fragte Hauke mürrisch.

Eve nickte in Richtung Ausgang, wo etliche einheimische Männer in ihren typischen weißen Dschallabijas standen und Schilder in die Höhe hielten.

Hauke kniff die Augen zusammen. Die meisten Schilder waren wohl kaum für ihn zu entziffern, da sie arabische Schriftzeichen zeigten. Unter den wenigen lesbaren stach eines hervor: Denn der darauf stehende Name war lang und ihm war ein Titel vorangestellt.

Eve ging zielstrebig auf den Mann zu, der das Schild hielt.

„Guten Tag, mein Name ist Eve Bailiff. Ich bin die Vertretung von Professor Clockworth-Merenge."

Der junge Mann schaute sie wortlos an. Hatte er sie nicht verstanden?

Er war jung, aber sicher über zwanzig. Seine Kleidung sah auch nicht wie die eines Dienstboten aus. Nein, er trug im Gegensatz zu den anderen Wartenden eher europäisch anmutende Kleidung.

„Verstehen sie mich?" Eve sprach langsam und wurde dabei unwillkürlich lauter.

Der junge Mann musterte sie, schaute an ihr vorbei zu Hauke.

Eve vertrat ihm den Weg.

„Hey, ich bin die, die sie abholen. Er ist nur mein …"

„Was bin ich?", mischte sich Hauke ein.

Sie biss die Zähne zusammen, drehte sich nicht um.

Der junge Mann blieb weiterhin stumm.

Eve nahm ihm das Schild aus der Hand, deutete auf den Namen des Professors, dann auf sich.

Die Miene des Jungen hellte sich auf. Er klemmte sich das Schild unter den Arm, drehte sich um und ging los.

Eve hob die Brauen. In London waren die Dienstboten besser erzogen. Er hatte nicht einmal angeboten, ihre Tasche zu tragen. Kopfschüttelnd folgte sie ihm.

„Hey, willst du einfach mit dem mitgehen?", knurrte Hauke, der sie rasch einholte.

Eve blieb nicht stehen.

„Natürlich. Er ist da, um den Professor abzuholen. Da ich die Vertretung des Professors bin, holt er jetzt mich ab."

„Aber du weißt nicht, wer er ist und wo er dich hinbringt."

Eve blieb stehen. Eigentlich wollte sie die Augen verdrehen, aber im letzten Moment unterließ sie das. Das würde Hauke sicher auf die Palme bringen, und davon gab es hier in Kairo schon genug,

„Ich glaube nicht, dass er uns in eine dunkle Gasse bringen und ausrauben wird."

Hauke verzog den Mund.

„Und falls doch, habe ich ja dich dabei."

Sie tätschelte ihm den Arm und folgte dem Dienstboten weiter.

„Das ist ein unnötiges Risiko", warf Hauke ein.

Eve blieb stehen, griff Hauke am Arm. „Hör mir zu. Wir müssen ihm folgen. Ich habe keine Ahnung, wer unser Auftraggeber ist. Die Briefe und Unterlagen, die wir haben, helfen uns nicht, weil wir kein Arabisch lesen können. Wenn wir also nicht irgendeinem Wildfremden all unsere Papiere vorlegen wollen, müssen wir dem Jungen vertrauen. Er wird uns ans Ziel bringen, und dann sehen wir weiter."

Sie ließ ihren Begleiter stehen.

Der Junge wartete an einer kleinen, offenen Kutsche. Ein gut gepflegtes Pferd war angespannt und trank aus einem Eimer, den ein Kind ihm hinhielt.

Auch wenn er sonst Höflichkeit vermissen ließ, hielt der Bursche ihr immerhin die Tür auf.

Eve setzte sich in das Gefährt. Es sah aus wie ænglische Kutschen. Hauke nahm neben ihr Platz.

„Nein, setz dich bitte auf die andere Bank. Sonst denken die Leute, wir wären ein Paar."

Hauke verdrehte die Augen, kam ihrem Wunsch jedoch nach.

Der Dienstbote drückte dem Wasserjungen etwas in die Hand, dann schwang er sich auf den Kutschbock.

Ohne auf den Verkehr zu achten, gab er dem Pferd die Peitsche. Die Kusche tat einen Satz nach vorn. Hauke konnte sich gerade noch festhalten, um zu verhindern, dass er ihr in die Arme fiel.

Die Kutsche preschte durch den Verkehr, der im Gegensatz zu London oder Paris deutlich chaotischer war. In Europa hielt man sich an Regeln. Sicher, in London fuhr man links, im Rest Europas auf der rechten Seite … aber dennoch!

Hier fuhr im Gegensatz dazu scheinbar jeder, wie er wollte. Eve hatte die leise Hoffnung gehegt, dass der Junge ihr eine kleine Stadtrundfahrt durch diese sicher sehenswerte Stadt bieten würde. Stattdessen hetzte er mit der Kutsche durch den dichtesten Verkehr. Hauke schien die wilde Raserei nichts auszumachen. Scheinbar gelangweilt, hielt er sich mit einer Hand fest und ließ seinen Blick schweifen.

Eve hingegen spürte Übelkeit. Es war alles viel zu viel. Zu laut, zu warm, zu feucht, zu viele Kutschen, zu viele Pferde, zu viele Menschen!

Sie sehnte sich nach der Kühle Londons zurück. Eve schloss die Augen, versuchte sich in Gedanken nach London zu versetzen. In den Hyde Park, ihren Lieblingsort am Rande der Stadt. Dort, wo der Park langsam in Wald und Wildnis überging. Hier wäre sie jetzt gern, Nebel sollte über die Landschaft streichen.

Ein Ruck riss sie aus ihren Gedanken.

„Sitzenbleiben", gellte ein Befehl.

Eve riss die Augen auf. Ihre Kutsche befand sich in einer engen Gasse. Der Kutscher hatte sich zu ihnen umgedreht. Die Mündung seiner Waffe zeigte auf ihr Gesicht.

„Wenn du nach der Waffe greifst, ist sie tot“, sagte der Junge in akzentfreiem Englisch.

Haukes Kiefer mahlten.

„Der Professor und seine Leute sind in Ægypten nicht erwünscht. Verschwindet und kommt nie wieder. Dies ist die einzige und letzte Warnung.“

Noch bevor Eve antworten konnte, sprang Hauke auf. Sein linker Arm schlug nach der Waffe, aus der sich gleichzeitig ein Schuss löste. Eve meinte, die Kugel an ihrem Ohr vorbeipfeifen zu hören.

Sie schrie auf, während die Männer miteinander rangen.

Der junge Mann war offenbar stärker, als sie vermutet hätte. Er konnte den kräftigen Hauke lange hinhalten. Schließlich bekam er seine rechte Hand und damit die Pistole frei. Ein kurzer Schwung, und Haukes Schläfe machte Bekanntschaft mit dem Metall.

Er gab ein unartikuliertes Geräusch von sich, schwankte.

Der Angreifer ließ die leergeschossene Waffe fallen und zog eine zweite Pistole und zielte auf Hauke, der sich nicht mehr wehren konnte. Er schaute sie an. Sein Finger krümmte sich. Sie sprang auf, wollte Hauke wegstoßen. Doch der Mann war schneller. Es knallte. Etwas traf Eve an der Schulter. Rauch nahm ihr die Sicht. Sie stieß gegen Hauke, landete im Polster der Kutsche.

In ihren Ohren summte es laut.

Durch den Nebel sah sie, wie der Kerl über sie hinwegstieg, nach etwas griff und dann von der Kutsche sprang.

„Ich habe euch gewarnt“, hörte sie leise durch das Klingeln in ihren Ohren.

Eve kümmerte sich nicht um ihn. Er hatte geschossen und lief davon, seine Botschaft überbracht. Er war keine akute Gefahr mehr.

Sie konzentrierte sich auf Hauke. War er getroffen? Aus einer Wunde an der Stirn sickerte Blut. Eve fühlte, dass ihr Herz stockte.

Dann atmete sie auf: Nein, das hier war keine Schusswunde. Sie hatte im Laufe der Jahre, in denen sie für den Professor gearbeitet hatte, genügend Schusswunden für fünf Leben gesehen. Die Verletzung rührte vom Schlag mit der Pistole, den er abbekommen hatte.

Seine Augen flackerten. Eve tastete seinen Mantel ab, suchte nach Einschusslöchern oder klebrigem Blut. Nichts.

„Ws pssiert …?" Hauke war kaum zu verstehen.

„Bleib liegen."

War das ihre Stimme? Sie klang so anders.

Er blinzelte, versuchte aufzustehen, schaffte es aber nicht.

Eve versuchte zu verstehen, was passiert war. Der Angreifer hatte geschossen, sie hatte den Knall gehört, den Rauch gesehen, der Lärm klingelte noch immer in ihren Ohren. Hatte er Hauke verfehlt?

Sie schaute auf den Boden. Was sie sah, ließ ihren Puls steigen. Auf dem Boden lag die Pistole, nein, die Reste der Waffe. Der Lauf sah aus die die Spitze einer Palme. Ein paar Splitter lagen umher. Hauke musste den Lauf der Waffe mit seinem Arm erwischt haben. Seine Kräfte reichten spielend, um das Metall zu verformen. Als der Junge abgedrückt hatte, explodierte die Patrone im Lauf.

Eilig schob sie die Waffe unter den Sitz der Kutsche. Hauke durfte das keinesfalls sehen, sonst würde er noch die richtigen Schlüsse ziehen.

„Was ist passiert?" Hauke Stimme war wieder klar.

Eve half ihm, sich aufzurichten.

„Er hat auf dich geschossen, aber wohl schlecht gezielt."

Hauke runzelte die Stirn, sein Blick war noch immer nicht ganz klar.

Dann wanderte sein Blick an ihren Augen vorbei. Sie sah, wie er etwas fixierte. Dann ging ein Ruck durch seinen Körper.

Sie versuchte seinem Blick zu folgen. Wohin schaute er? Über ihre Schulter. Warum tat es weh, wenn sie über ihre linke Schulter schaute. Warum war da Blut?

Kapitel 16

Tariq nickte dem Wächter zu, drückte ihm eine Münze in die Hand. Ein eingeübtes Ritual, wann immer er die Residenz in Kairo betrat.

Offiziell durfte er nicht hier sein. Vater hatte es verboten.

Aber Vater war seit vielen Tagen stumm.

Egal, was Tariq versucht hatte, Ismael Pascha, der Vizekönig von Ægypten, hatte nicht geantwortet.

Stattdessen hatte der Palast einen merkwürdigen Brief nach London geschickt, zu jenem verrückten Wissenschaftler, der mit Leichen experimentierte. Es war reiner Zufall, dass ihm die alte Fida davon berichtet hatte.

Tariq konnte nur raten, was Vater vorhatte. Vielleicht hatte es mit jener großen Sache zu tun, die er vor ein paar Monaten angedeutet hatte. Es ging um das ewige Leben, um den Aufstieg zu den großen Pharaonen der Vorzeit.

Tariq durchquerte einen abgelegenen Teil des Palastes. Eigentlich lag es ihm nicht, sich anzuschleichen. Doch es würde ihm heute nichts bringen, die Konfrontation zu suchen. Wollte er mehr wissen, musste er es aus dem Halbdunkel heraus versuchen.

Die Ængländerin und ihr merkwürdiger Begleiter hatten es gerade in den Palast geschafft, und das trotz seiner unmissverständlichen Drohung.

Nachdem ihm die Pistole in der Hand explodiert war, hatte er nicht weiter versucht, die beiden aufzuhalten. Für ihn allein war das Risiko zu groß. Außerdem war die Frau bewusstlos gewesen. Ihr Schatten hatte sie durch die Stadt getragen und es tatsächlich geschafft, den Palast des Vizekönigs zu finden.

Also gut, die beiden waren hier. Nun würde sich hoffentlich klären, warum sie hergekommen waren und was Vater mit ihnen vorhatte.

Leise ging Tariq zur großen Audienzhalle. Doch dort herrschte nur Stille.

Ein Geräusch ließ Tariq herumfahren: Ein einsamer Wächter stand im Schatten einer Säule und starrte ihn an. Natürlich erkannte er ihn, und natürlich wusste er auch, dass er nicht hier sein durfte.

Der Mann war niemand, den Tariq kannte, niemand, der ihm verpflichtet war. Er legte die Hand an den Schmuckdolch an seinem Gürtel. Der Mann sah die Bewegung.

Tariq wusste, dass die Wächter gut bewaffnet waren. Der große Speer in der Hand des Wächters war vor allem Zierde. Das Schwert an seinem Gürtel war gefährlicher, doch die kleine Pistole im Gürtel konnte sein Todesurteil bedeuten.

Doch der Wächter griff jedoch zu keiner seiner Waffen. Er drehte sich betont langsam um und ging davon.

Tariq entspannte sich. Er hatte also doch noch Autorität im Palast.

Leise verließ er den Saal. Wohin sollte er sich wenden? Der Palast war riesig. Er bräuchte Stunden, um jeden einzelnen Raum abzusuchen.

Nein, er musste einen anderen Weg gehen.

o O o

„Jungchen, das ist so schön, dass du wieder hier bist."

Fida tätschelte ihm das Gesicht. Er mochte es nicht, ließ sie aber gewähren.

„Ich hatte viel zu tun, Fida“, redete er sich heraus.

„Jaja, ich weiß, Jungchen.“

Sie kniff ihn kurz in die Wange, dann watschelte sie wieder zum Herd.

Die anderen in der Küche versuchten, ihn zu ignorieren. Fida, so klein und alt sie auch war, führte hier ein strenges Regiment. Wer nicht spurte, flog.

Als Kind hatte selbst er, der Sohn des Vizekönigs, das erleben müssen. Er war in die Küche geschlichen und hatte genascht, aber Fida hatte ihm einen Satz Ohrfeigen verpasst und ihn aus der Küche geworfen. Er war jung und wütend gewesen, doch sein Vater hatte nur gelacht und ihm einen anderen Weg empfohlen.

Fida schien kaum überrascht, als er mit einem Strauß Feldblumen vor ihr stand und um Verzeihung bat. Sie, die damals schon kleiner war als er, hatte ihm den Kopf getätschelt und ihm ein Dessert hingestellt.

Seitdem war Fida so etwas wie seine Ersatzmutter. Er konnte immer zu ihr kommen, sie fütterte ihn, hörte ihm zu. Doch inzwischen waren die Probleme zu groß, als dass die alte Fida sie hätte lösen können.

Und zweifellos hatten Spione der Hausherrin auch Fidas Küche unterwandert.

Es musste schnell gehen.

„Ich habe nicht viel Zeit, Fida.“

„Jaja, Jungchen. Immer hat es die Jugend eilig.“

„Wo ist Vater?“

Fida hielt inne, ihre Augen waren traurig. Sie schüttelte den Kopf.

„Was ist? Was ist mit Vater geschehen?“

„Ich weiß es nicht.“

Tariq seufzte. Er bemerkte die Blicke der anderen. Bald würde einer unter einem Vorwand aus der Küche verschwinden, und dann wären Wachen hinter ihm her, die sich nicht mit einer Münze umstimmen ließen.

„Aber der Brief?"
„Dein Vater gab ihn mir. Für den Fall …"
„Für welchen Fall?"
„Na, dass er sich nicht regelmäßig bei mir meldet."
„Willst du sagen, dass er jeden Tag hier runter kam, um sich bei dir zu melden?"
Das passte nicht zu Vater. In die Niederungen der Küche begab er sich sicher nur, wenn es nicht anders ging.
Die alte Köchin kicherte.
„Nein, natürlich nicht. Aber er bestellte jeden Tag ein bestimmtes Dessert. Mir trug er auf, einen Brief abzuschicken, wenn er das eines Tages nicht mehr tun würde."
Tariq hob die Augenbrauen. Eine schlaue Idee, das musste man Vater lassen.
„Und du hast nicht in den Brief geschaut?"
„Was denkst du von mir, Jungchen?"
Er nickte. Fida erzählte ihm viel, aber es hatte Grenzen. Sie war vor allem die Köchin seines Vaters und ihm gegenüber loyal.
Es war besser, das Thema zu wechseln.
„Für wen kocht ihr, wer ist der Gast?",
„Zwei Ængländer. Die Herrin verlangte, dass wir für sie Fisch braten. Steckrübenstäbchen in Fett ausbacken." Fida schüttelte sich.
„Wo speisen sie?"
„Im kleinen Esszimmer deines Vaters, gleich neben seinem Labor."
Tariq runzelte die Stirn. Das war ungewöhnlich.
Er umarmte Fida, drückte ihr einen Kuss auf die Stirn.
„Ich komme bald wieder."
„Sicher, Jungchen, sicher", antwortete die alte Köchin.

Den Weg zum Labor seines Vaters konnte Tariq beinahe im Schlaf zurücklegen. Wäre Vater nicht der Titel des Vizekönigs zugefallen, wäre er sicher Wissenschaftler geworden. Sobald er das Amt von seinem Vorgänger übernommen hatte, war ein Labor eingerichtet worden. Tariq hatte sich nicht dafür interessiert. Ihn hatte nur die Aufmerksamkeit seines Vaters interessiert, aber der große Ismael Pascha, Vizekönig von Ægypten, der sich von seinen Anhängern gern „Osiris" nennen ließ, hatte das nicht bemerkt.

In den Gängen, die zu Vaters Labor führten, patrouillierten Wachen. Viel zu viele Wachen, um ein einfaches geschäftliches Gespräch zu schützen!

Tariq blieb im Schatten einer Säule stehen, überlegte. Er hasste es, sich einschleichen zu müssen, aber hier kam er anders nicht weiter. Er schlich zur kleinen Tür, die man nur sah, wenn man direkt davor stand. Der Gang dahinter führte zu einer gleichartigen Tür in Vaters Büro.

Tariq musste die Tür nicht öffnen, um mitzubekommen, was drinnen vor sich ging. Vater hatte eine kleine Öffnung eingebaut – hauptsächlich, damit die Luft nicht zu stickig wurde. Doch diese Öffnung konnte man auch ganz praktisch zum Belauschen nutzen.

Er presste sein Auge daran und verzog den Mund.

Zwei Personen standen mit dem Rücken zu ihm, aber er erkannte sie dennoch: Isis und Sethos, wie sich nannten. Beide waren wie Vater vernarrt in die alte ægyptische Geschichte und waren kurz davor, sich selbst für Götter zu halten. Isis, seine Stiefmutter, hieß eigentlich Ayda und stammte aus Äthiopien. Vater hatte sie vor ein paar Jahren, noch bevor er Vizekönig geworden war, kennengelernt und mit nach Kairo gebracht. Aber schon damals hatte sie deutlich gezeigt, dass sie nur an Macht interessiert war. Tariq hatte ihre Abneigung immer gespürt: Sie hatte nur schlecht verheimlichen können, dass sie ein Hindernis in ihm sah.

Sethos, oder Mustafa Fazil, wie ihn normale Menschen nannten, war Tariqs Onkel, der Bruder seines Vaters. Aber welcher normale Mensch hatte schon Kontakt zu Sethos? Tariq hatte noch nie gesehen, dass er lachte. Er war immer das Gegenteil seines Bruders gewesen. Wo Osiris ein kräftiger, freundlicher Mann war, hatte sein Bruder schmächtig und kühl in dessen Schatten gestanden. Zusammen waren sie wohl ein gutes Team, einzeln war Sethos niemand, mit dem Tariq zu tun haben wollte. Mustafa war General – oder Feldherr, wie er sich selbst nannte. Ihn interessierten Ehre, Ordnung und andere Tugenden. Die mischte er in seine ganz eigene Vorstellung vom Leben als Ægypter.

Tariq waren beiden immer fern geblieben.

„Was sollen wir nun hier?", fragte eine Männerstimme auf Ænglisch. Das war der Mann, auf den Tariq geschossen hatte. Er versuchte, an Isis und Sethos vorbeizuschauen, doch es gelang ihm nicht.

„Warten wir noch einen Moment, bis Ihre Begleiterin erwacht ist", gab Sethos leise zurück.

Tatsächlich trat er einen Schritt zur Seite und gab damit den Blick frei. Auf der Couch neben Vaters Schreibtisch lag die Ængländerin. Unter ihren Kopf hatte man ein Kissen gestopft.

Ihre Augen flatterten.

„Sie kommt zu sich", kommentierte Sethos das Offensichtliche.

Tatsächlich schlug die Frau die Augen auf, blinzelte kurz, dann setzte sie sich mit einem Ruck auf. Ihr Blick war gehetzt, erst, als sie ihren Begleiter sah, wurde sie ruhiger.

„Was ist hier los? Wer sind Sie? Wo bin ich?", fragte sie auf Ænglisch.

Isis tat einen Schritt auf die Frau zu. Auch wenn Tariq seine Stiefmutter nur von hinten sah, konnte er sich ihre Erscheinung deutlich vorstellen. Ihre natürliche Schönheit, mit dezenter Schminke betont, dazu ein eingeübtes und doch wirksames

Lächeln auf den Lippen … dieser Gesamteindruck erzeugte bei den meisten Menschen ein Gefühl von Sympathie.

„Mein Name ist Isis, dies ist mein guter Freund Sethos."

Tariq verzog das Gesicht.

„Wie es scheint, haben wir Ihnen etwas zu erklären und Sie uns."

Die Ænglänerin erhob sich von der Couch. Beinahe wäre sie dabei umgefallen, doch ihr Begleiter stützte sie.

„Vorsichtig, meine Gute. Sie sind verletzt."

Die Stimme seiner Stiefmutter troff vor gespieltem Mitgefühl.

Eve Bailiff schaute sie fragend an.

„Ihre Schulter."

Die Wissenschaftlerin blickte verwirrt auf ihre rechte Schulter, dann auf ihre linke.

„Erinnerst du dich an den Überfall in der Kutsche?", fragte ihr Schatten.

Sie nickte langsam.

„Er hatte eine Pistole und hat wohl damit geschossen. Ein Querschläger hat dich dann an der Schulter verletzt."

Bailiff schaute ihn merkwürdig an, als wäre es in ihrer Erinnerung anders gewesen. Doch dann nickte sie.

Tariq schüttelte den Kopf. Querschläger? Der Kerl hatte den Lauf zusammengedrückt, einen Herzschlag bevor er geschossen hatte. Querschläger. Ha, die verdammte Pistole war ihm in der Hand explodiert! Wieso verschwieg der Mann das? Und wieso sagte sie nichts dazu?

„Mein Name ist Eve Bailiff, ich bin Assi… ähm … wissenschaftliche Mitarbeiterin von Professor Clockworth-Merenge. Dies ist mein Begleiter Hauke Greve."

„Sehr erfreut, Sie kennenzulernen." Sethos deutete eine Verbeugung an.

„Warum sind wir nun hier? Ihre Einladung war etwas vage."

Isis schaute zu Sethos.

„Die Einladung kam doch von Ihnen, oder? Verzeihung, aber mein Arabisch ist etwas eingerostet", Eve versuchte sich an einem Scherz.

„In der Tat", ergriff Isis das Wort.

Tariq war versucht, in den Raum zu stürmen und seine Stiefmutter der Lüge zu bezichtigen. Vater selbst hatte den Brief schicken lassen. Wahrscheinlich wussten die beiden nicht einmal, worum es ging.

Isis wanderte im Raum umher. Dadurch gab sie Tariq den Blick ins Zimmer frei. Die meisten von Vaters Sachen waren fortgeräumt. Sicher, es war noch immer sein Arbeitszimmer, aber nirgendwo lagen Notizen oder Papiere. Vater war kein Freund von Ordnung auf seinem Schreibtisch. Er wusste immer genau, wo die wichtigen Dinge lagen. Verrückte jemand etwas, konnte er aus der Haut fahren. Ein aufgeräumter Schreibtisch war kein gutes Zeichen. Die Tür zum Labor direkt gegenüber dem Schreibtisch war verschlossen.

„Die Sache ist etwas delikat, müssen Sie wissen. Mein geliebter Ehemann hat eine wichtige Position hier in Ægypten inne." Sie machte eine Pause. „Vielleicht *die* wichtige Position hier. Seine Unversehrtheit ist unglaublich wichtig für dieses Land." Sethos sah sie alarmiert an. „Und für mich. Natürlich auch für mich", fügte sie eilig hinzu.

Eve Bailiff kniff die Augen zusammen. Es war wohl kaum zu überhören, wie Isis zu ihrem Ehemann stand.

„Mein Bruder war jedoch nicht nur Politiker, sondern auch Wissenschaftler. Sicher nicht auf Ihrem Niveau, aber da ihm beträchtliche Mittel zur Verfügung standen, konnte er doch einiges …", begann Sethos.

„Mein Gemahl, nennen wir ihn der Einfachheit halber ‚Osiris', beschäftigte sich viel mit Elektrizität und solchen Dingen."

Hauke Greve schaute verwirrt zwischen den Anwesenden hin und her. Tariq konnte dem Mann ansehen, dass er nicht verstand, was hier vorging.

„Was ist denn nun los? Ist dieser Kerl Osiris tot, oder was?"

Tariq schluckte. Der Kerl war schlauer als er. Isis und Sethos hatten immer in der Vergangenheit gesprochen. War Vater tot? Aber wozu dann diese Wissenschaftlerin?

Isis und Sethos tauschten Blicke, dann schüttelte sie den Kopf.

„Vielleicht ist es besser, wenn Sie es selbst sehen." Sethos ging zur Tür des Labors und öffnete sie. Tariq konnte von seiner Position aus nichts erkennen, die Ænglånderin stand im Weg.

Eine Tür öffnete sich, und ein Dienstbote trat ein. Er flüsterte Isis etwas zu.

„Was? Horus ist hier?", rief sie aufgebracht.

Tariq fluchte leise. Er war aufgeflogen und sollte jetzt wohl besser verschwinden. Ohne die schützende Hand seines Vaters mochte seine Stiefmutter ihn vielleicht auch ins Gefängnis stecken.

Eve Bailiff drehte sich zur Seite und gab den Blick frei. Auf einem Metalltisch inmitten seines Labors lag Ismael Pascha, Tariqs Vater, Vizekönig von Ægypten. Auf seinem Kopf saß ein glänzender Helm, der verblüffend den alten Zeichnungen von der Krone der ægyptischen Könige glich.

An den Helm waren etliche Drähte angeschlossen, die in eine Maschine führten, die direkt neben dem Tisch stand. Genaueres konnte er aus der Ferne nicht erkennen. Aber er sah, dass die Brust seines Vaters sich nicht hob oder senkte. Der große Osiris war wohl tatsächlich tot.

„Horus? Wenn du mich hören kannst, zeige dich! Wir wissen, dass du am Zustand von Osiris schuld bist, aber wir werden gnädig sein."

Was? Sie gab ihm die Schuld? Horus brannte darauf, die Tür aufzutreten und ihr die Lügen aus dem Gesicht zu schlagen.

Aber das würde niemandem helfen. Es würde seinen Vater nicht mehr lebendig machen. Tariq warf einen letzten Blick auf den toten Osiris, dann schlich er davon.

Kapitel 17

Eve war überfordert. Ihre Schulter schmerzte, ihr Kopf dröhnte.

Sie war angeschossen worden und befand sich nun im Palast der wichtigsten Person in Ægypten. Oder war es die zweitwichtigste Person? Schließlich war dieser Osiris ja nur Vizekönig gewesen. Leider konnte sich ihr Gehirn keinen Reim auf die ganze Situation machen.

Hatte man ihr Drogen verabreicht?

„Was haben Sie mir gegeben?“, fragte sie leise.

Isis legte ihr die Hand auf die Schulter.

„Nur ein leichtes Mittel gegen die Schmerzen, meine Liebe.“

Eve nickte. Leicht war das Mittel wohl nicht. Die Farben waren zu grau, die Geräusche zu dumpf. Als hätte jemand den Regler für ihre Empfindungen heruntergedreht.

Trotzdem tat die Schulter weh. Das sprach gegen eine leichte Verletzung. Sollte sie nachsehen? Nein. Sonst kippte sie vermutlich um.

Sie musste unbedingt wach bleiben.

„Was ist mit ihm passiert?“, fragte Hauke.

Ja, richtig: Es ging um den Mann auf dem Tisch. Er war der Grund ihres Hierseins.

„Mein Mann hat gern ein wenig herumexperimentiert. Auch wenn er keine Ahnung hatte, was passieren würde. Er war etwas, nun ja, risikofreudig."

Isis verschränkte die Arme vor der Brust. Eve nahm sich die Zeit, die Frau näher zu betrachten. Sie war ohne Zweifel eine der schönsten Frauen, die sie je gesehen hatte. Ihre dunkle, fast schwarze Haut, ihre weißen Zähne, die roten Lippen, all das machte sie zu einer Frau, die man in Ængland als exotische Schönheit bezeichnen würde. Aber eigentlich waren es ihre Augen, die Eve fesselten. Ihr Blick war freundlich und doch uninteressiert, warmherzig und doch kühl. Eve kniff die Augen zusammen. Das Medikament machte sie wirr im Kopf.

Oder war es Isis' Kleid? Strahlend weiß schien es aus nur einer Stoffbahn zu bestehen, die sich die Frau gekonnt um ihren schlanken Körper gewickelt hatte. Zweifellos hätte Isis in Europa als Mannequin arbeiten können, auf den großen Laufstegen von Paris, Brosella oder Barcelona.

„War? Ist er nun tot oder nicht?" Haukes Stimme klang ungeduldig.

„Das ist schwer zu sagen", antwortete Sethos und schloss die Tür zum Arbeitszimmer hinter ihnen.

Eve schaute sich um: Was für ein seltsames Labor!

Es war voller Technik, zum Teil hochmodern, manches war aber auch vorsintflutlich. Dazwischen lagen Stapel von beschriebenem Papier und Statuen irgendwelcher ægyptischer Götzen. An den Wänden hingen akkurate technische Zeichnungen neben antiken Gemälden.

In der Mitte des Raums stand ein metallener Tisch, darauf lag fixiert ein Mann. Osiris, dessen unbekleideter Körper unter einem weißen Tuch lag, war vielleicht um die fünfzig Jahre alt geworden. Er war kein attraktiver Mann, ins fleischige Gesicht hatten sich bereits Falten gegraben, Eve sah, dass seine Augenbrauen gefärbt waren und seine Augen geschminkt. Ihr war es gleichgültig. Vielleicht war das bei den Ægyptern gebräuchlich.

Auf dem Kopf trug Osiris eine Art Helm. Eve meinte, so etwas schon einmal gesehen zu haben. Ja, in einer Ausstellung über diesen Kindskönig, dessen unversehrtes Grab Howard Carter kürzlich entdeckt hatte. Dieser König hatte ein ähnliches Kunstwerk auf dem Kopf getragen ... aus purem Gold, wenn sie sich richtig erinnerte. Eine Totenmaske.

Doch diese hier sah etwas anders aus. Der Helm ließ das Gesicht frei, zwischen dem grauen Haaransatz schauten elektrische Kontakte hervor.

Sie ging um den Tisch herum. Ein Kabel verband den Helm mit einer Apparatur, die direkt neben dem Tisch stand. Nun verstand sie auch, warum man den Professor gerufen hatte: Diese Maschine ähnelte tatsächlich grob jenen, die der Professor in London nutzte.

Einiges schien jedoch an dieser Maschine ganz anders zu funktionieren: So lag in einer Halterung auf der Maschine ein faustgroßer Bernstein.

Eve betrachtete den Stein näher. Noch nie hatte sie so einen großen Bernstein gesehen. Soweit sie wusste, waren sie selten und wurden für viel Geld als Rohstoff für Schmuck verkauft.

Dieser hier musste Unsummen wert sein. Seine Farbe war honiggelb. Leider war er trüb.

Isis ging langsam um den Tisch herum und betrachtete ihren Gemahl.

„Dieses Ding hält seinen Körper am Leben. Auch wenn es nicht so aussieht, und er fast nicht atmet."

Sie griff nach seinem Handgelenk.

„Puls hat er jedenfalls noch."

Eve prüfte nach und konnte den Herzschlag tatsächlich spüren. Er war schwach, aber regelmäßig.

„Wie funktioniert das?"

Isis zuckte mit den Schultern.

„Wir wissen es nicht. Mein Mann erbte nicht nur sein Amt, sondern auch die Hinterlassenschaften seines Vorgängers. Dieser war verliebt in die Antike und wollte Ægypten wieder so groß machen, wie es einst war. Eine Weltmacht." Sie lachte trocken. „Er hoffte, in der Vergangenheit den Schlüssel für die Zukunft zu finden. Doch er fand nur den eigenen Tod."

„Soweit ich weiß, gibt es keine Unterlagen zu dieser Maschine. Und doch hat mein Bruder an ihr herumgebastelt und sich schließlich an sie angeschlossen", sagte Sethos. Sein Blick war nicht zu deuten. Trauer war nicht hinter den geschminkten Augen zu erkennen.

„Wann war das?", fragte Eve.

Isis und Sethos wechselten einen schnellen Blick.

„Vor etwa drei Wochen", antwortete er.

„Drei Wochen ohne Bewusstsein?"

„Schalten sie den Kram doch ab. Sein Körper lebt vielleicht noch, aber der Kerl ist doch tot!" Hauke schüttelte den Kopf.

„So einfach ist das nicht." Sethos trat näher. „In seinem Kopf sind Dinge, die wir wissen müssen. Dinge, die wichtig sind für Ægypten. Diese Dinge muss er uns sagen." Er machte eine Pause. „Dann mag er sterben."

Hauke hob die Brauen. Eve musterte den Bruder des Toten. Sie kannte diese Gefühllosigkeit gut. Täglich hatte sie damit während ihrer Arbeit zu tun. Und doch hatte sie sich nie daran gewöhnt.

„Wir haben von den Fähigkeiten des Professors gehört", mischte sich Isis lächelnd ein. „Da er Sie geschickt hat, gehen wir davon aus, dass Sie einen Weg finden werden, seinen Geist wieder zurückzubringen."

Eve sagte nichts. Sie betrachtete die Apparatur. Doch so sehr sie sich auch anstrengte, sie konnte nur vage Ähnlichkeit zu jenen finden, die sie in London genutzt hatte. In London gab es immer zwei Tische, schließlich brauchte man zwei Menschen, die die Maschine für die verschiedenen Zwecke verbinden konnte. Hier gab es nur einen Tisch … und den merkwürdigen Bernstein.

Es mochte sein, dass der Geist des Osiris noch immer präsent war. Doch einen Weg, ihn zu finden, kannte sie nicht.

„Ich denke, ich verstehe, was Sie meinen", sagte sie dennoch.

„Echt?", fragte Hauke und hielt sofort wieder den Mund.

„Allerdings muss ich Sie um etwas Geduld bitten. Ich weiß nicht, ob es die Verletzung ist oder die Medikamente, die Sie mir gaben. Aber mir ist etwas schwindelig."

Bei den letzten Worten verdrehte Eve die Augen und ließ sich langsam am Tisch hinabsinken. Sie spürte, wie kräftige Hände sie auffingen und auf das Sofa legten. Auf Hauke war eben Verlass.

„Morgen geht es Mrs Bailiff hoffentlich wieder besser, und sie kann mit der Arbeit beginnen."

Kapitel 18

Wie ist Ihr Name?" Der Polizist musterte ihn misstrauisch.

„John Lewis. Wie oft denn noch? Geheimer Botschafter im Auftrag des französischen Königs mit einer äußerst wichtigen Mission. Wie oft muss ich es Ihnen denn noch erzählen?"

Borchert ballte seine Fäuste und schlug damit auf den Tisch. Hoffentlich lenkte das vom Zittern seiner Arme ab.

Die Reise als blinder Passagier auf dem Luftschiff war weniger unangenehm gewesen, als er befürchtet hatte. Die Mannschaft schien zwar Lust zu haben, ihr Mütchen an ihm zu kühlen, doch der Kapitän war zum Glück Preuße, und als solcher ging er streng nach Handbuch vor. Das schrieb eine unversehrte Ablieferung des Delinquenten bei den örtlichen Behörden vor. Natürlich gegen Unterschrift. Und so war er, unversehrt bis auf wenige blaue Flecken, bei einer kleinen Polizeistation am Luftschiffhafen Kairos abgeliefert worden. Denen hatte er eine abenteuerliche Geschichte aufgetischt. Er sei Spion und müsse dringend mit jemand Wichtigem reden. Sie hatten ihm zwar nicht geglaubt, aber auch Angst gehabt, etwas falsch zu machen.

Als Reporter musste man genau auf diese Angst bauen. Diese Angst hatte ihn auch aus der Polizeistation gebracht. Leider hatte sie ihn nicht in Freiheit gebracht, sondern einfach eine Ebene weiter. Und noch eine Ebene weiter, bis er letztlich beim obersten Polizeibeamten Kairos gelandet war. Der hatte auch einen sicher großartigen Titel, doch da Borcherts Arabisch eher schlecht war, hatte er ihn nicht verstanden.

Er wusste allerdings, dass seine Tour hier zu Ende war. Der Mann hatte nur noch wenige Menschen über sich, die er fürchten musste. Borchert konnte nur raten. Riet er falsch, landete er im Gefängnis. Wie es dort zuging, konnte er nur ahnen. Berichte über ægyptische Gefängnisse gab es in Europa nur wenige. Das sprach für die Qualität der Örtlichkeiten. Offenbar entkam man diesen nicht so einfach.

„Worum geht es denn in dieser Mission?“

Der Mann auf der anderen Seite des Schreibtischs blieb ganz ruhig.

Borchert gingen die Optionen aus. Lange würde der Mann das Spiel nicht mehr spielen. Dann ging es ganz schnell wieder abwärts in der Hierarchie, zurück in irgendeine lausige Zelle.

Er schüttelte den Kopf.

„Ich darf es Ihnen nicht sagen. Sonst würde man uns beide …“ Er machte eine Pause, fuhr sich mit dem Zeigefinger quer über den Hals.

Sein Gegenüber grinste, zog eine Schublade auf und holte einen Dolch hervor. Keinen dieser osmanischen Schmuckdolche, die man hier überall sah, und bei denen sich Borchert wunderte, ob man die gebogenen Klingen überhaupt herausziehen konnte. Nein, das war ein einfaches Armeemesser. Schlicht und vor allem scharf.

Borchert kniff die Lippen zusammen, rückte näher an den Schreibtisch, beugte sich vor.

„Gut, aber es muss unter uns bleiben. Es geht um Shellys.“

Die Augenbrauen des Polizisten hoben sich. Interessiert beugte er sich nach vorn.

„Shellys? Diese wandelnden Toten? Hier in Kairo?“

Borchert lehnte sich zurück. Jetzt hatte er ihn an der Angel.

„Noch ist das Problem nicht ausgebrochen. Aber falls nichts getan wird, ...“ Er beendete den Satz nicht.

Der Polizist erhob sich, ging zum Fenster und schaute hinaus.

„Wer ist Ihr Kontaktmann hier in Kairo?“

Borchert zögerte. Er kannte hier niemanden. Sollte er einen Namen erfinden?

„Wenn Sie es mir nicht sagen, muss ich Sie beim Vizekönig abliefern.“

So, wie der Mann das sagte, sollte das wohl eine Drohung sein.

„Der Vizekönig, hmm?“ Borchert lehnte sich zurück, versuchte, gleichgültig auszusehen.

Der Polizist musterte ihn.

„Man schickt Sie nach Kairo und Sie haben keine Ahnung von den Zuständen hier?“

Borchert lächelte. „Erhellen Sie mich.“

Der Polizist schüttelte den Kopf, ging zurück zu seinem Schreibtisch und griff nach dem Dolch.

„Sie sind kein Botschafter, Agent oder was auch immer Sie vorgeben zu sein. Sie sind nur ein kleiner Wichtigtuer, der sich auf ein Luftschiff geschlichen hat. Niemand hat freiwillig mit dem Palast des Vizekönigs zu tun. Also gebe ich Ihnen einen guten Rat.“

Borchert schluckte.

„Wenn sie das Gebäude verlassen, tauchen Sie unter, rennen Sie oder halten Sie die Füße still. Je nachdem, was Sie besser können. Aber lenken Sie nicht weiter Aufmerksamkeit auf sich. Das würde Ihnen nicht bekommen.“

Borchert schwieg.

Er schwieg, als man ihn aus dem Büro abführte, auf engen Treppen nach unten brachte und aus einer kleinen Tür in eine Seitenstraße schubste.

Erst als die Tür sich fast wieder schloss, fand er seine Stimme wieder.

„Hey, was hat es mit dem Palast des Vizekönigs auf sich?"

Der Polizist schaute sich kurz um, bevor er antwortete: „Kennen Sie die alten Geschichten über die ægyptischen Götter? Über Isis und Osiris, Sethos und Horus und so weiter?"

Borchert schüttelte den Kopf. Den einen oder anderen Namen hatte er schon gehört, aber Religion war nicht sein Spezialgebiet.

„Machen Sie sich schlau. Dann haben Sie ungefähr eine Vorstellung davon, was hinter den Mauern des Palastes so passiert."

Die Tür fiel zu.

Borchert nickte. Er mochte kein Agent sein, aber er war gut in etwas anderem. Recherchieren und Lernen. Das konnte er.

Denn Wissen selbst ist Macht … hatte Francis Bacon einst geschrieben. Eine Macht, die Borchert sich anzueignen gedachte.

Kapitel 19

Hauke mochte diesen Ort nicht.

Nein, eigentlich hasste er ihn sogar.

Aber warum? Er war noch nie in Ægypten gewesen. Jedenfalls konnte er sich nicht daran erinnern, aber sein Gedächtnis schien ohnehin Macken zu haben. Immer lag ein Schleier darüber, immer verbarg sich etwas im Nebel, das verschwommen darauf wartete, entdeckt zu werden.

Doch was an diesem merkwürdigen Ort löste Erinnerungen aus?

War es der Luxus, der hier schamlos präsentiert wurde? All das Gold, die Edelsteine?

Haukes Augen blieben am Bernstein hängen.

Ja, dieses Ding erinnerte ihn an etwas. Ans Meer, die laute Brandung, die Gischt im Gesicht, sein Blick, der sich zwischen den Kieseln dann auf ein fingernagelgroßes Stück festes Sonnenlicht heftete.

„Hauke?" Eves Ruf holte ihn zurück.

„Ja?"

„Alles in Ordnung? Du hattest die Augen zu." Sie sah ihn besorgt an.

„Ja, alles gut."

Nein, natürlich war nicht alles gut. Es lag nicht nur am Bernstein, sondern auch an all diesen Geräten, den Kabeln, und dem Geruch nach Elektrizität und geölten Metall, der in der Luft lag.

Maschinen waren etwas Gutes, Luftschiffe brauchten sie zum Fliegen.

Luftschiffe? Wie kam er jetzt wieder darauf?

Sein Kopf fühlte sich wie Labskaus an. Ein völliges Durcheinander, man konnte die einzelnen Gedanken kaum erkennen. Hauke griff sich an die Stirn. Wie konnte er aus diesem Gewirr entkommen?

„Hauke?"

„Jaja", rief er. Oder hatte er geflüstert? Gebrüllt?

Er sah, dass Eve ihn kritisch musterte. Ihre Stirn war in tiefe Falten gelegt, ihre Augen fixierten ihn. Ihre Augen ... grün wie das Meer. So vertraut.

„Erinnerst du dich an Tjark Evers?"

Haukes Kopf war plötzlich ganz klar.

Tjark Evers. Natürlich erinnerte er sich. So, als sei er es selbst gewesen.

„Er war allein im Watt, die Flut kam", hörte er Eves Stimme durch den Wind.

Das grüne Wasser stand Hauke bereits bis zu den Knien. Der Wind war rau, Nebel zog über die letzten Sandbänke, die noch aus der Flut ragten. Es würde nichts bringen, sich hinaufzuziehen. Auch sie würden untergehen. Alles würde untergehen. Auch er, Hauke Evers.

Evers? War das sein Name?

Tjark versuchte sich zu erinnern. Doch das Wasser stieg unaufhörlich. Schon reichte es ihm eisig bis zur Brust. Er spürte seine Füße nicht mehr. Stand er noch auf dem Sand, oder trieb er aufrecht im Wasser?

Eine Welle schlug gegen seine Brust, nahm ihm den Atem, ließ ihn husten.

Tjark machte die Augen zu, spürte Wasser, Wind und Kälte. Dann ließ er sich fallen.

Der Druck auf seinen Lungen, das Verlangen zu atmen wurde übermächtig. Er zögerte es hinaus. So hatten es ihm die Kameraden erklärt. Dann ein tiefer, langer Atemzug, der die Lungen mit dem salzigen Wasser füllte, und es würde schnell vorbei sein.

Tjark dachte an seine Eltern, seine Geschwister, an das Leben, das er hatte führen wollen, oben auf der See.

Nun sank er hinab. Er riss die Augen auf, versuchte, zu atmen. Wasser drang in seine Lunge. Sein Körper bäumte sich auf.

Husten, Schmerz, Panik. Dann Schwärze.

Als Hauke die Augen wieder öffnete, erstreckte sich das grüne Meer um ihn. Ruhig trieb er unter der Oberfläche, sah, wie die Sonne sich in den Wellen brach.

Durch das Grün erblickte er Eve, die nach ihm griff. Angst stand ihr im Gesicht.

Doch was konnte er daran ändern?

Er befand sich unter der Meeresoberfläche, ganz ruhig glitt er dahin. Sah zu, wie die beiden merkwürdigen Ægypter vor einem Mann mit einer Waffe zurückwichen.

Nein, es war nicht nur einer. Es waren drei. *Drei ist eine gute Zahl,* überlegte Hauke. *Sie kommt nach der Zwei und vor der Vier.* Er mochte die Drei.

Doch was taten die drei Bewaffneten?

Zwei von ihnen zielten mit ihren Pistolen auf Eve und die beiden anderen. Ein dritter, es war der junge Mann aus der Kutsche, hielt ein großes Haumesser in der Rechten. Damit schlug er auf den Körper auf dem Tisch ein, als wolle er einen Fisch köpfen.

Hauke grinste. Aßen die Ægypter etwa Menschen? Hatte Eve nicht etwas von alter Hochzivilisation erzählt?

Ein Arm verschwand im Rucksack des Messermannes, dazu ein weiteres Stück von ihm, Hauke hatte es durch den Schleier des grünen Meeres nicht genau sehen können. Nun war der Kopf dran. Ein kräftiger Schlag. Hauke wollte applaudieren, doch seine Hände waren so schwer.

Der Kopf fiel zu Boden, rollte zu ihm herüber. Hauke lächelte auch noch, als der junge Mann den Kopf einsteckte und ihn dabei merkwürdig anschaute.

Dann verschwanden die drei.

Eve kniete vor ihm. Ihre Hand berührte ihn im Gesicht.

Hauke lachte.

Dann kam der Schmerz.

Und noch eine Ohrfeige.

Und noch eine.

„Hauke, wach endlich auf!"

Kapitel 20

Tariq floh. Es musste sein, auch wenn er es normalerweise hasste, wegzulaufen.

Er hatte seine Ehre bewiesen, als er den toten Körper seines Vaters zerteilt hatte.

Omar und Muhammad, seine beiden Vertrauten, würden mit den Palastwachen noch eine Weile Verstecken spielen. Die beiden kannten sich fast so gut im Palast aus wie er, während die Wachen, die Sethos vor einer Weile eingestellt hatte, kaum wussten, wie sie sich in dem mehrstöckigen und weitläufigen Koloss zurechtfinden sollten.

Omar hatte ihm auch saubere Kleider gegeben und die blutbefleckten gut versteckt. Er selbst ging nun gemächlich zur Anlegestelle des Palastes hinab. Er spürte wie sein Herz laut schlug, so laut, dass er fürchtete, andere könnten es hören. Vater war tot, und er hatte seine Pflicht getan. Tariq schaute auf seine Hände hinab, auf denen das Blut seines Vaters seine Spuren hinterlassen hatte. Er blieb stehen, seine Hände zitterten. Er widerstand dem Verlangen, sie zu waschen. Nein, dies war die Bürde, die er als Sohn des Osiris zu tragen hatte. Und er würde sie tragen, bis er seine Pflicht erfüllt hatte. Tariq hob den Kopf und ging ruhig weiter zu den Booten

Bis hierher hatte sich die Aufregung noch nicht herumgesprochen. Ruhig grüßten ihn die Wachen, nahmen die Münzen entgegen, die ihnen dabei halfen, das eine oder andere Auge zuzudrücken.

Tariq stieg in eines der kleinen dampfbetriebenen Boote. Langsam lenkte er es auf den Fluss hinaus.

Die Wege, die er vor sich hatte, waren weit. Doch sie waren nötig.

Sein Vater, Ismael Pascha, Vizekönig von Ægypten, der sich selbst so gern als Osiris gesehen hatte, war tot.

Ein Staatsbegräbnis hätte er bekommen sollen, doch stattdessen versuchten seine Witwe und sein Bruder, den Körper mit widernatürlichen Experimenten am Leben zu erhalten. Tariq wusste, wer die Ængländerin war: Sie gehörte zu jenem Professor, der mit Leichen experimentierte, sie für seine furchtbaren Ziele missbrauchte.

So sehr Tariq seinen Vater auch hasste: Aber so etwas sollte ihm nicht widerfahren! Also hatte er all das mitgenommen, was für ein Begräbnis in seinem Sinne wichtig war. Nun ja, fast alles:

An seine Organe wäre er kaum herangekommen. Dazu hätte er den ganzen Körper stehlen müssen. Zu viel Aufwand für die Kürze der Zeit.

Nun hatte er Kopf, Arm und Penis. Er würde diese Teile den altægyptischen Riten gemäß begraben, wie sein Vater ihm stets eingeschärft hatte. Danach würde er Rache nehmen an seiner Stiefmutter und seinem Onkel.

Isis hatte ihn seinem Vater entfremdet und der Welt seinen Tod verschwiegen! Dieser Frevel musste gesühnt werden.

Tariq lenkte sein Boot nach Norden. Das Delta war sein erstes Ziel.

Kapitel 21

Hauke war noch nicht richtig wach, aber schon rannte er durch die Gänge des Palastes.

Er wusste gar nicht recht, was geschehen war. Nur kurz hatte er einen Blick auf den misshandelten Leichnam des Vizekönigs werfen können. Der junge Mann, der sie in der Stadt bedroht hatte, hatte Teile des Körpers kaltblütig abgeschlagen und mitgenommen.

Dann waren er und seine beiden Kumpane geflohen.

Eve hatte Hauke gedrängt, die drei zu finden. Doch das war schwerer als gedacht. Der Palast war riesig, und selbst die Palastwachen schienen kaum zu wissen, wo sie suchen sollten. Immer wieder erklangen Geschrei und höhnisches Gelächter in Gängen und Sälen. Doch die drei blieben verschwunden.

Hauke blieb stehen und schaute sich um. Offenbar kannte der Kerl sich hier aus. Besser als er auf jeden Fall! Es war sinnlos, durch den fremden Palast zu rennen und zu hoffen, dass er ihn zufällig finden würde.

Der Friese drehte sich im Kreis, dann trabte er zur nächsten Treppe. Immer höher kletterte er den Palast hinauf, bis er schließlich auf dem Dach stand. Einen Moment lang hielt er inne, schloss die Augen und legte den Kopf in den Nacken. Der Wind wehte ihm um die Nase, brachte Geräusche und

Gerüche mit sich. Eine fremde, aber doch vertraute Welt. Der Friese schaute sich um.

Zum Glück bauten die Ægypter flache Dächer, sodass er bequem auf dem Palast umherlaufen konnte. Auf einer Seite begrenzte eine breite Straße das Gelände, auf der vier oder mehr Fuhrwerke nebeneinander Platz hatten, bei dem Gewusel war das nicht deutlich zu erkennen. An dieser Stelle brauste lautstark der Verkehr der Hauptstadt am Palast vorbei.

Hauke erinnerte sich an das riesige Portal an der Hauptstraße mit den vielen Wächtern in Uniformen davor, die sich nur ein Betrunkener hatte einfallen lassen können. Nein, dorthin war der Leichenschänder sicherlich nicht geflohen. Zwei andere Seiten waren von einem Park umgeben. Er war grün wie auch der Rest von Kairo: große Wiesen, Palmen, gepflasterte Wege.

Bis auf ein paar Wachen konnte Hauke niemanden sehen. Sicherlich hätten die Bewaffneten durch den Park fliehen können, doch es wäre mühsam und würde Aufmerksamkeit erregen.

So blieb nur noch die vierte Seite: Dort wälzte sich der breite Fluss unaufhörlich weiter durch die Stadt.

Hauke liebte Wasser, doch das schlammige Gelb des Nils war nicht sein Ding. Das klare, kalte Meer mit seinen Blautönen und seinem Grün war ihm lieber.

Kurz hielt er inne.

Grün?

Er erinnerte sich an etwas Grünes.

Er schloss die Augen, sah jemanden im Wasser treiben. Wer war das?

Leiser Lärm unterbrach seine Gedanken: Ein kleines Dampfboot löste sich vom Anleger und knatterte los.

Der Friese kniff die Augen zusammen. Das war einer der Männer, keine Frage!

Er rannte zu einer Treppe und benötigte eine gefühlte Ewigkeit, um aus dem Palast zu kommen. Der Einfachheit halber nahm er das Hauptportal. Die Wachen davor musterten ihn unruhig, doch sie hatten wohl keine Order, ihn aufzuhalten. Er rannte die breite Straße entlang in Richtung Fluss. Pferde scheuten, Droschken bremsten quietschend, Menschen schrien ihm wütend Worte hinterher, die sicher als Beleidigung gemeint waren. Doch da er sie nicht verstand, waren sie ihm gleichgültig.

Hauke fluchte, das alles dauerte schon viel zu lange!

Auch wenn der Kerl nur ein mickriges Dampfboot hatte, tuckerte er sicher schneller vorwärts, als Hauke am Ufer rennend vorankam.

Dann kam eine Brücke in Sicht: Das Bauwerk war monströs. Er kannte Londons Brücken, und in seinem Geist trieben auch vage Erinnerungen an andere Bauwerke dieser Art dahin, doch keine musste einen so breiten Fluss überqueren wie dieses Monument. Er verschwendete nicht viel Zeit damit, über die Architektur zu staunen, sondern rannte auf die geschwungenen Bögen, die sich über mehrere künstliche Inseln zur anderen Seite erstreckten. An der Brüstung entlang schaute Hauke immer wieder hinab aufs Wasser. Etliche Boote fuhren dort in jegliche Richtungen. Ein Wunder, dass sie nicht ständig zusammenstießen.

Da, Hauke erblickte das gesuchte Boot, es befand sich bereits fast unter ihm. Wenn er jetzt spränge, könnte er es vielleicht erreichen! Ohne groß nachzudenken, kletterte er auf die Brüstung. Wie tief ging es eigentlich hinab? Zehn Meter? Mehr?

Und noch wichtiger, wie tief war dieses gelbe Ungetüm von Fluss? Aus dieser Höhe brauchte er sicher zwei oder drei Manneslängen Wassertiefe, um nicht auf dem Boden des Flusses aufzuschlagen und sich alle Knochen zu brechen.

Hauke schaute sich um. Rings um ihn standen Menschen und starrten ihn an. Auch wenn er sie nicht verstand, konnte er doch in ihren Gesichtern lesen, was sie von ihm dachten:

Da war Neugier, Angst, Unverständnis, aber auch Aufregung wegen des scheinbar bevorstehenden Selbstmords.

Er kniff die Augen zusammen. Eve hatte ihm befohlen, den Kerl zu fangen. Was blieb ihm übrig?

Hauke atmete tief durch, dann sprang er.

Kapitel 22

Eve schloss die Augen und versuchte, die Hektik um sie herum zu verdrängen. Das war alles ein bisschen zu viel für sie.

Sie war verletzt, man hatte ihr schmerzstillende Drogen verabreicht, die ihre Wahrnehmung beeinträchtigt hatten. In diesem Zustand eine lebende Leiche zu sehen, so wie sie auch in London im Labor von Professor Clockworth-Merenge zu Dutzenden herumlagen, hatte sie bereits überfordert, vom Rest einmal abgesehen.

Hauke, den sie als Beschützer mitgenommen hatte, versagte in dem Moment, als sie ihn brauchte … und das auch noch durch ihre eigene Schuld.

Nun war der Grund, warum sie nach Ægypten gekommen war, hinfällig geworden. Osiris, der Mann, den sie hatte retten sollen, war tot. All die Strapazen waren umsonst gewesen.

„Sie bleiben hier. Wir kümmern uns um den Frevler."

Eve schlug die Augen auf. Der Bruder des toten Vizekönigs stand vor ihr, seine Blicke schienen sie zu durchbohren.

„Haben Sie verstanden?"

Eve nickte langsam, auch wenn sie nicht verstanden hatte.

Sie sollte weitermachen? Aber wie, wenn der *Patient* tot war?

Sethos nickte, dann griff er Isis am Arm und zog sie mit ins Arbeitszimmer nebenan.

Leise hörte Eve die beiden tuscheln. Aber selbst wenn sie laut geredet hätten, Arabisch blieb ein Buch mit sieben Siegeln für sie als Ængländerin.

Der Geruch von Blut breitete sich langsam im Raum aus. Aus den Wunden, die dem Körper zugefügt wurde, rann die rote Flüssigkeit langsam zu Boden.

Das war der Teil ihrer Arbeit, den Eve nicht mochte. Sicher, sie konnte einen Shelly zusammenflicken, ihn an die Maschinen anschließen, die ihn am untoten Leben erhielten. Doch ihre eigentliche Aufgabe lag darin, sich um den Geist, die Seele, wenn man es so nennen wollte, zu kümmern. Das, was einen Menschen zum Menschen machte, und dessen Reste einem Shelly so etwas wie Leben zurückgaben.

Längst hatte der Professor die Schwelle jener tumben Körper überschritten, die lediglich langsam vor sich hin stapften und kaum einen simplen Auftrag ausführen konnten. Nein, der Professor konnte inzwischen Wesen erschaffen, die täuschend echt wirkten. Manche täuschten sogar sich selbst. Das war vor allem Eves Verdienst ... und ihr Problem.

Der Professor hatte natürlich längst bemerkt, dass sie verschwunden war, und er würde sie suchen, mit allen Mitteln. Ægypten war weit weg und ihre Auftraggeber mächtig, doch was würde danach kommen? Sie stand vor dem Nichts.

Langsam ging Eve um den Tisch herum. Der Schnitt am Hals war sauber. Falls ihr jemand den Kopf zurückbrachte, würde sie ihn sicherlich wieder befestigen können. Doch das Hirn war mittlerweile tot. Kein Geist mehr, der einen Shelly steuern könnte.

Die rechte Schulter sah schlechter aus: Der Angreifer hatte zwei Hiebe gebraucht, um den Arm abzutrennen. Das Gelenk war zerschmettert, der Torso hatte oberflächliche Verletzungen davongetragen. Am grässlichsten wirkte auf sie, dass der Tote entmannt worden war … auch wenn ein Shelly dieses Teil wohl nicht mehr benötigen würde

Eve schluckte. Warum tat man so etwas?

Am Kopfteil des Tisches lag noch der Helm. Glücklicherweise waren die Anschlüsse im Innern unbeschädigt geblieben. Eve betrachtete die Kontakte. Soweit sie es feststellen konnte, waren sie ähnlich angeordnet wie bei ihr bekannten Geräten. Das Problem war nur, dass sie nicht erkennen konnte, womit der Apparat betrieben wurde.

Der Professor hatte in London extra verschiedene Generatoren bauen lassen, die seine Labore mit Elektrizität versorgten. Strom war das Allheilmittel seiner Arbeit. Strom tötete, gab aber auch Leben zurück. Ohne Strom keine Shellys.

Doch hier sah sie keinen Anschluss für elektrische Energie. Ob man vielleicht irgendwo eine solche stromerzeugende Zelle eingebaut hatte? Der Professor hatte vor einiger Zeit viel Energie investiert, um an die sogenannte „Erlenhofen-Zelle" zu kommen. Ein relativ kleines Gerät, welches sich sogar in die Shellys einbauen ließ.

Aber auch solch eine Zelle war hier nicht zu sehen. Lieferte etwa der faustgroße Bernstein Energie? Doch wie?

Sie musste das recherchieren. Vielleicht gab es hier im Haus eine Bibliothek. Wenn der Vizekönig wirklich wissenschaftlich interessiert gewesen war, musste er Bücher besitzen. Und hoffentlich waren einige davon in einer Sprache geschrieben, die sie verstand.

Eve untersuchte den Tisch näher. Wenn sie es genau nahm, war er völlig unabhängig von diesem Raum. Die gesamte Apparatur befand sich an der Kopfseite des Tisches, und sie war so klein, dass Eve nur staunen konnte. Das konnte unmöglich genügen, um den Geist eines Menschen zu übertragen. Ohnehin fehlte ein Anschluss für eine zweite Person.

Man brauchte doch immer eine zweite Person … zumindest nach der Methode des Professors. Ein Mensch spendete seinen

Körper, der andere seinen Geist. Führte man das Ganze allein mit der Maschine des Professors durch, führte das zu einem eher … schlichten Ergebnis.

Nur wenn sie, Eve, sich dazwischen schaltete, konnte sie die Übertragung beeinflussen und bessere Ergebnisse erzielen. Doch hier gab es keinerlei Möglichkeit dazu.

Eve seufzte. Sie schritt hinüber ins Arbeitszimmer und holte sich einen Stuhl. Als sie ihn anhob, durchfuhr sie ein stechender Schmerz an der Schulter. Unwillkürlich fasste sie nach der Wunde an ihrer Schulter. Ein dicker Verband schützte sie. Langsam schleifte Eve den Stuhl einhändig über den Boden.

Sie stellte ihn direkt ans Kopfende des Tischs, sodass sie die Apparatur betrachten konnte. Doch kaum hatte sie sich gesetzt, fuhr sie wieder hoch.

Ein Tuch, sie brauchte dringend ein Tuch! Im Arbeitszimmer fand sie eine kleine Tischdecke, die einen Beistelltisch zierte. Sie betrachtete den Stoff, hoffte, dass er nicht zu wertvoll war. Dann ging sie zurück ins Labor und bedeckte den Hals des Toten.

Mit etwas besserem Gefühl ließ sie sich nieder.

Wo sollte sie anfangen? Nachdem hier die Dinge fehlten, die sie kannte, sollte sie sich vielleicht mit dem beschäftigen, was ihr am wenigsten bekannt war.

Sie betrachtete den Bernstein, der goldgelb leuchtete.

„Woher kommt das Leuchten?“, fragte sie leise.

In der Tat war das Labor relativ dunkel. Ein paar Gaslaternen hingen an den Wänden, ein Fenster gab es nicht. Und doch strahlte der Stein aus sich selbst heraus.

Wurde er doch mit Elektrizität versorgt?

Vorsichtig griff sie nach dem Stein. Ein kleiner Funke sprang auf ihre Hand über. Erschrocken zog sie die Hand zurück. Strom konnte töten: Sie hatte halbverkohlte Menschen gesehen, die unvorsichtig mit der Kraftquelle gearbeitet hatten.

Aber was sollte schon passieren? Der Bernstein war klein, konnte kaum eine tödliche Dosis Elektrizität speichern. Eve biss die Zähne zusammen und griff erneut nach dem Kristall. Wieder ein Funke, doch er kitzelte nur ihre Haut.

Dann hatte sie den Bernstein in der Hand. Er war schön; ungeschliffen und doch glatt.

Sein Inneres war trüb, als hätte er kein Insekt eingefangen, wie viele andere Bernsteine, sondern Nebel. Eve kniff die Augen zusammen. Bewegte sich der Nebel? Nein, das konnte nicht sein.

Sie hielt sich den Stein mit beiden Händen vors Gesicht.

Doch, die Schwaden darin standen nicht still: Ganz langsam zogen sie umher.

Eve hob die Brauen. So etwas hatte sie noch nie gesehen. Nun gut, ihre Erfahrungen mit Bernstein waren beschränkt, aber trotzdem schien ihr die Bewegung mehr als ungewöhnlich. Auch, dass der Stein noch immer leuchtete, obgleich er keinen Kontakt mehr zur Maschine und einer darin vielleicht versteckten Stromquelle mehr hatte, war außergewöhnlich.

Täuschte sie sich, oder war der Stein warm? Ihre Hände mochten sie täuschen, so aufgeregt, wie sie gerade war.

Vorsichtig hielt sie sich den goldenen Stein an die Stirn.

Grüne Wiesen.

Palmen.

Pyramiden.

Eve ächzte. Was war das?

Sie saß doch noch immer im Labor des Palastes, der sonnengelbe Bernstein befand sich eine Handbreit von ihrer Stirn entfernt.

Eilig und aufgewühlt legte sie den Stein wieder in seine Halterung. Vorsichtig stand sie auf, ging zwei Schritte rückwärts, bis sie gegen die Wand hinter ihr stieß.

Sie hatte Bilder gesehen, von weiten, grünen Feldern, umgrenzt von Palmen. Eve kannte so etwas nur von Photographien, doch das Bild in ihrem Kopf war keine Erinnerung an eine Photographie gewesen. Sie hatte den feuchten, warmen Wind gespürt, die Sonne, die durch die Palmwedel über ihr herab schien. Und irgendwo in der Ferne, sie erahnte sie mehr, als dass sie sie sehen konnte, standen Pyramiden.

Eve Bailiff war sich sicher, einen solchen Ort nie besucht zu haben. Und doch hatte sich das Erlebte eben sehr real angefühlt.

Sie schluckte. Hatte jemand etwa in ihrem Verstand herumgewühlt? Sie konnte sich nicht daran erinnern, aber das hieß ja nicht, dass sie nicht lange genug bewusstlos und in der Gewalt von Sethos und Isis gewesen war. Auch Hauke erinnerte sich schließlich an nichts.

Aber nein, es musste anders sein. Der Stein löste etwas in ihr aus: nicht nur Bilder … dort lauerte eine Präsenz! Eve schloss die Augen. Sie war nicht allein dort gewesen. Eve riss den Mund auf, schlug sich die Hand davor.

Das musste es sein: Der Geist des Vizekönigs befand sich in diesem Bernstein!

Damit war er nicht tot, auch wenn sein Körper diese letzte Schwelle inzwischen überschritten hatte.

Aber vor allem, und das bedeutete Eve viel mehr, lag damit ihr Auftrag plötzlich wieder im Bereich des Möglichen. Wenn sich Osiris, wie seine Witwe ihn genannt hatte, irgendwie in diesem Bernstein aufhielt, konnte Eve ihn auch wieder herausholen. Sie wusste noch nicht, wie, aber es würde funktionieren.

Kapitel 23

Sind Sie verrückt?“

Borchert konnte kaum fassen, was er sah.

Da kletterte der tumbe Begleiter der hübschen Ængländerin tatsächlich auf die Brüstung der Pharao-Ramses-Brücke und wollte sich wohl hinabstürzen!

Auch, wenn sich der Kerl in der Vergangenheit vor allem als hinderlich erwiesen hatte, so war Borchert doch kein Mensch, der anderen den Tod wünschte.

„Was?“ Der Friese drehte sich um.

Die Ablenkung durch Borcherts Frage hatte gereicht, ihn innehalten zu lassen. Der Reporter hatte den Friesen in drei schnellen Schritten erreicht und umklammerte seine Beine.

„Hey! Wat solln der Schiet?“

„Was Sie da vorhaben, ist lebensgefährlich!“

Der Friese zappelte, Borchert bekam Angst um sein Gesicht.

„Lass mich los, du Hampelmann!“

„Nur, wenn Sie versprechen, nicht zu springen!“

Borchert hörte ein Seufzen von oben.

„Hmm.“

„Wie?“

„Ja, ich verspreche es. Ist jetzt sowieso zu spät.“

Borchert ließ den Mann los. Der schaute hinunter zum Nil.

„Zu spät wofür?“

Der Friese ließ sich von der Brüstung auf die Straße gleiten. Die Einheimischen, die sich um die zwei merkwürdigen Fremden versammelt hatten, zerstreuten sich langsam und lautstark.

Borchert folgte dem Blick des Mannes: Nicht weit von der Brücke entfernt tuckerte ein Dampfboot Richtung Norden.

„Wer ist das?“

„Nicht wichtig.“

„Wir könnten versuchen, ihn einzuholen“, schlug Borchert vor.

Der Friese fuhr herum. „Wie?“

Borchert wies nach rechts. Dort, wo die Brücke an Land stieß, gab es eine kleine Treppe, die hinunter zum Wasser führte. Beide beugten sich über die Brüstung. Dort unten führte ein langer schmaler Steg, an dem mehrere Boote lagen, auf den Fluss.

„Gute Idee, Kleiner!“ Borchert spürte einen kräftigen Schlag gegen seine Schulter, der ihn vorwärts stolpern ließ.

Dann eilte er dem großen Mann hinterher, der die Treppen mehr hinuntersprang als ging. Der Reporter hatte Probleme, mitzuhalten.

Unten hatten sie die Wahl zwischen etlichen Booten. Überall saßen Einheimische und angelten.

Während der Friese sofort damit begann, auf einen der Männer einzureden, schaute Borchert sich genauer um: Die meisten der Boote waren kleine Segler, mit denen sie den Burschen wohl kaum einholen konnten. Nein, sie brauchten ein Dampfboot, und davon gab es nur eines.

Zielstrebig ging Borchert zum Besitzer herüber, der gerade eine Angel auswarf.

„Wir, Boot, Norden, fahren.“, sagte Borchert auf Ænglisch.

Der Mann legte den Kopf zweifelnd schief, dann hielt er die Hand auf.

Borchert griff in die Tasche, zog ein paar Münzen hervor. Der Bootsmann lachte spöttisch.

Von hinten kam eine Hand mit einem Geldschein.

„Reicht das?“, fragte der Friese.

Der Bootsmann nickte, dann löste er die Leine.

Borchert stieg in das wacklige Boot, setzte sich schnell und hielt sich an der tiefen Bordwand fest.

„Du hast gute Ideen. Fast hätte ich so ’nen Segler genommen“, lobte ihn der andere.

„Ja, ich mag nicht so stark sein wie Sie, aber ich habe auch meine Stärken.“

Er wollte sich eigentlich an die Stirn tippen, unterließ es aber. Zum einen war ihm das Festhalten wichtiger, zum anderen hätte der Friese denken können, er zeige ihm einen Vogel.

Doch der Mann schien gerade ganz friedlich.

Mit Gesten erklärte er dem Bootsmann, wohin er fahren sollte. Von hier unten erwies es sich nicht gerade als einfach, ein bestimmtes Boot in der Ferne zu erkennen. Der Nil war breit, und es wimmelte von Wassergefährten aller Art.

Doch zum Glück gab es nur wenige Dampfboote auf dem Nil, sodass sie schnell das richtige Boot ausmachten.

„Warum verfolgen wir den Kerl denn nun?“, versuchte es Borchert erneut.

Der Friese schaute ihn an, grinste dann. „Du gibst nicht auf, oder?“

Borchert schüttelte den Kopf und hoffte, dass dies die richtige Antwort war. Der andere nickte.

„Er hat etwas gestohlen, was wir brauchen. Ganz einfach.“

Der Reporter nickte.

„Und was?“

Diesmal war es der Friese, der mit einer Geste verneinte.

Borchert hatte sich schon gedacht, dass der Friese schwer zu knacken wäre.

Andererseits war er schon ziemlich weit gekommen. Beim letzten Zusammentreffen hatte er ihn noch grinsend als blinden Passagier enttarnt, nun redeten sie zumindest wie vernünftige Männer miteinander.

„Wie wäre es mit einem Handel?"

Der Friese drehte sich zu ihm, hob die Augenbrauen. „Was hast du denn zu bieten?"

Borchert verkniff sich ein Grinsen; er durfte jetzt nicht unvorsichtig werden.

„Das hab ich dir doch neulich schon erzählt!"

Der andere legte die Stirn in Falten.

„Du kannst dich nicht erinnern, oder?"

Borchert sprach leise. Nicht, weil der Bootsmann sie hätte hören können, nein, es ging nur um Vertrauen, um das Gefühl, ein Geheimnis miteinander zu teilen.

„Hör zu, ich weiß nicht viel über dich, aber vielleicht mehr, als du selbst weißt."

„Wie soll das gehen?"

Der Friese war sichtlich verwirrt.

Borchert lehnte sich zurück.

„Haben wir einen Pakt? Ich erzähle dir etwas über dich, und du erzählst mir etwas über euren Aufenthalt hier."

Die Kiefer des anderen mahlten. Dann nickte er, spuckte sich in die Rechte und hielt sie Borchert hin.

Der überwand den Ekel und schlug ein.

„Also?" Borchert versuchte, möglichst gelangweilt zu klingen. Der Friese schüttelte den Kopf.

„Wieso sollte ich denn anfangen?"

Borchert verdrehte die Augen: Das konnte länger dauern.

Ein Ruf unterbrach ihr mühseliges Gespräch. Der Bootsmann deutete aufgeregt nach vorn: Der Junge, den sie verfolgten, hatte angelegt.

Der Friese fluchte. Das war nicht irgendein Steg, den der Flüchtige sich ausgesucht hatte. Direkt dahinter befand sich ein kleiner Lufthafen. Etliche kleine Luftschiffe lagen dort vor Anker. Wenn der Kerl die Flucht nun in der Luft fortsetzte, dann würde er sie spielend abhängen.

Es dauerte keine Minute, dann hatten sie den Anleger ebenfalls erreicht. Sie sprinteten den Steg entlang, der Friese vornweg, Borchert hetzte hinterher. Doch der Flüchtige war im Gewühl untergetaucht.

„Da!", rief Borchert nach einer halben Ewigkeit und zeigte über die Menschen hinweg. Ein kleines Luftschiff erhob sich. Der Reporter kannte sich mit den Dingern nicht aus, aber dieses sah schnell aus. Die Hülle war mit einem großen Falken bemalt.

„Schiete", brüllte der Friese über den Lärm des kleinen Hafens hinweg.

Gemeinsam starrten sie in den Himmel und verfolgten, wie das Schiff langsam wendete und Kurs nach Norden nahm.

„Ihr seht aus, als wärt ihr auf der Suche nach'm Schiff", hörte Borchert jemanden auf Deutsch sagen.

Die etwas undeutlichen Worte kamen von einem Wesen, das Borchert in den Bereich des Luftschiffergarns verortet hätte. Der Kerl war gute zwei Meter groß und wog so viel wie zwei oder vielleicht drei Männer. Ein Fass auf zwei Beinen, gekleidet in luftige, weite Hosen, dazu ein offenes Hemd, das sein üppiges Brusthaar betonte. Mit dem schwarzen Kopftuch und dem großen goldenen Ohrring schien der Mann direkt einer Theatertruppe entsprungen zu sein, die die Abenteuer des Luftpiraten Störtebeker bei der Entdeckung von Neugotland nachstellte.

Aber damit noch nicht genug, rote Haare lugten unter dem Tuch hervor, und eine große Zahnlücke zierte seine Schneidezähne.

„Wat guckt'n ihr so? Noch nie'n Friesen gesehen?"

Borcherts Begleiter lachte laut auf.

„Moin", sagte er schlicht und hielt dem anderen Friesen die Hand hin.

„Moin“, gab dieser zurück und schlug ein.

Borchert runzelte die Stirn. *Moin? Der Morgen ist lange vorbei. Egal.*

„Moin“, sagte auch er.

Die Pranke des Mannes zerdrückte seine Hand beinahe.

Vorsichtig bewegte Borchert alle Finger. Nichts gebrochen.

„Wer bist'n du?“, fragte das Fass.

„Hauke“, gab Borcherts Begleiter zurück.

„Fintje“, antwortete der Dicke auf die ungestellte Gegenfrage, „aber mich nennen alle Tindwerch.“

Hauke lachte auf. Borchert war verwirrt.

Obwohl nicht viele Worte gefallen waren, hatte er das Gefühl, Teile des Gesprächs verpasst zu haben.

„Ich bin Johann Ludwig Borchert ...“, begann er.

„Nun schwätz doch mal nicht so viel, Borchi“, unterbrach ihn Fintje.

Noch ehe Borchert seiner Empörung Ausdruck verleihen konnte, hatte sich der Dicke bereits abgewandt.

„Und?“

„Wie viel?“, fragte Borchert.

Fintje grinste über seine Schulter. „Wie lange?“

„Nur heute.“

„Hmm. Fünfzig.“

Hauke schüttelte den Kopf.

„Zwanzig.“

„Vierzig.“

„Dreißig.“

Fintje kratzte sich am Kopf, merkte dabei wohl, dass ihn das Kopftuch dabei störte, denn er schob es sich vom Kopf und fuhr wohlig über eine breite Narbe, die quer über seinen Schädel lief. Borchert wusste nicht recht, ob er schaudern oder lachen sollte. Auf der Narbe wuchsen natürlich keine Haare, rechts und links davon schon. Und so sah der Kopf des friesischen Möchtegernpirats aus, als hätte ihm jemand mit dem Messer einen Scheitel gezogen.

„Schon gut, vierzig", gab Hauke nach.

Fintje grinste und spuckte sich in die Hand. Zu spät merkte er, dass er gerade sein Kopftuch angespuckt hatte. Umständlich setzte er sich dieses wieder auf den Schädel, dann spie er erneut in die nun leere Hand.

Hauke tat es ihm gleich, dann knallten die feuchten Hände gegeneinander.

Borchert beschloss, den Mund zu halten. Vorerst. In diese stumme Eintracht der beiden Friesen sollte er sich besser nicht einmischen.

„Wo ist dein Schiff?", fragte Hauke.

Ohne zu antworten, drehte sich der Dicke um und bahnte sich einen Weg durch die Menge.

Er hielt auf eines der Luftschiffe am Rand des Hafens zu. Es hatte sicher schon bessere Zeiten gesehen, die Hülle war verschmutzt, die Schrift darauf nur noch zu erraten.

„Mast … Tradings?", versuchte Borchert zu entziffern.

Der Dicke blieb kurz stehen, schaute zum Schiff empor.

„Das war mal. Ich nenn sie einfach *Heike*."

„Heike?"

„Heike!"

Borchert hob lediglich die Augenbrauen.

Sie gingen an Bord, wo sie eine buntgemischte Mannschaft aus einer Schwarzen, einem Chinesen und einem Osmanen beäugte.

„Das sind Fiete, Harmke und Krischan", stellte der Dicke die Bande vor.

Borchert biss sich auf die Zunge. Keine Fragen.

Der Pirat scheuchte seine Mannschaft in den Maschinenraum, und wenig später war *Heike* in der Luft.

Der Reporter stellte fest, dass das Schiff von innen deutlich besser aussah als von außen. Vielleicht hatten sie sogar eine Chance, gegen das schnelle Schiff des Diebs anzukommen.

„Wo will'n der hin?", fragte Tindwerch, als sie sich zu dritt in die Steuerkanzel des Schiffes quetschten.

Vor allem klemmte sich der Dicke hinter das Steuer, während Hauke und er hinter dem Kapitänsstuhl standen. Offenbar war das Schiff ursprünglich für einen deutlich schmaleren Kapitän gebaut worden.

„Weiß nicht."

„Verfolgen oder einholen?"

Hauke überlegte nicht lange.

„Einholen!"

Tindwerch brüllte etwas nach hinten, das Borchert nicht verstand. Vielleicht war es Friesisch, vielleicht Arabisch, vielleicht auch Ænglisch. Durch den fehlenden Zahn klang alles, was der Dicke sagte, seltsam.

Ein Ruck ging durch *Heike*. Das Schiff ächzte.

„Allet jut", beruhigte ihn der Dicke. Borchert wusste nicht, ob er seine Passagiere, sich selbst oder *Heike* beruhigen wollte.

Kapitel 24

Sie müssen etwas essen, Madame!" Eine kleine alte Dienerin stellte ein Tablett mit einer Karaffe, einem kleinen Kristallkelch und einer Schale mit Gebäck auf einen Tisch.

Eve erhob sich. Ihr Rücken schmerzte. Wie lange hatte sie schon hier gesessen?

„Wie spät ist es?", fragte sie.

„Die Sonne ist untergegangen", war die ungenaue Antwort.

Wann waren sie im Palast eingetroffen? Eve wusste es nicht. Sie war noch bewusstlos gewesen. Und seit sie erwacht war, hatte sie nicht auf die Uhr geschaut. Gab es hier überhaupt eine Uhr?

Eve nahm sich ein Gebäckstück. Honig lief daran herunter. Sie steckte es in den Mund. Es war süß und voller Nuancen, die sie nicht kannte. Sie schloss die Augen und spürte dem Geschmack hinterher.

„Das ist großartig", sagte sie und öffnete die Augen.

Doch die kleine Alte war nicht mehr da.

Eilig stopfte sich Eve weiteres Gebäck in den Mund. Vorsichtig schnüffelte sie an der Karaffe. Auch dort roch es süß, ein Fruchtsaft vielleicht. Oh, das war köstlich!

Vielleicht hatten die Menschen, die behaupteten, die ænglische Küche sei einfallslos, doch recht.

Vollgestopft ließ sie sich auf einen Stuhl fallen.

In den letzten Stunden war sie nicht vorangekommen. Weder hatte sie es geschafft, noch einmal eine Verbindung zu dem Bernstein aufzunehmen, noch hatte sie irgendeinen technischen Zugang zur Apparatur gefunden.

Kauend schaute sie sich im Labor um. Die Wände waren mit bunten Wandgemälden bedeckt, die sie bislang gar nicht in Augenschein hatte nehmen können, denn mit Stecknadeln waren Zettel voller arabischer Notizen daran gepinnt. Sie überlegte kurz, dann erhob sie sich und nahm die Notizen ab. Sie stapelte sie ordentlich auf dem Schreibtisch im Arbeitszimmer, dann zog sie den schweren Stuhl zurück in die Mitte des Raums und setzte sich. Natürlich waren es keine antiken Gemälde. Sie mochten kaum älter als ein paar Jahre sein. Ein begabter Künstler hatte allerdings eingefangen, was die Bilder aus dem alten Ægypten ausmachte: Hier und da gab es Stellen, an denen der Putz zu sehen war, als ob jemand das Bild absichtlich beschädigt hätte. Vermutlich war dies eine Kopie eines Bildes, das in einem Tempel oder einem alten Grabmal existierte und tatsächlich beschädigt war.

Was die Gemälde darstellten, war ihr fremd: Gestalten mit Tierköpfen, Falken, Schlangen, Katzen und andere tummelten sich darauf und schienen eine Geschichte darzustellen. Mit der Symbolik war sie überfordert, und einen Hinweis auf Bernsteine konnte sie auf dem Gemälde leider auch nicht finden. Die Ængländerin erhob sich und spazierte durch das Labor.

Als sie an der Anlage am Versuchstisch vorbeikam, spürte sie einen elektrischen Schlag. Verdutzt hielt sie inne. Das war vorhin doch schon einmal geschehen, kurz bevor sie die Bilder aus dem Stein gesehen hatte. Was hatte sie getan, vorhin und jetzt wieder, um diesen Schlag auszulösen?

Vorsichtig griff sie nach dem Bernstein, spürte die elektrische Spannung wie ein leichtes Knistern in der Luft. Langsam hob sie das goldene Ding aus der Fassung und hielt es sich an die Stirn.

Palmen!

Warme Luft!

Das Rascheln von Papier!

Viel Papier!

Das Geräusch brachte Eve zurück in die Realität.

Sie biss sich auf die Unterlippe. Es handelte sich bei den Eindrücken nicht um einen Traum. Aber waren sie deshalb schon real zu nennen?

Ein erneuter Versuch brachte kein Ergebnis. Der honiggelbe Stein verbarg sein Innenleben wieder vor ihr.

Elektrizität!, schoss es ihr durch den Kopf Das musste der Schlüssel sein.

Doch wie erzeugte sie diese Energie? Das war nicht ihr Gebiet.

Hatte sie zufällig einen Knopf an der Maschine gedrückt, einen Hebel bewegt?

Nein, sie hatte nicht an der Apparatur gerührt. Die Elektrizität musste den Stein auf anderem Wege aufladen.

Eve hielt inne. Vielleicht lud die Maschine den Stein gar nicht auf, sondern sie selbst? Sie hatte im Londoner Labor gesehen, dass den Technikern die Haare zu Berge standen, wenn sie mit den Maschinen hantiert hatten, selbst wenn sie diese gar nicht berührten.

Menschen konnten elektrisch aufgeladen sein, hatten sie ihr gesagt.

Aber wie?

Verdammt, warum hatte sie nicht besser aufgepasst. Sie wusste nur, wie man diese speziellen Maschinen des Professors bediente oder wen sie fragen musste.

„Wie kommen Sie voran?“ Sethos' kalte Stimme erschreckte sie.

Der Bruder des Toten stand in der Tür des Arbeitszimmers und beobachtete sie. Sein Gesicht zeigte keine Regung, nur seine Augen blickten sie kühl und neugierig an.

„Wurde in dem Raum etwas verändert nach dem Unfall Ihres Bruders?"

Sethos senkte den Blick, trat ein paar Schritte in den Raum hinein.

Interessant, er verneinte nicht sofort.

„Was meinen Sie?"

Die Wissenschaftlerin ging halb um den Tisch herum und stützte sich darauf ab, als ob sie einen Vortrag hielte.

„Dieser Apparat braucht eine Energiequelle."

Sethos musterte sie, dann nickte er.

„Natürlich. Verzeihen Sie, aber ich wollte sichergehen, dass Sie die sind, für die Sie sich ausgeben."

„Und darum haben Sie hier herumgefummelt? Das verzögert meine Arbeit um Stunden, vielleicht Tage."

Sethos hob den Kopf, seine Miene drückte nichts aus.

„Gedulden Sie sich einen Moment, ich werde die Zelle gleich herschaffen."

Ohne eine Antwort abzuwarten, verließ er das Labor.

Eve ging zum Stuhl und ließ sich darauf fallen. Sie versuchte nicht laut loszulachen, aber ein Grinsen breitete sich auf ihrem Gesicht aus. Das Pokerspielen mit ihren Kollegen hatte sich doch ausgezahlt.

Etwas ließ sie innehalten. Am Bild an der gegenüberliegenden Wand stimmte etwas nicht. Eve erhob sich langsam und betrachtete es näher. Es zeigte einen Mann mit grüner Haut und weißer Krone, der in einem Tor stand. Doch wenn man das Tor genauer betrachtete …

„Hier ist die Zelle", unterbrach sie Sethos.

Eve wandte sich nicht um, so gefesselt war sie vom Gemälde.

„Bitte bauen Sie sie wieder ein."

Um Gleichgültigkeit bemüht, ging sie weiter an der Wand entlang, als ob sie alle Bilder gleichermaßen betrachtete.

„Was stellen dieses Gemälde eigentlich dar?"

Sethos gab keine Antwort. Sie drehte sich um.

Der Bruder des Toten kniete neben der Apparatur, vor sich eine Kiste, die ebenso verziert war wie der Rest der Maschine. Er hielt mit zwei Kabeln in der Hand inne. „Es ist die Geschichte von Osiris, dem Gott der alten Ægypter. Nicht die meines Bruders."

Dann widmete er sich wieder der Maschine, verband die Kabel und erhob sich.

„Es gibt noch eine zweite Zelle im Keller, dort steht ein Generator. Mein Bruder tauschte sie von Zeit zu Zeit aus. Sagen Sie einfach Bescheid, wenn diese hier erschöpft ist, dann veranlasse ich den Tausch."

Eve nickte.

Sethos senkte kurz den Kopf, schaute sich noch einmal um, dann verließ er sie wieder.

Sie wartete einen Moment.

Was sollte sie zuerst tun: Die Maschine testen oder den feinen Riss entlang des gemalten Tores untersuchen? Dort befand sich sicherlich eine Tür, und vielleicht gab es dahinter Antworten.

Nein, erst einmal war die Maschine wichtiger.

Kapitel 25

Tindwerch grinste. Endlich passierte mal wieder was.

Das Rumlungern in einem kleinen Vorortluftschiffhafen von Kairo war nun wirklich kein Honigschlecken. Aus einem Grund, der ihm nicht so recht in den Kopf wollte, heuerten die Menschen ihn immer erst dann an, wenn alle osmanischen und ægyptischen Luftschiffe schon belegt waren.

Na gut, oder wenn es um etwas ging, das nicht ganz gesetzlich war. Oder auch völlig ungesetzlich.

Aber manchmal meinte das Schicksal es wohl auch gut mit ihm. Eine Verfolgungsjagd am Himmel war immer eine gute Sache, noch dazu mit einem anderen Friesen an Bord.

„Wo kommst'n her?", fragte er über die Schulter hinweg.

„London", gab Hauke zurück.

„Hmm, kalt da."

„Hmm."

„Und du?" Der Höflichkeit halber fragte er auch bei Borchi nach, auch wenn es ihn eigentlich nicht interessierte.

„Ich komme aus …", begann der, bevor Tindwerch ihn unterbrach.

„Und was hat der Knabe da vorne mitgehen lassen?"

„'Nen Kopf, 'nen Arm und 'nen Schwanz."

Tindwerch wuchtete sich in seinem Stuhl herum. Schiete, er musste seine *Heike* endlich mal an seine kapitalen Körperformen anpassen!

„'Nen Schwanz?"

Hauke verzog das Gesicht, nickte dann.

„Wir jagen 'nen Schwanz?"

Tindwerch lachte lauthals los. Lachen war gut und machte gute Stimmung. Ein Teufelskreis, aber ein guter.

„Na, das is' ja mal was Neues!"

„Kapp'n", erreichte ihn eine Männerstimme von hinten.

Tindwerch verzog das Gesicht.

„Es heißt Käpt'n, Fiete, Käpt'n. Nicht Kapp'n oder Käppi, oder was auch immer du dir in deinem chinesischen Kopf ausdenkst, um mich zu ärgern."

Der Matrose legte den Kopf schief.

Tindwerch verdrehte die Augen. Immer dieser Hundeblick! Auf Dauer konnte er seiner Mannschaft einfach nicht böse sein.

„Was is'n nu?"

„Maschine, Kapp'n. Nich schneller."

Der Friese verzog das Gesicht. Die gute *Heike* war wohl heute keine so gute *Heike*.

Ächzend presste er sich hinterm Steuer hoch.

„Ich geh mal kieken, was da hinten los ist. Fiete, du bleibst am Steuer."

„Ei, Kapp'n"

Tindwerch verzog die Augen. Warum konnten die kein vernünftiges Friesisch oder wenigstens Deutsch? Er war ihnen doch jeden Tag ein gutes Beispiel!

Langsam schob er sich durch die Gänge seines Luftschiffs. Na ja, eigentlich war es ja nur geborgt. Seit dieser merkwürdigen Episode in Djakarta, wo er einen Zahn verloren, eine ænglische Lady gerettet und sich am Ende ihr Luftschiff ausgeborgt hatte, war er nun stolzer Besitzer eben jenes Schiffs. In Erinnerung an diese Lady hatte er es *Heike* getauft.

Und dann hatte er ganz zufällig einen Auftrag angenommen, der ihn und seine spontan zusammengesuchte Mannschaft weit weg von Djakarta geführt hatte. Dummerweise war das Leben in Afrika kein Honigschlecken.

Harmke und Krischan saßen über der Maschine und diskutierten. Oder sie stritten sich, so genau verstand Tindwerch meist nicht, was sie sagten. Aber das war in Ordnung, sie verstanden ihn ja schließlich auch eher schlecht.

„Was'n los?"

Krischan deutete auf eines der Rohre an der Maschine. Es war glühend rot, einige Nieten sprangen schon in ihren Fassungen hin und her.

„Uh!" Tindwerch betrachtete den Schaden von allen Seiten. Allerdings hatte er keine Ahnung, was er tun sollte. Er war ja schließlich Pirat, oder vielmehr Händler und kein Maschinist.

Er zuckte mit den Schultern und schaute Krischan fragend an.

Der schaute genauso zurück.

Tindwerch blickte zu Harmke hinüber, doch ihr stoischer Blick gab ihm ohnehin immer Rätsel auf.

Also hob er den Daumen und wuchtete sich wieder Richtung Steuerkabine.

Landen oder langsamer fliegen wäre wohl eine gute Idee gewesen. Aber dann würde er sicherlich einen guten Teil der Heuer verlieren.

Ach, das Rohr wird schon halten.

Auf dem Weg nach vorn hörte er geschriene Befehle. Einen Moment lang schloss er die Augen. Ja, so war das damals, als er noch ordentlicher Pirat auf der *Viktualia* gewesen war. Die nördlichen Küsten waren ihr Gebiet gewesen und keiner hatte ihnen was gekonnt. Na ja, außer der verfluchten *Lufthanse* und ihren Jägern.

Die hatten die *Viktualia* schließlich vom Himmel geholt.

Tindwerch spuckte aus. Dumme Erinnerung.

Immer noch brüllte jemand. Wer eigentlich? Wenn hier jemand Befehle gab, die keiner verstand, dann war er es doch!

Tindwerch lief schneller. Irgendwo wehte frischer Wind durchs Schiff. Welcher Verrückte hatte denn hier eine Luke aufgemacht?

Vorn im Steuerstand war es erstaunlich leer. Nur der kleine Borchi saß dort und hielt zitternd das Steuer fest.

„Was zum Henker is'n hier los? Sind bei euch nicht mehr alle Riemen fest?", brüllte der Friese.

Der kleine Mann starrte zitternd nach vorn und reagierte nicht.

Tindwerch bückte sich ein wenig, um ebenfalls nach draußen schauen zu können.

Ouhauerhauerha.

Sie hatten das andere Schiff eingeholt. Aber statt vor ihnen befand sich das andere Schiff nun schräg unter ihnen.

Tindwerch fuhr herum.

Dieser vermaledeite Sohn einer französischen Hündin! Der würde doch nicht etwa?

Eilig zwängte er sich wieder zurück in den Gang und stieg zur Ladeluke hinab. Dort stand Fiete an der Seilwinde und schaute nach unten.

„Was um alles in der Welt is'n hier los?", brüllte Tindwerch gegen den Wind.

Fiete deutete nach unten und grinste.

Tindwerch lehnte sich aus der offenen Luke. Am anderen Ende des Seils baumelte der Friese, und versuchte, das ægyptische Schiff zu entern! Soweit Tindwerch es von oben erkennen konnte, hing der Mann ein paar Schritte über dem Schiff.

Tindwerch grinste ebenfalls. Ja, das war echte Piratenarbeit!

Plötzlich knallte es, dann ging ein Ruck durchs Schiff. Tindwerch brauchte keine Anzeige, um zu merken, dass sie langsamer wurden.

„Schiete", brüllte er.

Er warf einen letzten Blick durch die Luke. Der Fremde hing nicht mehr am Seil, und war auch sonst nirgends zu sehen … war er in die Tiefe gestürzt?

„Na, er wird es schon geschafft haben“, murmelte Tindwerch, dann machte er sich auf den Weg zu Harmke und Krischan.

Kapitel 26

Palmen.

Warmer Wind weht über das grüne Land.

Am Horizont erheben sich drei gewaltige, goldene Pyramiden.

Eve kniff die Augen zusammen. Die Sonne war riesig und blendete sie.

Langsam drehte sie sich im Kreis. Sie stand inmitten einer weiten Ebene. Im Westen, wenn sie den Sonnenstand richtig einschätzte, standen die merkwürdigen Pyramiden. Davor lag als breites blaues Band der Nil.

Im Osten erhoben sich in der Ferne Berge. Der Süden war leer.

Nur im Norden erhoben sich einige … Eve überlegte, wie sie sie nennen sollte … Dinge?

Sie sah Statuen, Häuser, technische Geräte, Bücherregale.

Alles sah riesig aus, so als hätte ein Riesenkind in seiner Spielzeugkiste gekramt und wahllos Dinge auf den grünen Teppich geworfen.

Eve lauschte, doch es war totenstill. Kein Vogel war zu hören, selbst der Wind war lautlos.

Sie räusperte sich, nur um zu überprüfen, ob ihre Ohren in dieser Welt funktionierten.

Beruhigt nickte sie.

Dann ging sie nach Norden los. Dorthin, wo das Spielzeug des Riesenkindes herumlag.

Die Ebene war ausgedehnter, als sie gedacht hatte. Kam sie überhaupt von der Stelle?

Ein Blick zurück zeigte keine Spuren im Grün der Ebene.

Die Wissenschaftlerin hockte sich hin, berührte die Pflanzen. Sie fühlten sich an wie echte Pflanzen, doch wenn sie sie auf den Boden drückte und dann wieder losließ, richteten sie sich auf, als sei nichts geschehen.

Der Versuch, eine der Blumen zu pflücken, endete erfolglos. Das Zeug war wie Gummi, es gab nach, ließ sich aber nicht zerreißen.

Ein Geräusch ließ sie aufsehen. Es klang wie ein Sturm, ein Heulen am Himmel. Sie kniff die Augen zusammen und erblickte ein merkwürdiges Fluggerät. Es sah aus wie ein Streitwagen, gezogen von zwei geflügelten Rossen. Die Tiere waren bunt geschmückt, ebenso der goldene Wagen.

Im Wagen stand ein großer Mann. Auf dem Kopf trug er einen strahlend weißen, merkwürdig geformten Hut, der sie stark an den Helm der Maschine erinnerte. Seine Kleidung glänzte vor Gold.

Seine Erscheinung strahlte Macht und Größe aus.

Nur eines passte nicht: Der Mann jauchzte.

Dann erblickte er sie. Die Rosse brüllten auf und stießen Feueratem aus, bevor sie sich in die Kurve legten – der Wagen hielt auf sie zu.

Eve überkam das starke Bedürfnis, wegzurennen. Sie wusste, dass es nichts bringen würde, schließlich war dies seine Welt, und er konnte tun, was immer er wollte.

Und doch rannte sie, rannte über die grüne Ebene.

Der heiße Atem der Pferde brannte in ihrem Rücken.

Kapitel 27

Kein Unrecht habe ich begangen, kein Mensch hatte meinetwegen zu leiden.

Osiris hielt inne.

Eigentlich stimmte das ja nicht.

Die Zahl der Menschen, denen er Unrecht getan hatte, war sicher groß.

Die Götter habe ich nicht gelästert.

Nun ja, genau genommen hatte er nie an sie geglaubt. Auch wenn viele seiner Landsleute in den vergangenen Jahrzehnten wieder die alten Götzen anbeteten, hatte er selbst sich diesen Glauben nur zunutze gemacht. Sich Osiris zu nennen, kam einer Vergöttlichung zu Lebzeiten gleich.

Die Armen habe ich geschützt und ihnen Gutes getan.

Lachend stoppte Osiris seinen Wagen.

Er wäre wohl kaum so reich, wenn er nicht auf Kosten der Armen gelebt hätte.

Kein Tier hatte unter mir zu leiden.

Osiris lächelte und gab seinen Rössern die Peitsche.

Das Jenseits war großartig: Eine riesige Spielwiese, unbegrenzte Möglichkeiten.

Wer auch immer sich den Unsinn mit dem Totenbuch ausgedacht hatte, wusste nichts vom Jenseits.

Wenn er sich an die Mühen erinnerte, mit denen er die langweiligen Texte als Kind auswendig gelernt hatte, nur weil sein Vater dies für nötig hielt, als ob das Wohl einer Seele im Jenseits wirklich davon abhing, wie gut man als Lebender im Auswendiglernen von Texten war!

Nein, höchstens der Glaube an sich konnte ein Maß sein. Und selbst der zählte nicht, wie Osiris gerade feststellte.

Er war im Jenseits und genoss die Zeit seines Lebens. Was immer er sich erdachte, wurde Realität.

Zehn Automobile besaß er bereits, drei Paläste, fünf Boote auf dem Nil. Dazu einen Zoo der erlesensten Tiere.

Osiris schaute hinab auf sein Land. Das Jenseits war der Himmel auf Erden. Er schrie sein Glück in die Stille.

Das einzige was fehlte, waren Untertanen.

Moment … was bewegte sich dort?

War ein Tier aus den Gehegen entkommen? Nein, es lief aufrecht: ein Mensch?

Der König des Jenseits schrie auf. Dieses Wesen gehörte nicht hierher.

Er trieb seine Rösser an, feuerspeiend rasten sie auf die Frau zu.

Kapitel 28

Hauke sprang.

Über ihm knallte etwas, das Seil, das er losließ, schnalzte zurück.

Für wenige Augenblicke schien Hauke in der Luft stillzustehen, während die Welt um ihn herum raste. Der Wind fauchte an ihm vorbei. Es schien ihm ein wenig so, als würde er im Wasser treiben. Grünes Wasser überall.

Hauke bekam keine Luft mehr.

Überall Wasser. Grünes Wasser!

Heftig schlug er auf.

Es dauerte einige Augenblicke, bis er begriff, wo er sich befand. Er rutschte nach unten. Auf der Hülle von etwas sehr Großem rutschte er nach unten. Gerade zog das aufgemalte, riesige Auge eines Falken an ihm vorbei.

Das Luftschiff.

Der Dieb.

Tindwerch!

Er war gesprungen, um den Leichenschänder nicht zu verlieren.

Schiete, er fiel.

Hauke schlug seinen linken Arm in die Hülle … obwohl diese steinhart und prallgefüllt war, drang sein stärkerer Arm hindurch wie durch eine Papierhülle, bremste seinen Fall und schlug einen großen Riss in die Außenhülle des Luftschiffes.

Hauke zerteilte das große Bild des Falken, wurde langsamer und hing schließlich in den Resten der Außenhülle, zwischen heliumgefüllten Zellen, von denen er ebenfalls eine beschädigt hatte. Das Gas entwich rasch. Er schaute über das endlose Hin und Her von kleinen Flüsschen und Bächen, dazwischen lagen zahlreiche grüne Inseln, auf denen es vor Tieren nur so wimmelte.

Das Delta des Nil. Er hatte davon gehört. Oder war er bereits hier gewesen?

Hauke brüllte auf. Diese Löcher in seinem Kopf waren nicht auszuhalten. Ständig stieß er auf Fragen, die er hätte beantworten müssen, es aber auf Deibel komm raus nicht konnte. Überall waren diese Löcher!

Und diese Fetzen von Erinnerungen, die er nicht richtig einordnen konnte. Nichts passte zusammen.

Das war doch kein Leben. Ein Mensch brauchte doch eine Vergangenheit!

Hauke schrie seinen Ärger auf den Nil hinab.

Am linken Arm hängend zog er sich mit dem Rechten hoch und hinein in die Hülle.

Das Schiff war ein wenig anders gebaut als die Schiffe, die er kannte.

Die Gestänge, die die Gaszellen stabilisierten, waren nicht aus Metall, sondern aus Holz oder Bambus oder was auch immer die Ægypter benutzten. Hatte er nicht mal etwas von Papyrus gehört?

Er schob sich durch die prallen Gaszellen, kurz glitt er darin nach unten und empfand nichts anderes als blanke Angst, hier zerquetscht zu werden … dann gelang es ihm, sich zum hölzernen Mittelsteg vorzuarbeiten. Er fand die Leiter, über die man in die Gondel gelangte. Hauke hörte Schritte, konnte aber auf der Leiter nicht mehr rechtzeitig reagieren: Ein Hieb traf ihn in den Rücken, sodass er das letzte Stück in den Gang hinabfiel … es war nicht mehr tief, aber er fühlte, wie sein Rücken die Misshandlung mit pochendem Schmerz zur Kenntnis nahm. Er warf sich am Boden herum: Schräg über ihm stand ein Kerl mit einem Knüppel in der Hand und musterte ihn mit ausdrucksloser Miene. Ächzend erhob sich Hauke, hob langsam die Arme, als würde er sich ergeben.

o O o

Er musste dringend etwas tun. Die Gefahr, dass ihn die Besatzung einfach über Bord stoßen würde, war nicht gerade klein. Hauke beschloss, selbst aktiv zu werden.

Er federte kurz in den Knien, und sprang dann geduckt auf den Mann zu. Zwar hieb der mit der Keule nach ihm, traf ihn aber nicht. Stattdessen verlor er das Gleichgewicht, als Hauke ihn an der Hüfte packte und zusammen landeten sie im Gang, Hauke auf dem Matrosen. Noch bevor sein Gegner wieder auf den Beinen war, hatte Hauke ihn mit einem Schlag gegen den Kopf bereits ins Reich der Träume geschickt.

Hauke horchte in den Gang, von dem einige Kabinentüren abgingen und atmete durch. Wie es schien, hatte niemand sie gehört. Das war gut. Sein Körper schmerzte, vom Sturz und vom Schlag.

Aber es half ja nichts, er musste weiter, die verdammten Körperteile des toten Vizekönigs suchen.

Er schaute sich unschlüssig im düsteren Gang um. Der Dieb befand sich wahrscheinlich vorn im Steuerstand, doch vielleicht war es besser, das Schiff erst einmal landen zu lassen.

Hauke lief nach hinten, die Keule schlagbereit in der Hand.

Die Dampfmaschine tuckerte schnell vor sich hin, doch Maschinisten waren nicht zu sehen. Hauke musterte die Maschine. Sie sah aus wie jene, die er kannte. Nur die Beschriftung war dummerweise nicht auf Deutsch.

Egal. Der Hebel dort würde die Leistung schon drosseln. Entschlossen drückte Hauke ihn nach unten. Das Tuckern wurde schneller, lauter. Der Friese schloss kurz die Augen. Da lief doch etwas nicht rund.

Eilig schob er den Hebel wieder in die entgegengesetzte Richtung.

Oder war es der Hebel daneben gewesen?

Hauke biss sich auf die Lippen. Wenn er sich doch nur besser an diesen Maschinentyp erinnern konnte. Er hatte so ein Teil doch schon einmal gesehen. Damals bei …

Nein, die Erinnerung war zu vage, und sie würde ihm jetzt ohnehin nicht viel helfen. Die Maschine war zu laut, es schepperte in ihr, pfiff in den Leitungen um ihn herum.

Hauke rannte zurück in den Gang und nach vorn. Aus einer der Türen stürmte ihm ein Maschinist in schmutziger Schürze entgegen. Als er ihn sah, zerrte er eine Handfeuerwaffe hervor.

Hauke überlegte kurz, ob es etwas bringen würde, sich zu ducken. Die Maschine nahm ihm die Entscheidung ab: Mit ohrenbetäubendem Knall explodierte sie hinter ihm und mit ihr die Wand des Maschinenraums. Es hagelte glühend heiße Metall- und Holzteile. Das Schiff machte einen schmerzhaften Ruck, riss ihn und den Maschinisten von den Beinen. Aus dem Augenwinkel sah Hauke, dass der Mann von einem der Splitter getroffen wurde und röchelnd nach hinten umfiel.

Entsetzt blieb Hauke liegen und krümmte sich zusammen, als hinter ihm Flammen aus dem Maschinenraum leckten. Nein, halt … musste er nicht Arme und Beine von sich strecken, wie auf dem Eis im Winter? Machte man sich klein, konnte man einbrechen, und dann versank man im grünen Wasser.

Ein weiterer Knall riss ihn aus den unscharfen Erinnerungen. Wind fegte durchs Schiff. Die Gondel barst, und ein Blick zurück in die klaffende Öffnung, die einst der Maschinenraum gewesen war, zeigte Hauke, dass das Schiff rasch sank … auch Gaszellen mussten bei der Explosion gerissen sein!

Er spürte, dass das Schiff längst in Schräglage war. Es driftete nach rechts, verlor dabei weiter an Höhe.

Hauke raffte sich auf und rannte los. Hoffentlich schoss jetzt niemand auf ihn.

Doch der Führerstand des Luftschiffs war leer. Die Glasscheibe, die die Besatzung sonst vor Wind und Wetter schützte, fehlte.

Der Friese warf sich kurz gegen das Steuerrad, doch das Schiff reagierte nicht.

Verdammt, wo war eigentlich der Dieb hin? Hauke beugte sich aus dem Fenster: Schräg unter ihm schwebte ein Fallschirm, der Dieb hatte offenbar einen der seltenen osmanischen Flugrucksäcke an Bord gehabt!

Hauke schnalzte mit der Zunge. Mutig war der Kerl, das musste man ihm lassen.

Während der langsam zu Boden schwebte, würde er sich in wenigen Minuten mit dem Schiff in den nassen Boden des Nildeltas bohren.

Kapitel 29

Eve erwachte. Sie lag auf dem Rücken, über ihr strahlte die Sonne. Sie brauchte einige Augenblicke, um zu begreifen, dass es nicht die echte Sonne, sondern nur ein monumentales Gemälde war, das den Lauf des Gestirns über den Himmel darstellte. In einem großen Streitwagen zog ein Pharao über das Firmament, die Sonnenscheibe stets über ihm.

Die Wissenschaftlerin setzte sich auf. Das war es doch, was sie eben gesehen hatte.

War es nur ein Traum gewesen?

Ächzend stand sie auf. Wie viel Zeit war vergangen, Minuten, Stunden?

Der Bernstein lag noch immer in seiner Fassung. Auch der verstümmelte Körper des toten Vizekönigs lag nach wie vor auf der Bahre und begann, einen unangenehmen Geruch nach Blut und einsetzender Verwesung zu verströmen.

Eve setzte sich auf den Stuhl, atmete einen Moment durch.

Wenn dies kein Traum gewesen war und sie wirklich den im Bernstein eingeschlossenen Geist des Vizekönigs getroffen hatte … was war dann geschehen?

Im Labor in London liefen solche Dinge immer anders. Sie verband sich mit einem Körper, fand dort aber nur einen schlafenden Geist vor, den sie manipulieren konnte. Sie hatte es dem Professor einmal als eine Art Hypnose erklärt. Der Proband war willenlos und öffnete ihr bereitwillig seinen Geist. Wie der Besucher einer Bibliothek konnte sie durch die Erinnerungen wandeln, Bücher anders sortieren, verstecken oder ganz entfernen.

Doch Osiris war zweifelsohne nicht willenlos. Ganz im Gegenteil, er schien völlig aktiv zu sein und mehr Macht als sie zu besitzen.

Eve massierte sich die Schläfen. Das war ihr bislang nie passiert. Allerdings kannte sie auch niemanden sonst auf der Welt, der vergleichbare Fähigkeiten sein Eigen nannte. Das war auch der Grund, warum der Professor sie mehr und mehr wie eine Gefangene gehalten hatte, der Grund, warum sie so planlos erst nach Paris und dann nach Kairo gereist war.

Vielleicht stellte diese alte ægyptische Maschine ihr Ticket in die Freiheit dar. Wenn der Professor auch ohne sie Seelen transferieren konnte, dann wäre sie frei.

Doch dazu musste sie diese Maschine beherrschen können. Im wahrsten Sinne des Wortes: Sie musste die Maschine und den Geist des Vizekönigs zu beherrschen lernen. Wenn sie nur Beobachterin blieb, half ihr die Maschine nicht.

Moment. Bevor sie sich mit Osiris' Geist verbunden hatte, hatte sie doch etwas gesehen.

Ja, diesen feinen Riss in der Wand.

Eilig ging Eve hinüber zu der Stelle, an der sie die feine Linie gesehen hatte. Sie hatte sich nicht getäuscht. Lächelnd fuhr sie mit den Fingerspitzen über den feinen Spalt.

Doch wie öffnete man diese geheime Tür?

Eve drückte gegen die Wand, nichts geschah. Vielleicht ein geheimer Knopf am Schreibtisch, oder ein bestimmtes Buch, das man aus dem Bücherregal ziehen musste? Der Ænglanderin fielen etliche Möglichkeiten ein, wie man den Öffnungsmechanismus einer solchen Tür verbergen konnte. Hoffentlich war Osiris weniger kreativ gewesen und hatte den Mechanismus in der Nähe der Tür versteckt. Eve fuhr mit der flachen Hand über die Wand neben der Öffnung. Ja, da war eine Erhebung, kaum zu erkennen, da sie als Teil eines Pferdekopfes sehr detailreich gemalt worden war.

Sie legte die Hand auf den Knopf.

„Ein schönes Bild, nicht wahr?"

Eve fuhr herum. Sethos stand dort mit seinem merkwürdig kalten Blick. In seiner Hand hielt er eine Kiste.

„Ich habe auch die zweite Batterie geholt. Falls Sie sie brauchen."

Hatte er etwas bemerkt? Sein Gesicht verriet nichts.

„Vielen Dank. Vielleicht könnten Sie mir etwas zu essen bringen lassen? Ich verhungere fast."

Sethos nickte stumm. Bevor er sich herumdrehte, fiel sein Blick auf den Teller auf dem Tisch. Er hielt kurz inne, ging dann aber doch.

Ein Seufzer entfuhr Eve, dann eilte sie zurück zur Geheimtür. Der Knopf ließ sich ganz leicht drücken. In der Wand klackte es, mehr geschah nicht. Enttäuscht drückte Eve den Knopf erneut.

Nichts.

Seltsam. Sie drückte halbherzig gegen die geheime Tür. Fast fiel sie hin, als die Tür dem leichten Druck nachgab und den Blick in einen weiteren Raum freigab.

Eve gingen die Augen beinahe über.

○ ○ ○

Flackerndes Licht erhellte einen Raum, dessen Form sie kaum erkennen konnte. Auf gläsernen Regalen standen Kristalle in verschiedenen Formen und Größen:

Bernsteine.

Sie merkte, dass ihr der Mund offenstand, als sie fassungslos den Raum betrat. Es mussten hunderte dieser Kristalle sein. Sie sah Farben, die sie nie bei Bernsteinen erwartet hätte. Neben dem bekannten Honiggelb gab es weiße Steine, manche fast durchsichtig, aber auch graue und fast schwarze. Es gab orangefarbene Töne, aber auch Grün, Braun, sogar wenige blaue Steine fielen ihr auf.

Vorsichtig trat sie näher, als würden ihre Schritte die Regale erschüttern und damit die gesammelten Kostbarkeiten auf dem Boden verteilen. Der Inhalt des Raumes musste ein Vermögen wert sein. Wenn sie diese Steine in Europa verkaufen könnte, wäre sie reich, unermesslich reich. Doch was nützte ihr Geld? Es stillte ihre Neugier nicht.

Vor einigen Kristallen lagen kleine Papierschnipsel, auf die jemand arabische Buchstaben gekritzelt hatte. Auf anderen war ein aufrecht stehendes Oval zu sehen, in das weitere Symbole gezeichnet waren. Eve konnte beide Beschriftungssysteme nicht entziffern.

Langsam schritt sie von Regal zu Regal und betrachtete die Kristalle. Die meisten sonderten ein leises Licht ab, während ihr Inneres trüb war. Manche hingegen waren fast klar und leuchteten auch nicht mehr.

Das war ihr schon bei dem Bernstein des Osiris aufgefallen. Sagte dies vielleicht etwas darüber aus, ob der Bernstein mit einer Seele belegt war? Das würde heißen, dass hier einige hundert Seelen lagerten. Eve spürte, wie ihr ein Schauer über die Haut lief. So viele Seelen, so viele Leben, konzentriert auf einen kleinen Raum und doch jede für sich allein. Konnte das möglich sein? Eve drückte die Tür auf, damit ein wenig mehr Tageslicht in den Raum strahlte.

Das Licht nahm dem Raum zwar den Zauber, aber dafür sah sie jetzt ein paar Dinge, die ihr vorher nicht aufgefallen waren: Während die meisten Kristalle ordentlich aufgereiht in den Regalen standen, gab es in der hintersten Ecke des Raumes eine Kiste mit weiteren Bernsteinen. Eve nahm einen davon in die Hand. Abgesehen von seiner Größe sah er ganz gewöhnlich aus, kein Leuchten und auch keine Trübungen. War dies vielleicht das Rohmaterial?

Eve schaute sich um. Bevor sie sich wieder an Osiris heranwagte, konnte sie vielleicht einen Versuch mit diesen Objekten hier machen. Sie nahm sich einen der vermutlich leeren Steine und steckte ihn in die Tasche. Dann ging sie die Regale entlang und nahm einen sonnengelben Stein. Der Zettel davor zeigte ein Oval, in dem ein Vogel, eine Feder, mehrere Kreise und Wellenlinien abgebildet waren. Sie steckte beides ein, dann verließ sie den Raum wieder und zog die Tür hinter sich zu.

Kapitel 30

Hier zu warten war auch keine Lösung. Hauke schaute sich eilig um, doch in der Kanzel des Schiffs gab es nichts, was ihm helfen konnte.

Er drehte am Steuer, diesmal gehorchte das Schiff ächzend. Wenn er es richtig anstellte, würde es im Wasser aufkommen. Vielleicht würde der Aufprall dann nicht so heftig werden.

Schließlich lief Hauke nach hinten. Das Schiff war klein und schnell. Es gab wenige kleine Quartiere, die Kanzel vorn und den Maschinenraum hinten, der nun als gähnendes Loch in der Gondel klaffte. Auch die Hülle darüber war größtenteils zerfetzt, und Hauke war dankbar, dass die Gaszellen offenbar mit Helium und nicht mit Wasserstoff gefüllt gewesen waren, denn sonst wäre das Luftschiff um ihn herum explodiert.

Hauke durchwühlte eilig die beiden Kabinen … unter einem der Betten zerrte er einen schweren, prall gefüllten Rucksack hervor, daran eine Reißleine: Das musste ebenfalls ein Fallschirm sein, wie der, mit dem der Dieb abgesprungen war! Hauke kannte sich mit diesen Dingern nicht aus, aber er brauchte nicht lange, um sich den Rucksack umzuschnallen. Wenn er es wagte, das Luftschiff damit zu verlassen, und wenn der Fallschirm ihm gehorchte und sich entfaltete, konnte er damit überleben.

Er musste es wagen … an der Einstiegsluke nahm Hauke Anlauf und sprang. Weit stieß er sich ab und zog sofort an der Reißleine … der Boden war schon so nah!

Während der Wind unter den Schirm fuhr, wurde er mit einem Ruck über das stürzende Luftschiff erhoben, das instabil in sich zusammensackte und dann, Augenblicke später, auf dem Wasser aufprallte. Er hörte das Donnern der Gestänge, das Brechen der Stege, dann krachte das Luftschiff langsam in sich zusammen.

Hauke lachte laut in das Tosen des Windes um ihn herum. Da war er dem Deibel gerade so von der Schippe gesprungen. *Mal wieder!*

Das Lachen verebbte. *Mal wieder?*

Schon wieder legte sich dieser Nebel über seine Erinnerung.

Der Friese schüttelte den Kopf. Das war der falsche Moment, um in diesen Gedanken zu versinken.

Wo war der Dieb gelandet?

Hauke schaute sich um. In der Luft sah er ihn nicht mehr. Weit weg im Süden schwebte das Schiff von Tindwerch. Rauch stieg an seinem Heck auf, aber immerhin befand es sich noch in der Luft.

Er blickte sich hektisch weiter um, doch vom Dieb war nichts zu sehen. Und er selbst war auch nur noch ein gutes Dutzend Meter hoch, gleich musste er landen. Er suchte sich eine der größeren Inseln aus, hoffte, dass sich in dem hohen Gras keine Felsen oder wilden Tiere versteckten.

Kurz bevor er auftraf, sah er ihn: Der junge Mann war auf einer der Nachbarinseln gelandet und watete gerade durch das mannshohe Gras. Hauke merkte sich die Richtung, in die der Bursche sich davon machte, dann traf er am Boden auf und wurde vom niedersinkenden Fallschirm bedeckt. Eilig kämpfte er sich aus der Fallschirmausrüstung und lief dem jungen Mann hinterher.

Doch schon nach wenigen Schritten wurde aus dem Laufen ein Gehen, dann ein Waten. Die Grenzen zwischen Wasser und Land verschwammen hier. Was von oben wie klar umrandete grüne Inseln im braunen Wasser des Nil ausgesehen hatte, entpuppte sich als halb unter Wasser stehendes Marschland.

Wär das ganze Grün nicht hier, wär es fast so wie an der Nordsee. Hauke schob den Erinnerungsfetzen beiseite.

Das Wasser spritzte, sich anzuschleichen konnte er in dieser Umgebung vergessen. Das mochte mit einem flachen Boot gehen, aber nicht zu Fuß. Zum Glück war das Wasser nirgends tief. Der Friese sank kaum bis zu Hüfte ein.

Da, zwischen grünem, langem Gras sah er den Dieb. Auch der hatte seine Fallschirmausrüstung abgelegt, trug nur noch einen unförmigen Sack auf dem Rücken mit sich herum – die Körperteile des Vizekönigs?

„Hey", brüllte Hauke übers Wasser.

Der junge Mann drehte sich um, verzog das Gesicht und setzte dann seinen Weg fort.

Hauke fluchte. Was hatte er auch erwartet? Dass der Kerl stehenblieb und ihm die geraubten Körperteile übergab? Wohl kaum. Immerhin schien er keine Schusswaffe dabeizuhaben, sonst hätte er die Gelegenheit wohl genutzt.

Hauke eilte weiter. Zwar war er ein wenig schneller als der Dieb, doch lange würde er dieses Tempo nicht mehr durchhalten: Es war unglaublich ermüdend, mit nassen Klamotten durch knietiefes Wasser zu laufen. Es musste dringend etwas geschehen.

Plötzlich schoss ein grauer Koloss vor Hauke aus dem Wasser. Vor Schreck stolperte er, sackte in die Knie und schluckte Wasser, während er zusah, wie das Ungetüm sich auf den Flüchtenden stürzte.

Was war das für ein Monstrum? Sah so ein Elefant aus? Nein, es hatte keinen Rüssel, dafür eine riesige, breite Schnauze mit gemein aussehenden, dicken runden Hauern. Aber egal, was es war, es durfte den Dieb nicht fressen. Hauke brauchte ihn noch. Na ja, zumindest den Rucksack.

Und er hatte keine Waffe dabei! Nicht, dass eine Pistole ihm noch helfen würde, nachdem er durchs Wasser gewatet war, aber er trug nicht einmal ein Haumesser bei sich.

Das Vieh hatte den Dieb inzwischen am Rucksack gepackt. Der brüllte, jedoch nicht vor Schmerz sondern vor Wut, wie Hauke hörte. Schmerz klang anders, Schmerz tat weh, auch den Zuhörern.

Hauke fasste einen Entschluss: Er lief über ein Stück flaches, fast trockenes Land und sprang dem Tier auf den Rücken.

Schiete, hier gab es nichts zum Festhalten. Die Haut des Viehs war grau, nass und dick. Es hatte kaum Falten und die wenigen waren glitschig. Wütend rammte Hauke seine Linke in den Rücken des Tieres. Eigentlich war es nur eine Geste der hilflosen Wut gewesen, doch die Wirkung des Schlags war ungleich größer. Eine tiefe Wunde klaffte im Rücken des Tieres, Blut sickerte heraus, vermischte sich mit dem braunen Nilwasser. Brüllend richtete sich das Tier auf, Hauke flog vom Rücken, geriet unter Wasser.

Als er wieder an die Luft kam, sah er, dass das Tier sich anderen Angreifern zugewandt hatte. Eine Gruppe Männer, ihrer einfachen Kleidung nach zu urteilen waren sie wohl Fischer, rückte dem Biest mit langen, spitzen Stöcken zu Leibe. Der Dieb versuchte unterdessen, seinen Rucksack zu greifen. Der hing noch immer an einem der riesigen Eckzähne des Tieres.

Dann geschah es. Der Rucksack riss auf und gab seinen unappetitlichen Inhalt preis. Der Kopf des toten Vizekönigs kullerte umher, der Arm platschte ins Wasser. Der dritte Teil blieb im Rucksack.

Entsetzt sah Hauke zu, wie das Tier sich diesen schnappte und zerkaute. Dann brüllte es noch einmal und verzog sich.

Kapitel 31

Eve setzte den sonnengelben Stein vorsichtig in die Maschine ein. Sie nahm den Helm in die Hand, legte ihn dann jedoch wieder ab. Schnellen Schrittes ging sie ins Arbeitszimmer des Vizekönigs. Natürlich hatte befand sich kein Schloss in der Tür. Wer würde es schon wagen, unangemeldet in das Büro eines solchen Mannes zu platzen?

Ob der Trick mit der Stuhllehne funktionierte? Sie hatte einmal in einem Buch darüber gelesen. Sie nahm sich einen Stuhl, zog ihn zur Tür und klemmte die Lehne unter die Klinke.

Das mochte etwaige Besucher für ein paar Augenblicke aufhalten. Hoffentlich lange genug, dass sie es bemerken würde und den anderen Bernstein verschwinden lassen konnte.

Eve betrachtete ihr Werk, dann ging sie halbwegs zufrieden zurück ins Labor und setzte sich den Helm auf.

o O o

Es war furchtbar hell. Am Himmel stand eine riesige Sonne, die alles überstrahlte. Es war warm, Eve merkte, wie sie zu schwitzen begann. Sie stand am Ufer des Nils, das braune Wasser floss nach rechts, also war dort vermutlich Norden. Hinter ihr, im Osten also, breitete sich eine riesige Stadt aus, bis hin zu den Berghängen, die die Ebene begrenzten. Am

Ufer lag eine prächtige Barke, königlich geschmückt, zur Abfahrt bereit. Soldaten bewachten sie, Diener liefen überall herum.

Die Wissenschaftlerin trat näher, doch die Menschen beachteten sie nicht. War sie unsichtbar? Sie ging zu einem der Diener, berührte ihn an der Schulter. Der Mann wandte sich zu ihr um, musterte sie kurz, dann drehte er sich wieder weg.

„Verstehen Sie mich?", fragte Eve.

Keine Reaktion.

„Hören Sie mich?", rief sie dem nächsten zu, doch auch der reagierte nicht auf sie.

Kurz überlegte sie, an Bord zu gehen, um eine Reaktion der Soldaten zu provozieren.

Doch dann kam ihr ein Gedanke: Vielleicht waren diese Menschen keine echten Menschen. Die Welt, in der sie sich befand, unterstand ja der Kontrolle eines Einzelnen. Was wäre, wenn der sich Gesellschaft geschaffen hatte? Andere Menschen, Gesprächspartner. Wer wollte schon in einer solchen Welt allein sein? Sie waren vielleicht kaum mehr als Puppen, und solche Puppen waren wohl nicht dazu gedacht, auf alles reagieren zu können.

Vom Schiffsanleger aus führte eine breite Allee in die Stadt hinein. Während Eve der Straße folgte, bemerkte sie, dass sie keinen Schatten warf. Die Sonne war übergroß und stand bereits tief über der Ebene auf der anderen Seite des Nils.

Doch selbst mit der Sonne im Rücken konnte sie keinen Schatten bemerken. Auch unter ihr war alles von Licht durchflutet. Merkwürdig.

Sie wanderte weiter herum und bewunderte die durchgeplante Architektur dieser Stadt. Alles war sauber, hell und symmetrisch. Eine solche Stadt hatte es in der Realität vermutlich nie gegeben.

Während sie unterwegs war, versank die Sonne. Schnell wurde es dunkel. Nach dunkel kam finster.

Eve blieb stehen, als sie kaum noch drei Schritte weit sehen konnten. Keine Fackeln, keine Feuer erhellten die Stadt. Am Himmel glänzten ein paar Sterne, doch vergeblich versuchte sie, eines der Sternbilder zu erkennen.

Dann hörte sie den Gesang. Erst leise, dann langsam lauter werdend breitete sich die Stimme über der Stadt aus. Es war nur eine Stimme, nur ein einzelner Mann, der sang.

Eve schloss die Augen und lauschte. Der Gesang war fremd, aber trotzdem schön. Sie hörte die Worte, auch wenn sie nicht wusste, wie das sein konnte, da der Sänger sich sicherlich nicht in der Nähe befand. Verstehen konnte sie die Worte nicht, und doch drängten sich ihr irgendwann Bilder in den Kopf.

Sie sah die Finsternis über der Stadt, nein, über der ganzen Welt. Schlaf und Sterben lagen über allem. Raubtiere und Fabelwesen kamen aus ihren Verstecken, bedrohten die Menschen, die sich jedoch nicht wehren konnten.

Die ganze Welt war wie ein gewaltiges Grab, in dem sich selbst die Gerechten vor den Schergen des Bösen ängstigen mussten.

Tränen liefen über Eves Wangen. Selten hatte sie solche Trostlosigkeit gespürt. Gab es denn gar keine Hoffnung mehr?

Sie war versucht, sich an ein höheres Wesen zu wenden. Einen Gott, wenn sie denn gelernt hätte, zu einem zu beten. Über ihr hatten als Autoritäten stets nur die eherne Königin Viktoria oder Professor Clockworth-Merenge gestanden, doch beide waren nicht anbetungswürdig.

Doch dann erhellte ein leichter Schimmer den Horizont. Eve drehte sich um, über der Kerbe im östlichen Gebirge erhob sich langsam die gigantische Sonnenscheibe. Hoffnung strahlte auf.

Der Gesang des Mannes wurde lauter, triumphierend.

Er hatte die Nacht mit all ihren Schrecken besiegt, er hatte die lebensspendende Sonne zurück an den Himmel geholt.

Er war der Herrscher dieser Welt.

Er war alles.

Eve wischte die Tränen fort. Sie hatte noch immer keine Ahnung, wer er war, aber auf jeden Fall musste sie mit ihm sprechen!

Sie folgte der Allee, während der Gesang leiser wurde. Die Sonne stieg stetig, Wärme und Leben erfüllten alles.

Die Straße führte zu einem großen Tempel. Breite Türme bewachten den Eingang, die Außenwände wurden von riesigen Zeichnungen verziert. Eve gönnte sich nicht die Zeit, um sie zu studieren. Sie betrachtete nur die zwei Hauptfiguren, einen König und die Sonnenscheibe, der er huldigte.

Eilig überquerte sie den Platz vor dem Tempel. Überall standen Menschen herum, manche gingen langsam im Kreis, so als ob sie nicht wüssten, was sie tun sollten.

Die Wachen am Tempel ließen Eve wortlos passieren.

Drinnen blieb sie vor Erstaunen stehen. Es war sicher nicht so, dass sie profunde Kenntnisse über ægyptische Architektur besaß, doch in der Regel waren die Tempel der Einheimischen überdacht. Es gab Felsentempel, Tempel mit Säulen, auch solche mit massiven Wänden, doch die Gebäude lagen nie offen. Schließlich schien hier immer die Sonne, und es regnete auch regelmäßig. Wer würde schon das Innere seines Tempels der Natur aussetzen?

Doch hier ... nichts. Alles schien normal, breite Gänge, Statuen, Säulen, nur eben kein Dach darüber.

Hatte der Baumeister dieser Welt es absichtlich weggelassen? Vielleicht, weil er wie Osiris mit einem Streitwagen über den Himmel fliegen wollte?

Auf dem Weg ins Innere des Tempels sah sie etliche Menschen, die auf dem Boden knieten und beteten.

Dann hatte sie das Innerste erreicht. Hunderte Menschen und ein flaches Podest. Darauf standen zwei Personen mit hohen Kronen. Aus der Ferne, sie war noch gute fünfzig Meter von den beiden entfernt, konnte sie im hellen Licht nicht erkennen, ob es sich um zwei Frauen oder einen Mann und eine Frau handelte. Die eine Person, sicherlich eine Frau, stand relativ still. Der Gesang kam von der anderen Person, bei der es sich somit offenbar um einen Mann handelte.

Eve dachte nach. Dies war offenbar eine Art Ritual oder ein Götterdienst, oder wie auch immer die Einheimischen das früher genannt hatten. Durfte man so etwas stören? Sie wollte den Mann dort oben nicht erzürnen. Osiris war wütend geworden und hatte sie aus seiner Welt geworfen, das durfte sie nicht riskieren.

Langsam umkreiste sie das Podium, sodass sie die beiden Menschen erst von der Seite, schließlich von vorn sah.

Dann ging sie so langsam und so respektvoll, wie es ihr möglich war, auf die beiden zu.

Die Frau kam ihr bekannt vor, auch wenn sie ahnte, dass es nur eine Art Puppe wie all die anderen Menschen in dieser Welt war. Äußerlich menschenähnlich, aber doch ohne echte Seele. Sie hatte das markante, schöne Gesicht mit der hohen Krone bereits irgendwo gesehen. Aber wo nur?

Der Mann hingegen war nicht schön. Er hatte ein langes Gesicht mit großem Kinn und großer Nase.

Voller Inbrunst hatte er die Hände zur Sonne erhoben und sang für sie.

Eve räusperte sich.

Stille.

Überrascht schaute der König sie an, ließ die Hände sinken.

„Wer bist du?“, fragte er.

„Mein Name ist Eve. Verzeiht die Störung, Majestät.“

„Eve? Was für ein seltsamer Name. Woher kommst Du? Warum trägst Du so merkwürdige Kleider?“

Er klatschte in die Hände, aus dem Nichts erschienen Diener, rollten einen Teppich aus, platzierten in Windeseile Kissen und flache Tische. Weitere Bedienstete brachten Speisen und Getränke, bevor Eve auch nur bis zehn zählen konnte.

Der Pharao nahm Platz, schaute sie neugierig an.

Sie zögerte. Durfte sie sich setzen, oder war das unhöflich? Aber noch wichtiger: Durfte sie antworten, oder war sich der König seiner merkwürdigen Existenz nicht bewusst?

„Ich komme aus einem Land weit im Norden“, begann sie.

„Italien, Frankreich, oder bist du Osmanin?“

Überrascht schaute sie ihr Gegenüber an.

Der lachte.

„Ja, ich weiß, wo ich hier bin.“ Er machte eine große Geste, als wolle er seine Welt umfassen.

„Aber woher?“

„Früher hatte ich öfter Besuch. Meine Nachfolger ersuchten mich um Rat. Doch dann blieb es lange still, bis Osiris kam.“

„Osiris?“ Hatte sich der Vizekönig tatsächlich selbst hier so genannt?

„Ja, ich weiß, dass dies nicht sein richtiger Name ist. Aber welcher Herrscher trägt schon seinen richtigen Namen? Wir alle orientieren uns mehr oder weniger an Gott.“ Er machte eine kurze Pause. „… oder den Göttern, wenn man denn an sie glaubt.“

Die Ængländerin überlegte, ob sie nachfragen sollte. Doch sie beschloss, dass sie keine theologische Diskussion mit einem alten ægyptischen König führen wollte.

„Was hat er Euch erzählt?“

„Er erzählte von seiner Welt, von all den Ländern, die zu unserer Zeit noch anders hießen oder lediglich barbarische Gefilde hinter dem Rand der Zivilisation waren. Und er erzählte von den neuen Wundern eurer Zeit, von fliegenden Schiffen und gefährlichen Waffen.“

Eve nickte. Ja, da hatte Osiris sicher einiges zu erzählen gehabt.

„Ja, unsere Zeit ist modern, aber auch gefährlich. Vielleicht ist Osiris ihr zum Opfer gefallen …“

Der König schien überrascht.

„Er ist tot?"

„Noch nicht ganz. Sein Körper ist es bald, sein Geist ist in einer Welt wie dieser gefangen. Doch ich komme nicht an ihn heran."

Der König nickte langsam.

„Ja, anfangs ist es schwer. Man weiß nicht, was passiert ist. Eben lebte man noch, und dann wacht man in einer leeren Welt auf. Man braucht eine Weile, um zu begreifen, was man alles in ihr tun kann. Und man braucht noch viel länger, um zu verstehen, dass dies die Ewigkeit ist."

„Die Ewigkeit?"

„Ja. Es gibt kein Entrinnen von hier. Dies ist die Welt, in die wir alle gehen, wenn wir sterben. Dann kommt deine Seele vor das Totengericht, besteht sie die Prüfungen, dann gelangt sie hierher."

„Und wenn nicht?"

„Dann wird sie vernichtet."

Eve schauderte. Sie war sich nicht ganz sicher, was die verschiedenen Religionen, die es auf der Welt gab, zum Leben nach dem Tode sagten. Aber es erschien ihr nicht gerade wie das Paradies, hier auf ewig allein eingesperrt zu sein.

„Wie kann ich nun mit Osiris Kontakt aufnehmen?"

„Warte. Warte zwei oder drei Jahrhunderte, dann hat er sich sicher gefangen."

Eve lachte auf, der Pharao lachte ebenfalls.

Dann verstummten beide.

„Du hast nicht so viel Zeit, oder?"

Sie schüttelte den Kopf. Er musterte sie, dann beugte er sich zu ihr über das Tischchen und flüsterte: „Imhotep hat dieses Problem vorhergesehen. Der alte Fuchs."

„Wer?"

„Imhotep. Sag nur, sein großer Name geriet in Vergessenheit!"

Eve hob fragend die Schultern.

„Er war ein großer Gelehrter und stand hoch in der Gunst von Thoth. Er erfand die Schrift, viele Arzneien und auch diese Welten."

„Dann scheint er in der Tat ein wichtiger Mann gewesen zu sein."

„Ja, ich bete zu Aton, dass Osiris seinen Stein fand und er noch unter den Lebenden weilt."

Eve schwirrte der Kopf. Thoth, Aton, wer waren diese Leute? Egal, anscheinend hatte dieser Imhotep das Problem vorhergesehen. Vielleicht gab es ja auch eine Lösung?

„Was hat Imhotep denn gegen das Problem getan?"

„Er baute etwas für den Notfall ein. Wenn du in einer Welt bist und den Geburtsnamen der Person kennst, zu der sie gehört, rufe den Namen, und sie wird kommen und dich anhören."

„Den Geburtsnamen?"

Der König lächelte. „Ja, ich hörte schon, dass dies in eurer Zeit keine große Hürde mehr ist. Zu meiner Zeit hatte ein König viele Namen, doch seinen Geburtsnamen kannten nicht viele."

Eve nickte.

„Vielen Dank, König. Das hat mir weitergeholfen."

„Echnaton", sagte er.

Sie stutzte. War das irgendeine Phrase auf Ægyptisch?

Um sich keine Blöße zu geben, erhob sie sich und verneigte sich dabei tief.

„Ich werde Euch jetzt verlassen, König."

Es erschien ihr unhöflich, einfach so aus seiner Welt zu verschwinden, auch wenn sie es konnte.

Sein Lächeln verschwand. Langsam nickte er.

„Vielleicht kommst du einmal wieder."

„Vielleicht", sagte sie unverbindlich.

Er erhob sich.

„Ich habe auch zu tun."

Ohne sich umzudrehen, ging er zurück zu seinem Podest. All die Puppen, die er sich geschaffen hatte, inklusive der seiner Begleiterin, hatten still auf ihn gewartet. Nun, da er wieder bei ihnen war, begannen sie wieder, zu beten.

Und er sang.

Eve versuchte, sich die Szene einzuprägen, dann konzentrierte sie sich und verließ seine Welt.

Kapitel 32

Der dicke Friese ächzte, als er Harmke und Krischan erreicht hatte. Beide saßen vor der Maschine, die langsam und unregelmäßig vor sich hin tuckerte.

„Wat habt ihr gemacht?“, keuchte Tindwerch.

Harmke fing an, etwas zu erzählen, doch der Dicke winkte ab. Er verstand seine Mannschaft sowieso nicht.

„Was ist passiert?“ Der mickrige Reporter drückte sich hinter ihm herum.

„Nu ja“, Tindwerch griff nach seinem Schweißtuch und wischte sich ausführlich über Gesicht und Nacken. „Die *Heike* hat heute wohl keinen guten Tag“, brummte er.

„Die wer?“

„Borchi, nu geh mir mal nich auf den Senkel. *Heike* is das Schiff, und da wir vorhin so hetzen mussten, braucht die Dame nu ne kleine Pause.“

„Hetzen? Es war eine Verfolgungsjagd, wie im Kriminalroman …“

„Na ja“, unterbrach Tindwerch, „sagen wir doch eher Groschenheft. Auf jeden Fall hat sich die *Heike* ein wenig überanstrengt.“

Er tätschelte die Maschine.

„Und nun?“

Tindwerch kratzte sich am Kopf. Er konnte nicht richtig denken, wenn ständig jemand quasselte.

Ohnehin war der Einsatz ziemlich schiefgelaufen. Wenn er das Symbol richtig erkannt hatte, dann war der Kerl, den sie gejagt hatten, der Sohn des Vizekönigs.

Keine Ahnung, wie nachtragend der war, aber Tindwerch wollte es eigentlich nicht herausbekommen. Die Geschäfte liefen schlecht genug.

Es gab wohl nur einen guten Weg. „Wir werden mal kurz landen und von außen nach dem Rechten sehen. Nicht wahr, Borchi?"

Er grinste den Reporter an, legte ihm eine Hand auf die Schulter. Dem war das sichtlich unwohl, er versuchte sich unauffällig herauszuwinden, doch Tindwerch hielt ihn fest. Man musste die Leute nur ein wenig ablenken, dann dachten sie nicht über alles nach, was man so erzählte.

Während er den Deutschen nach vorn zur Kanzel führte, gab er seiner Mannschaft ein paar schnelle Fingerzeige.

Minuten später hing die *Heike* einen Meter über dem Boden.

Tindwerch öffnete die Luke, drängte Borchert zur Strickleiter.

„Kletter mal schnell runter und schau hinten nach, ob noch genug Bremsöl am hinteren Querruder is."

Der Reporter kletterte tatsächlich nach unten. Wahrscheinlich, um Tindwerchs schwere Hand auf seiner Schulter endlich los zu sein.

Unten angekommen, starrte er nach hinten.

„Bremsöl?"

„Ja, und schau auch gleich, ob genug Gewindekreide am Gewinde ist."

„Was?"

„Und prüf den Stand vom Nockenwellenwasser!"

Der Reporter starrte mit offenem Mund nach hinten, dann wieder zu ihm herauf.

Tindwerch gab inzwischen den leisen Befehl, das Schiff wieder aufsteigen zu lassen.

„Hey“, rief es von unten.

„Ja, miin Jong, tut mir auch leid. Aber ich glaub, es wird jetzt Zeit für mich, zu gehen. War schön mit euch, habt Spaß beim Verfolgen von Schwänzen oder anderen Dingers. Ich mach mich mal vom Acker.“

„Wir haben eine Abmachung!“, schrie Borchi von unten

„Na ja, war ja mehr so ’n formloser Handel. Und bezahlt habt ihr ja auch noch nicht.“

„Du …“

Den Rest hörte Tindwerch nicht mehr. Er holte die Leiter ein, schloss die Klappe. Dann schob er sich ächzend nach vorn in die Kanzel.

„Kurs, Kapp’n?“, fragte Fiete.

Tindwerch setzte sich, musterte den Horizont.

„Der zweite Stern von rechts, bis zum Morgengrauen.“

„Stern? Kein Stern da, Sonne oben“, stellte Fiete fest.

„Klugschieter.“ Er schloss die Augen, zeigte nach vorn. „Da lang.“

Fiete schüttelte den Kopf, folgte aber der Richtung.

„Irgendwas wird da schon sein hinterm Horizont. Und wenn nich, dann hab ich auf dieser Seite immerhin genug Honig gegessen“, grinste Tindwerch.

Kapitel 33

Woher bekam sie den wahren Namen des Vizekönigs?

Wahrscheinlich wusste jeder in Ægypten, wie der Mann hieß, mit Ausnahme von ihr. Hatten seine Frau oder sein Bruder den Namen vielleicht erwähnt? Eve erinnerte sich nicht. Sie wusste, dass Viktoria die Königin von Ængland war. Danach hörte ihr Wissen über die Vornamen von Monarchen schon auf. Ja, der Mondenkönig in Frankreich, im Deutschen Reich regierte der Kaiser, aber sie hatte keine Ahnung, wie die hießen.

Sie lief ins Arbeitszimmer des Vizekönigs. Hier lag sicher eine Menge offizieller Korrespondenz herum. Hoffentlich auch etwas in einer Sprache, die sie verstand.

„Suchen Sie etwas?"

Mit einem Schrei fuhr sie herum.

Sethos stand im Raum, der Stuhl, den sie sorgsam unter die Lehne geklemmt hatte, damit sie ungestört arbeiten konnte, stand wieder an seinem Platz. Wie zur Hölle hatte er das gemacht?

„Ja, ich suche den Namen des Vizekönigs. Es gibt Untersuchungen, dass Personen, die im tiefen Schlaf liegen, durchaus auf ihren Namen reagieren."

Eve fixierte ihr Gegenüber und reckte etwas das Kinn. Theoretisch wusste sie, wie man überzeugend aussah. Aber in der Praxis mangelte es ihr immer.

„Im Schlaf?"

Der Bruder des Vizekönigs schaute hinüber zu dem abgedeckten Körper. Eve verzog das Gesicht. Sein Kopf war ja nicht da. Diesen Zustand „Schlaf" zu nennen, war wohl etwas untertrieben.

„Ich glaube, ich sollte eine kleine Pause machen."

Sie fuhr sich mit der Hand durch die Haare, wischte sich über die Stirn, seufzte laut. Hoffentlich kannte der Kerl die Zeichen, mit denen eine Frau signalisierte, dass sie eine Pause brauchte.

„Ich werde Ihnen ein Zimmer herrichten lassen."

Eve winkte ab.

„Nur keine Umstände. Es würde auch reichen, wenn man mir ein paar Decken bringen könnte. Die Couch dort drüben sieht doch recht bequem aus."

Sethos hob die Augenbrauen.

„Sie wollen hier ..." Er beendete den Satz nicht. Ihm war deutlich anzusehen, dass ihm die Idee missfiel.

„Ja, natürlich. Warum denn auch nicht?"

Er hob die Hände.

„Wie Sie wollen. Ich werde alles veranlassen."

Eve sah, wie seine Augen den Raum genau absuchten, bevor er sich umdrehte und ging. Der Kerl war ihr unheimlich. Aber immerhin konnte sie nun hier bleiben.

„Ismael Pascha."

Sie fuhr herum. Er stand in der Tür.

„Was?"

„Ismael Pascha, mein Bruder hieß Ismael Pascha."

Sie schaute ihn einen Moment fragend an.

„Heißt Ismael Pascha", verbesserte er sich leise und verließ den Raum, ohne ihr noch einmal in die Augen zu schauen.

Nachdem er die Tür geschlossen hatte, wollte sie diese wieder blockieren, bevor ihr einfiel, dass Sethos ihr ja Decken bringen lassen wollte.

Das musste sie wohl abwarten.

Um sich die Zeit zu vertreiben, schlenderte sie durch das Büro. Es war kitschig, bunt, aber der Mann arbeitete hier tatsächlich. Zumindest lagen viele Papiere auf seinem Tisch.

Im Regal hinter dem Schreibtisch standen viele Bücher. Aus Gewohnheit beugte Eve sich zu den Büchern und studierte ihre Rücken.

Natürlich: alles Arabisch.

Nein, sie erblickte zwei Buchrücken, die sie lesen konnte. Eines schien ein Wörterbuch für Ænglisch zu sein, das andere hieß schlicht „Pharaonen".

Eve nahm es heraus. Es war ein eher dünnes Büchlein. Sie blätterte es durch. Es enthielt eine lange Liste von Namen, auf den hinteren Seiten standen zu jedem Namen ein paar Daten.

Eine Königsliste.

Dann war darin vielleicht auch der König verzeichnet, in dessen Welt sie vorhin zu Besuch gewesen war?

Doch wie sollte sie ihn finden? Die Liste war nach Namen sortiert, und den seinen kannte sie nicht. Hinter jedem Namen befanden sich einige Zeilen auf Arabisch und ein Oval mit Bildzeichen. Waren diese Ovale etwa Namen? Den Bildernamen dieses Königs kannte sie, aber wie sollte sie ihn finden? Sie konnte schlecht das ganze Buch durchblättern.

Ein Räuspern unterbrach sie. Eine Dienerin stand in der Tür. Sie hielt einen Stapel Decken, hinter ihr wartete ein kleines Mädchen, das ein Kissen trug.

„Oh, kommt herein. Ja, dort auf das Sofa bitte."

Eve lächelte die beiden an, doch nur das Mädchen grinste zurück.

„Ah, eine Frage." Eve kramte den Zettel mit dem Königsnamen heraus.

„Weißt du, welcher Name das ist?“

Die Magd warf einen schnellen Blick auf den Zettel, dann nickte sie.

„Echnaton. Der Verrückte.“

Eve wollte sich erneut die Hand vor die Stirn schlagen. Natürlich, das hatte der König ja auch gesagt. Sie hatte nur nicht verstanden, dass es sein Name war.

„Echnaton, natürlich. Vielen Dank. Aber wieso der *Verrückte*?“

Die Magd winkte ab, verneigte sich wortlos und zog das Mädchen mit sich.

Eve verriegelte die Tür wieder. Dieses Mal aber nicht mit einem Stuhl, sie schob einen Sessel davor. Vielleicht hielt das Sethos länger auf.

o O o

Eve erschrak, als sie die Augen öffnete. Die ganze Ebene wimmelte von Soldaten. Geordnet standen sie in Reih und Glied. So, als hätten sie nur auf ihr Erscheinen gewartet.

„Ich wusste, dass du wiederkommst“, erschallte eine Stimme vom Himmel.

„Ich will nur mit Euch reden“, rief Eve, ohne zu wissen, wo ihr Gesprächspartner sich überhaupt befand.

„Aber ich will nicht mit dir reden. Verschwinde!“, brüllte er.

Aus der Ferne sah sie eine Feuerwalze auf sich zurasen.

o O o

Sie öffnete die Augen, starrte an die Decke des Arbeitszimmers. Also gut, dann mit der anderen Methode. Hoffentlich hatte Echnaton sich nicht geirrt.

o O o

Dieses Mal gab es keine Warnung. Eve sah die Feuerwalze am Horizont, sobald sie die Augen öffnete.

„Ismael Pascha", rief sie, so laut sie nur konnte.

Die Feuerwalze verschwand. Stattdessen erschien der Gerufene vor ihr. Verwirrt blickte er sich um. Offenbar verstand er nicht, was gerade geschehen war.

„Was …", stammelte er. Eve betrachtete ihn. Er sah aus, wie sie ihn im Labor gesehen hatte, als sich sein Kopf und seine anderen Körperteile noch an Ort und Stelle befunden hatten. Ein älterer, etwas verlebter Mann.

„Ich bin Eve Bailiff, Wissenschaftlerin aus London."

Sein Kopf fuhr herum. Zusehends wurde sein Haar dunkler, die Augen klarer, seine Haut faltenfreier. Seine Kleidung, eben noch ein schlichter Umhang verwandelte sich in eine reich bestickte Tunika.

„Was tust du in meiner Welt? Und wie, bei den Quellen des Nils, widersetzt du dich meiner Macht?" Seine Stimme wurde lauter, bekam einen Hall.

„Ich bin hier, um Euch zurückzuholen."

„Zurück? Wohin?"

Sein Gesicht zeigte Unverständnis. Hatte er vergessen, wo er war, was geschehen war?

„Wisst Ihr, wie Ihr hierhergekommen seid? Wo Ihr hier seid?"

Osiris schaute zu Boden.

„Hört, ich befinde mich bei Euch, weil Eure Frau und Euer Bruder mich gebeten haben, Euch zurückzuholen."

Er hob den Kopf, sichtlich überrascht.

„Sie wollen was?"

„Euch zurückholen. Ihr hattet einen Unfall, so seid Ihr hier gelandet. Doch nun ist es Zeit, dass Ihr zurückkehrt."

Der Vizekönig musterte sie, dann sagte er: „Nein!"

Kapitel 34

Der Dieb rief ein paar Worte, die Hauke nicht verstand. Der Name Tariq kam darin vor und ebenso Osiris. Die Mienen der Fischer verhießen nichts Gutes.

Hauke hob die Brauen. Das lief so gar nicht gut. Erst verspeiste das graue Ungetüm das beste Stück des halbtoten Vizekönigs und dann setzte dessen diebischer Sohn eine Meute Nilfischer auf ihn an.

„Moment …“, begann er.

Da flog auch schon der erste Speer. Hauke duckte sich, lief los. Der Schlamm machte ihn langsam, aber das galt auch für die Fischer.

Sein erster Schlag mit dem linken Arm schleuderte einen Fischer weit ins Wasser. Die anderen hielten einen Moment inne. Aber Hauke gönnte sich keine Pause. Er stürmte weiter, so schnell es eben ging. Der Dieb war nicht stehen geblieben. Schlaues Kerlchen.

Ein Fischer hatte seine Überraschung überwunden und sich an Haukes rechten Arm gehängt. Ein weiterer sprang ihn von hinten an, versuchte, ihm die Luft abzudrücken. Zwei Schläge später war Hauke wieder frei.

Wenn das hier vorbei war, musste er unbedingt herausbekommen, warum sein linker Arm so viel kräftiger war, als er sein sollte.

Seine Lunge pumpte, sein Herz schien seinen Brustkorb sprengen zu wollen. Ein Wettlauf durchs Watt war anstrengender als nur irgendwas. Moment. Watt?

Er war doch am Nil. Wie kam er jetzt aufs Watt?

Egal, weiter, nicht ablenken lassen.

Er holte auf, die Fischer ließen nicht locker, doch trauten sich wohl nicht mehr an ihn heran.

Keuchend blieb der Dieb vor ihm stehen.

Hauke lief bis auf zwei Meter an ihn heran, dann gab auch er seinem Körper Zeit, sich etwas zu erholen.

„Gibst du auf?“, brachte er keuchend hervor.

„Niemals“, kam die ebenfalls atemlose Antwort.

Der Friese sprang vorwärts, für lange Gespräche hatte er keine Zeit. Der Dieb drehte sich weg, doch Hauke erwischte im Fallen einen Riemen des Rucksacks. Stoff riss und etwas fiel heraus. Hauke griff danach und erhob sich. Es war ein Arm. Er verzog das Gesicht.

Der Dieb stand drei Schritte weiter, versuchte, den Rucksack wieder auf den Rücken zu bekommen.

„Gib mir den Arm zurück“, forderte er.

Hauke betrachtete den faltigen Arm.

„Gib du mir doch den Kopf!“

Der Dieb verneinte heftig.

„Dann haben wir wohl ein Patt“, folgerte Hauke.

Der Dieb schaute ihn kurz an, dann schüttelte er erneut den Kopf und lächelte.

Hauke hörte Schritte.

Die Fischer waren wieder da. Und diesmal waren sie besser vorbereitet. Sie hielten lange Speere, mit denen sie sonst wohl Fische aufspießten. Ein halbes Dutzend war auf ihn gerichtet, bereit, zuzustechen.

Der Friese drehte sich langsam um. Sicher, ein Patt sah anders aus. Aber aussichtslos war es auch nicht. Immerhin war er durch seinen linken Arm auch nicht ganz unbewaffnet.

„Was willst du?“, fragte er den Dieb.

Kapitel 35

Wieso wollt Ihr nicht zurück?" Eve schaute sich um. Die Ebene war nun leer. All die Menschen, die sich bei ihren letzten Besuch hier aufgehalten hatten, gab es nicht mehr. Aber auch all die Spielereien von ihrem Besuch davor waren Geschichte. Es gab nur eine leere Ebene.

„Warum sollte ich wollen? Hier, im Jenseits, ist das Leben besser."

Kaum gesprochen, verwandelte sich die Welt. Gebäude wuchsen aus dem Boden, eine ganze Stadt entstand.

Osiris schwebte langsam empor.

Eve überlegte, ob sie ihn mit seinem Namen zurückholen sollte. Nein, das wäre wohl nicht hilfreich. Immerhin versuchte er nicht länger, sie aus seiner Welt zu jagen.

Aber sie musste an ihm dranbleiben. Vielleicht konnte sie ja auch schweben. Sie versuchte, sich zu konzentrieren. Nichts.

Vielleicht wenn sie die Augen schloss? Nein. Oder einen Arm gen Himmel reckte? Nichts. Hüpfen? Sie kam sich lächerlich vor.

„Wie macht Ihr das mit dem Fliegen?", rief sie Osiris hinterher.

„Ich tue es einfach."

Ich tue es einfach, äffte sie ihn in Gedanken nach. Das war nicht hilfreich.

Sie atmete aus, lockerte die Schultern und beschloss, zu fliegen. Erschrocken schrie sie auf, als sie bemerkte, dass sie bereits einen guten Meter über dem Boden schwebte.

„Nicht schlecht", applaudierte ihr Gastgeber. „Ich habe länger gebraucht."

„Danke", gab sie außer Atem zurück.

Eine Weile flogen sie schweigend über die Stadt. Noch immer wuchsen Gebäude aus dem Boden, Straßen verschoben sich, Hügel entstanden, Kanäle zogen sich durch die Stadt.

„Was wird das?", fragte Eve.

„Das ist Kairo, so wie ich es gern hätte", antwortete Osiris.

Sie sah zu wie der Fluss kanalisiert wurde, sogar ein kleines Stauwerk erschien zwischen der Stadt und dem entfernten Mittelmeer.

„Eine Staumauer? Wozu?", fragte sie erstaunt.

„Wer weiß", antwortete er. „Vielleicht wird einmal jemand einen Staudamm vor Gibraltar bauen und das Mittelmeer absenken. Wer weiß, wie sich das auf den Nil auswirken würde?"

Eve schüttelte den Kopf. Eine Staumauer, um das Mittelmeer abzusenken? *Verrückte Idee.*

„Wisst Ihr, was ich sehe?", fragte sie.

Er antwortete nicht.

„Ich sehe einen Mann, der sich für seine Stadt interessiert, einen Mann, dem nicht gleichgültig ist, was mit der Welt außerhalb dieser Welt geschieht."

„Einen Mann, der deswegen tot ist", fügte er leise hinzu.

„Deswegen?"

Die Stadt hörte auf, sich zu verändern.

„Nicht nur, sicherlich. Aber auch."

„Ich verstehe nicht."

„Wie solltest du auch."

„Erklärt es mir bitte."

Er wies auf eine breite Allee, dann flog er voraus. Sie folgte ihm.

Nachdem sie gelandet waren, erschien ein großer, runder Teppich auf dem Boden. Dazu kamen etliche Kissen sowie ein niedriger Tisch, beladen mit allerlei Speisen. Er wies einladend auf die Kissen, Eve setzte sich.

„Ich wurde Vizekönig, weil mein Vorgänger ein korrupter Machtmensch war."

„Ähm …"

„Genau. Meine Familie gehört zu den einflussreichsten hier im Lande. Und wir wollen immer mehr. Das liegt irgendwie im Blut, denke ich. Jedenfalls bezahlte ich ihn, um sein Stellvertreter zu werden."

Eve hob die Brauen. So lief es wohl überall auf der Welt, doch selten gab es jemand zu.

„Er schaffte es irgendwie, an die Geheimnisse der Pyramiden zu kommen. Eigentlich rührt niemand die Pyramiden an. Wir haben es nicht so mit den alten Göttern, auf die die Geheimgesellschaften Europas so versessen sind, aber unsere Vorfahren sind uns heilig. Niemals würden wir sie ausgraben und uns an ihren Geheimnissen bereichern. Das dachte ich jedenfalls."

„Was ist geschehen?"

„Er hielt sich nicht daran und entdeckte Wunderbares."

Osiris machte eine Pause.

„Er fand Schätze. Nicht nur materielle, nein, auch er fand auch Wissen. Wissen, das so alt ist, dass wir es vergessen hatten. Phantastisches Wissen."

„So wie die Sache mit den Bernsteinen?", fragte Eve.

„Ja, genau. Aber die Bernsteine gehören zu den harmloseren Dingen. Er fand auch Dinge, die sich als Waffen nutzen lassen. Und er war dabei, sie zu nutzen."

„Und dann?"

Er schaute sie an.

„Ich tötete ihn. Das ist schließlich gute, alte Tradition in diesem Land. Ich tötete ihn und sorgte dafür, dass das, was er fand, weiter verschlossen blieb. Nur ein paar wenige Dinge nahm ich mit."

„So wie die Bernsteinmaschine."

Er lächelte versonnen.

„Seinen Geist in einen Kristall zu schicken und ihn dort auf ewig leben zu lassen, ist grandios."

„Es ist eine Art von Unsterblichkeit", überlegte Eve laut.

„Ja, genau. Eine Unsterblichkeit voll unbegrenzter Macht."

Er hob den Arm, ballte die Faust. Augenblicklich verdunkelte sich der Himmel. Blutrot schien die Sonne. Steine fielen herab, zerschmetterten die Gebäude rings um sie herum. Schreie hallten durch die menschenleere Stadt. Eve war aufgesprungen, kämpfte gegen das Verlangen, wegzulaufen und Schutz zu suchen. Doch es gab nichts außerhalb des Teppichs, auf dem sie sich befand.

Und in diesem Nichts stand Osiris, dessen Augen inzwischen so rot glühten wie die Sonne über ihnen.

Kapitel 36

Tariq Ibn Abihi sah ihn ruhig an.

„Was ich will, Fremder? Ich will meinen Vater zur ewigen Ruhe betten."

Hauke lachte rau auf.

„Und dazu zerstückelst du ihn?"

Der Dieb schüttelte langsam den Kopf.

„Du verstehst seine Lehre nicht."

„Wie sollte ich auch? Wo ich herkomme, …" Hauke machte eine kurze Pause. Wo kam er her?

„Also, wo ich herkomme, da bringt man den ganzen Körper unter die Erde. Oder man verbrennt ihn und verstreut die Asche über dem Meer. Aber zerstückeln?"

Ein trauriges Lächeln lag auf Tariqs Gesicht.

„So ähnlich ist das hier auch. Aber nun musst du mich entschuldigen. Ich habe noch etwas vor."

Hauke schürzte die Lippen, umfasste den Arm des toten Vizekönigs fester.

Tariq befahl etwas, dass Hauke wieder nicht verstand.

Die Fischer kamen näher, die Speere drohend erhoben.

Hauke überlegte, wen er als erstes angreifen sollte. Vielleicht den, den er vorhin schon getroffen hatte? Den abgeschnittenen Arm des Vizekönigs konnte er als provisorische Keule benutzen, damit den Speer zur Seite schlagen und dann einen Fischer überwältigen. Wenn er schnell genug war, hatte er einen Gegner weniger und eine lange Waffe.

Ein Schuss knallte übers Wasser.

„Lasst den Mann in Ruhe“, keuchte eine Stimme irgendwo aus dem hohen Gras.

Tariq stieß einen arabischen Fluch aus und lief los.

Hauke wollte hinterher, doch einer der Fischer hatte sich durch den Schuss so erschreckt, dass er seinen Speer gesenkt hatte und Hauke nun darüber stolperte und der Länge nach in den Schlamm fiel.

„Schiete!“ Er spuckte Schlamm und erhob sich wieder.

Borchert trat auf die kleine feuchte Lichtung, die Pistole drohend erhoben. Hauke verdrehte die Augen. Hoffentlich wussten die Fischer nichts über Feuerwaffen, denn die Waffe konnte kein zweites Mal feuern. Borchert sah ohnehin nicht so aus, als ob er etwas treffen würde, was kleiner als eine tote Kuh war, die drei Schritte vor ihm lag. Die Mündung zitterte außerdem ganz gewaltig.

Die Fischer ließen ihre Speere fallen und liefen weg. Hauke sprang und erwischte einen von ihnen am Fuß. Das Gerangel war kurz, dann saß er auf dem Mann.

„Wo will der Kerl hin?“ Hoffentlich verstand der Kerl Ænglisch.

„Ich weiß es nicht“, behauptete der schlammverschmierte Fischer ebenfalls auf Ænglisch.

Hauke gab ihm eine Ohrfeige.

„Ich weiß es nicht“, wiederholte der Mann erneut.

„Ich glaube, er weiß es nicht“, gab Borchert seinen Senf dazu.

„Sehe ich jetzt auch“, brummte Hauke und gab den Fischer frei. Eilig krabbelte der von dannen.

„Was nun?“, fragte der Reporter.

Hauke stapfte los.

„Ah, wir verfolgen den Flüchtigen weiter. Ein guter Plan."

Hauke grummelte. Sollte er dem Reporter dankbar sein, dass er ihn aus der unterlegenen Position befreit hatte? Andererseits war der Dieb dadurch entkommen.

Ach, er musste auch gar nichts sagen. Die Nervensäge würde schon allein viel zu viel reden.

Er konzentrierte sich und folgte der Schneise, die der Dieb im Schilf hinterlassen hatte.

Kapitel 37

Stille lag über der Welt von Ismael Pascha, der sich selbst gern „Osiris" nannte. Rund um den Teppich, auf dem die köstlichsten Leckereien drapiert waren, lag seine Welt in Trümmern. Die rote Sonne verlor langsam ihre bedrohliche Farbe und wurde blassgelb.

Osiris selbst stand mit herunterhängenden Schultern da und schaute sich um. Eve sank langsam auf die Kissen, die Augen fest auf den Herrn dieser Welt gerichtet. Eben noch hatte er alles in Trümmer gelegt, weil sie eine Frage gestellt hatte. Aber hatte sie eine andere Wahl? Ihr Auftrag war es, ihn zurückzuholen. Obwohl sie längst nicht mehr davon überzeugt war, dass die Geschichte, die Isis und Sethos ihr erzählt hatten, der Wahrheit entsprach.

„Was ist geschehen?", begann sie leise.

„Mein Vorgänger war nicht der einzige, der die Schätze unserer Vorfahren haben wollte. Auch meine Frau und mein Bruder drängten mich, die Schatzkammern zu öffnen."

„Warum habt Ihr es nicht getan?"

„Ich hatte genug. Genug Geld, genug Kunstschätze, genug Macht."

Eve antwortete nicht. Der Mann vor ihr sah nicht aus wie jemand, der genug hatte.

Osiris lächelte leicht.

„Ja, ihr habt Recht. Ich hatte nicht genug. Aber mir reichte es damals, dass ich jederzeit auf diese Macht und diesen Reichtum Zugriff hatte."

„Und?" Eve war sich sicher, dass da noch mehr kam.

Er fixierte sie eine Weile, nickte dann.

„Ich weiß nicht, ob Sie einen Mann haben. Ich weiß auch nicht, wie eine Ehe in Ihrem Land funktioniert. Hier in Ægypten hat es nichts mit Liebe zu tun. Jedenfalls nicht in der Gesellschaft, in der ich lebe." Er machte eine Pause. „... gelebt habe. Hier heiratet man für Macht. Das habe ich unterschätzt. Meine Frau wollte auch Macht, eigene Macht. Und mein Bruder beneidete mich wohl ebenfalls."

„Aber die beiden bezahlen mich, damit ich Euch zurückhole ..."

„Taten sie das?" Osiris lächelte. Warum lächelte er? „Ja, weil sie es zu eilig hatten. Sie wollten, dass ich ihnen erzähle, wo die Schätze liegen. Ich verweigerte es. Sie bedrängten mich."

„Sie bedrängten Euch?"

Osiris nickte.

„Erst mit Worten, später versuchten sie, mich zu erpressen."

Eve blieb der Mund offenstehen.

„Ich gab nach und hoffte, damit meine Ruhe zu haben. Aber ich habe sie unterschätzt."

„Was geschah?"

„Ich hatte einige sehr alte Bernsteine gefunden und mich mit ihnen verbunden. Ich traf die alten Könige, meine Vorgänger. Und ich lernte von ihnen. Dann wollte ich wissen, was es mit den klaren Steinen auf sich hatte. Ich verband mich mit einem, fand mich in einer leeren Welt wieder. Das war spannend, eine Weile lang. Doch dann wollte ich zurück und konnte nicht."

Eve runzelte die Stirn. Das passte so halbwegs zu der Geschichte, die Isis und Sethos erzählt hatten. Ein Unfall. Aber vielleicht auch nicht.

„Ich glaube, jemand hat die Maschine sabotiert, damit ich nicht zurückkomme."

„Aber warum sollten die beiden dann mich engagieren, wenn Ihr ihnen doch gegeben habt, was sie wollten?"

Osiris grinste.

„Weil ich ihnen nicht die Wahrheit sagte. Sie fanden keinen Schatz, keine Geheimnisse, keine Macht. Sie haben mich zu früh getötet, und nun brauchen sie mich zurück."

Kapitel 38

Es dauerte lange, bis Hauke wieder festen Boden unter den Füßen spürte und sich auf die Suche nach einem Transportmittel machen konnte.

Das lag nicht nur am schweren Nilschlamm, der jeden seiner Schritte behindert und seine Füße immer wieder nach unten gezogen hatte. Nein, es lag vor allem an Borchert. Der Reporter war eine Nervensäge. Zuhause hätte man gesagt, dass er hätte Bürgermeister werden können, *der verdeent sin Geld mit Snacken.*

„Sind wir bald da?"

Hauke antwortete nicht.

„Ich hab Durst."

Der Friese ging weiter. Ob der Reporter ihm folgte oder nicht, war ihm gleichgültig.

„Ein bisschen mehr Dankbarkeit hätte ich schon erwartet", quengelte der Mann.

Nun reichte es Hauke. Er drehte sich um, ballte die Fäuste.

„Dankbarkeit? Dankbarkeit?", brüllte er.

Der Reporter blieb wie angewurzelt stehen, hatte die Augen weit aufgerissen.

„Ich hatte den Kerl fast. Jetzt hab ich nur 'nen Arm, den Schwanz hat so ein graues Ungetüm gefressen und …"

„Ein Nilpferd“, unterbrach ihn Borchert, den rechten Zeigefinger erhoben.

„Ein was?“ Hauke hatte nicht übel Lust, dem Kerl etwas ins Gesicht zu schlagen.

„Ein Nilpferd, ein Hippopotamus, ein gefährliches Tier. Es frisst mehr Menschen pro Jahr als ...“

„Mich interessiert nicht, wie das Vieh heißt. Es hat den Schwanz des Vizekönigs gefressen. Und der Dieb ist mit dem Kopf weg, dem Wichtigsten überhaupt. Alles, was ich habe, ist ein verdammter Arm. Ein verdammter, stinkender Arm.“

Der Reporter war einen Schritt zurückgewichen und hatte die Hände abwehrend erhoben.

„Was hätte ich denn tun sollen?“, fragte er leise.

Hauke musterte ihn, sein Kiefer mahlte.

„Ich sah, dass Sie bedroht wurden. Anschleichen konnte ich mich nicht. Also tat ich, was ich für richtig hielt.“

Der Reporter stemmte die Hände in die Hüften und versuchte, selbstbewusst auszusehen.

Hauke schnaufte. Eigentlich hatte der Kerl ja recht. An seiner Stelle hätte er kaum anders gehandelt.

Er löste seine Fäuste, ging auf den Mann zu. Der ging vorsichtshalber wieder einen Schritt rückwärts. Doch Hauke hielt ihm seine Hand hin.

Zögerlich schlug der andere ein.

„Hast ja recht“, brummte Hauke.

„Was machen wir nun?“

„Das, was man von mir erwartet.“

Borchert nickte und stapfte los.

„Wo gehst du hin?“

„Ich habe vorhin ein Dorf gesehen, mit einem Schiffsanleger. Irgendwie müssen wir ja zurückkommen.“

„Zurück?“

„Nach Kairo“, gab Borchert zurück.

„Was wollen wir da?“

„Weißt du, wohin der junge Mann hin will? Ihn hier in diesem nassen Urwald zu suchen, erscheint mir wenig sinnvoll. Wir sollten zurück und herausbekommen, wo er sich herumtreibt. Vielleicht verstehen wir ja auch, warum er diese abscheuliche Sache gemacht hat."

Hauke musterte den Reporter. Vielleicht war er ja doch ganz hilfreich.

Er schlug ihm leicht auf die Schulter, dann gingen sie los.

Kapitel 39

Dunkelheit lag über dem Nil, als Tariqs Dampfboot am Anleger des Palasts festmachte. Die Wachen hatten sich längst in ihre Unterkunft zurückgezogen. Der Sohn des Vizekönigs kannte die Wachpläne. Hoffentlich hielten sich die Männer auch daran.

Einen Moment überlegte er, ob er den Kopf seines Vaters im Boot lassen sollte. Eigentlich wollte er nur schnell in den Palast, der Rucksack wäre hinderlich. Andererseits war sein Inhalt wertvoll.

Tariq beschloss, ihn mitzunehmen.

Leise schlich er den Steg entlang. Aus dem kleinen Wachhäuschen am Palasteingang schallte Gesang. Wie üblich feierten die Wachen das Ende des Tages mit einem kräftigen Schluck.

Es war problemlos, das Häuschen unbemerkt zu passieren. Auch das nächste Hindernis, die Palasttür, war kein Problem. Es war vielleicht seine beste Idee gewesen, sich eine Kopie des Generalschlüssels der modernen Schlösser besorgt zu haben. So konnte er fast alle Räume des Palasts betreten. Nur wenige Räume blieben ihm verschlossen. Tariq grinste: zum Beispiel die Speisekammer. Fida hatte einst darauf bestanden, den einzigen Schlüssel zu ihren Schätzen zu besitzen.

Vorsichtig ging er durch die Räume, die einst sein Zuhause gewesen waren. Hier hatte er als Kind gespielt, hatte versucht, Katzen zu fangen, die Säulen empor zu klettern oder den wichtigen Gästen etwas zu stibitzen. Das Leben war schön gewesen. Bis Mutter starb.

Vater veränderte sich nach ihrem Tod. Er stürzte sich in die Arbeit, stand dem alten Vizekönig stets zur Seite. Nur einmal, da gab es eine Aussicht auf Veränderung; als er diese junge, schöne Frau aus dem Süden kennenlernte. Ayda, aus dem fernen Æthiopien. Sie fesselte eine Weile Vaters Aufmerksamkeit. Auch zu Tariq war sie nett.

Dann kam die Hochzeit, und das Feuer erlosch. Vater stürzte sich wieder in seine Arbeit, und Ayda, die sich, ganz in der Tradition der Familie, nun Isis nannte, übernahm das Kommando im Palast. Sie trieb ihn an, sorgte dafür, dass er der neue Vizekönig wurde. Vater zog sich zurück, lebte nur noch für seine Arbeit.

Tariq schüttelte den Kopf, als könne ihn das von den unschönen Erinnerungen befreien.

Er konzentrierte sich wieder auf seinen Weg. Ein paar Wachen waren im Palast noch unterwegs. Allerdings waren sie laut, und er konnte ihnen leicht ausweichen.

Vor dem Arbeitszimmer blieb er stehen und lauschte. Nichts war zu hören. Vorsichtig drückte er die Klinke hinunter, doch die Tür ließ sich nicht öffnen. War sie abgeschlossen?

Er probierte seinen Generalschlüssel, ohne Erfolg. Die Tür musste offen sein.

Na gut, dann der andere Weg. Tariq schlich in einen Nebenraum, schob ein Regal zur Seite und betrat den geheimen Gang. Es gab viele dieser Gänge im Palast. Einige hatte Vater anlegen lassen, andere waren schon vorher da gewesen. Tariq hatte sie alle erkundet. Diesen hier kannte Vater nicht, sonst hätte er ihn sicher verschließen lassen.

Leise schob er die Tapetentür auf. Im Arbeitszimmer brannte nur eine Kerze auf dem Schreibtisch, das Labor dahinter lag im Dunklen. Tariq runzelte die Stirn. Hatte man die Ængländerin etwa woanders untergebracht? Im Gästetrakt? Damit hatte er nicht gerechnet. Es war auch deutlich schwieriger, jemanden von dort aus dem Palast zu schmuggeln.

Ein Schlag auf den Kopf ließ ihn taumeln. Er versuchte, sich nach vorn zu werfen, bekam einen weiteren Schlag gegen die rechte Schulter. Etwas blieb im Gurt des Rucksacks hängen. Er riss sich frei. Ein Schrei folgte.

Dann war er hinter dem Tisch. Im Halbdunkel erkannte er die Ængländerin, die sich das rechte Handgelenk hielt.

„Was soll das?“, fragte er und versuchte, seiner Stimme einen ruhigen Klang zu geben.

„Was das soll? Sie fragen mich ernsthaft, was das soll?“

Sie war alles andere als ruhig.

„Ich bin nur hier, um mit Ihnen zu reden.“ Langsam ging er hinüber zum Gästestuhl und setzte sich.

„Als Sie das letzte Mal hier waren, haben Sie die den Körper da drüben verstümmelt.“

Tariq seufzte leise. Er vermied es, in die Richtung zu schauen, in die ihr Arm wies.

„Als ich eben eintrat, konnten Sie aber nicht wissen, dass ich es bin.“

Ihr Arm senkte sich.

„Sie haben Angst. Vor wem?“

Eve beugte sich hinab und griff nach einem länglichen Objekt. Ein schlanker Kerzenständer, den er ihr wohl aus der Hand gerissen hatte.

„Spielt das eine Rolle?“

Er lächelte leicht.

„Ich kann Sie schützen.“

Sie hob den Kopf. Ihren genauen Gesichtsausdruck konnte er aber nicht erkennen.

„Vor wem?"

„Vor wem haben Sie denn Angst? Vielleicht vor meiner Stiefmutter und meinem Onkel?", riet er.

Eve schüttelte den Kopf.

„Vor wem dann? Vor mir offenbar nicht, sonst würden wir nicht ruhig miteinander reden."

Sie schaute einen Moment zu Boden, dann stellte sie den Kerzenständer weg.

„Wie wollen Sie mich schützen?"

Tariq lächelte.

Kapitel 40

Die Sonne stand bereits hoch am Himmel, als Hauke und Borchert am Palast anlegten. Sie waren die ganze Nacht hindurch gefahren. Das kleine Fischerboot, das sie gemietet hatten, hatte seine liebe Mühe gehabt, gegen den Strom zu fahren.

Die Wachen am Steg waren aufgekratzt. Scheinbar war kürzlich etwas im Palast geschehen. Allerdings wollte Hauke niemand etwas sagen. Nur mit Mühe gelangte er in den Palast, ohne durchsucht zu werden. Die stinkende Schlammkruste, die seinen Mantel bedeckte, half jetzt. Er wollte nun wirklich niemandem den abgeschlagenen Arm des Vizekönigs erklären müssen.

„Was ist geschehen?", fragte er Sethos.

Der Bruder des Vizekönigs kniete im Arbeitszimmer und betrachtete einen Kerzenleuchter, der auf dem Boden lag.

Stumm erhob er sich und musterte Hauke. Der Blick war prüfend, fast drohend, doch Hauke schreckte so etwas nicht. Männer wie Sethos machten ihm keine Angst.

Eine Weile schwiegen sie sich an.

„Nur ein wenig Unordnung", sagte Sethos dann.

Hauke schaute sich um, nickte.

„Ich muss Eve Bailiff sprechen", forderte er dann.

„Das geht leider nicht.“

„Wieso nicht?“

„Sie hat die ganze Nacht gearbeitet und sich nun zur Ruhe begeben.“

Hauke verzog das Gesicht. Wahrscheinlich stimmte das nicht, aber andererseits war Eve hier wohl kaum in Gefahr, solange sie ihre Aufgabe nicht erfüllt hatte.

„Nun gut.“ Er ging hinüber ins Arbeitszimmer, legte den abgeschlagenen Arm zum kopflosen Körper.

„Können Sie mir dann wenigstens einen Hinweis geben, wo ich den Mann finden kann, der die Leiche geschändet hat?“

Sethos schüttelte langsam den Kopf.

„Ich dachte, Sie haben ihn verfolgt. Ist er Ihnen entkommen?“

Hauke kratzte sich an der Stirn.

„Na ja, so halb. Einen Teil hab ich ja gefunden. Den Rest finde ich sicher auch noch. Auch ohne Ihre Hilfe.“

Sethos nickte langsam, dann ging er zur Tür, hielt diese auf. Hauke folgte der unausgesprochenen Aufforderung.

Auf dem Weg aus dem Palast hörte Hauke ein leises *Psst*. Er blieb stehen, schaute sich um. Hinter einer Säule stand eine kleine alte Frau, wohl eine Dienstbotin.

Er schaute sich kurz um, dann ging er zu ihr hinüber.

„Ihr sucht die junge Ænglãnderin?“, flüsterte sie in stockendem Ænglisch.

Er nickte.

„Der kleine Tariq hat sie mitgenommen“, erklärte sie.

„Der kleine Tariq ...?“

Ein Lächeln legte sich über ihr faltiges Gesicht.

„Na ja, so klein ist er wohl nicht mehr.“

Hauke beschloss, nicht weiter auf die Details einzugehen.

„Wohin hat er sie gebracht?“

„Nach Heliopolis, denke ich. Wohin sonst?“

Sie zwinkerte ihm zu und verschwand dann zwischen den Säulen.

Hauke plusterte die Backen auf.

Na klar, wohin sonst sollte der kleine Tariq Eve entführt haben?

Was war Heliopolis überhaupt? Eine Stadt? Borchert würde es wissen. Oder zumindest herausbekommen können.

Missmutig verließ Hauke den Palast.

Kapitel 41

Er weiß auch nicht, wo sie ist“, stellte Sethos fest.

Isis schaute aus dem Fenster hinab auf den Nil.

„Bist du dir sicher?“

„Natürlich bin ich mir sicher. Der Kerl ist ein offenes Buch. Nur Muskeln, kein Gehirn.“

Isis nickte.

„Er wäre perfekt für uns. Vielleicht kann man ihn kaufen.“

Sethos stellte sich neben sie.

„Es gibt Bessere. Wir brauchen keinen abgehalfterten Europäer.“

Isis deutete Richtung Bootsanleger, wo der Friese gerade ein Boot bestieg und mit dem Bootsführer diskutierte. Dann schaute er sich ratlos um. Schließlich ließ er das Boot ablegen und fuhr Richtung Norden davon.

„Lässt du ihn überwachen?“, fragte sie.

„Natürlich.“

Wortlos standen sie eine Weile am Fenster, beobachteten, wie ein Mann den Palast verließ, eines der Boote bestieg und ebenfalls nach Norden fuhr.

„Gut“, befand sie.

Bevor er reagieren konnte, klopfte es an der Tür.

Ein Bote trat ein.

„Was ist passiert?", fragte Sethos kühl.

„Es gab einen Luftkampf, nördlich von hier im Delta. Der junge Horus wurde von Fremden verfolgt, Europäern, sagt man."

„Weiter, weiter", forderte Isis.

„Das Luftschiff des Horus stürzte ab, die Fremden flogen beschädigt davon."

„Ist er tot?" Isis' Stimme verriet keine Regung.

Der Bote schüttelte den Kopf.

„Man sagt, ein großer Fremder hätte den Horus zu Fuß verfolgt und sie hätten gekämpft. Dann konnte der Horus aber entwischen."

„Wohin?" Sethos schaute hinaus auf den Nil.

„Niemand weiß es. Aber der Fremde soll auf dem Weg zurück nach Kairo sein."

Isis lachte auf.

„Deine Spione waren schon mal besser."

Sethos drehte sich um, musterte Isis. Dann ging er auf den Boten zu.

„Gibt es noch mehr?"

Der Bote schüttelte den Kopf.

Als der Dolch in seinem Bauch versank, schrie er auf. Doch niemand kam, um ihm zu helfen. Isis nahm sich eine Weintraube, während sie zusah, wie Sethos seinen Dolch am Gewand des Boten abwischte.

„War das nötig?", fragte sie.

„Ich brauche keine unfähigen Mitarbeiter."

„Du bist wütend, weil sie dir entwischt ist."

„Sie ist *uns* entwischt." Sethos' Stimme wurde merklich lauter.

„Bin ich die Chefin des Wachpersonals?"

Er schwieg.

„Was nun?", fragte sie. „Verlassen wir uns auf deinen Spitzel?"

„Nein. Das brauchen wir auch nicht. Alles Wichtige ist hier."

„Wie meinst du das?"

„Der Apparat ist hier, ohne ihn können sie mit dem Kopf nichts anfangen."

Isis schüttelte den Kopf.

„Bist du sicher, dass der Junge den Kopf deswegen gestohlen hat? Und nicht wegen einer verqueren Vorstellung altægyptischer Bestattungsriten?"

Sethos blieb stumm, schob die Lippen vor.

„Er wollte nur den Kopf, wahrscheinlich wusste er nicht einmal, was es mit dem Apparat auf sich hat."

„Warum hat er sie dann entführt?", brauste Sethos auf.

„Entführt? Wissen wir wirklich, dass er sie entführt hat? Vielleicht wollte er sie befreien. Alles, was uns schadet, egal, ob es ihm nützt oder er es versteht, tut der Junge gern."

„Wir hätten ihn verschwinden lassen sollen", brummte Sethos.

„Nein", widersprach sie. „Da bin ich altmodisch. Schließlich ist er mein Sohn."

„Stiefsohn."

„Das ändert wenig."

Sie erhob sich, umschlang ihn mit den Armen.

„Lass uns nicht weiter streiten. Die Dinge werden sich regeln. Wer, wenn nicht wir, könnte aus so einem Durcheinander siegreich hervorgehen?"

Er nickte und erwiderte ihren Kuss.

Kapitel 42

Eve erwachte, als das Boot anlegte. Sie waren nicht länger auf dem Nil unterwegs. Ein Kanal führte durch grüne Felder. Die ersten Bauern waren dabei, ihr Tagwerk zu beginnen.

Abseits der künstlichen Wasserstraße erhob sich ein breiter Hügel über die Landschaft. Auf ihm sah sie die Reste eines alten Tempels aufragen. Wie abgebrochene Zähne erhoben sich antike Säulen in den Himmel. Sie trugen allerdings kein Dach mehr. Das Ganze erinnerte sie an den Tempel, den sie in der Welt des Echnaton gesehen hatte.

„Wo sind wir?", fragte sie Tariq, der hinter ihr am Steuer des Dampfbootes stand.

„Heliopolis", gab er wortkarg zurück.

Eve grübelte. Sie hatte noch nie von diesem Wort gehört. Bezeichnete es den Ort oder die Tempelruine dort?

Polis bedeutete Stadt, Helios hatte etwas mit der Sonne zu tun. Eine Sonnenstadt? Also doch so wie bei Echnaton?

Nachfragen wollte sie jedoch nicht, ihr Gastgeber sah nicht gesprächig aus.

Müde kletterte sie aus dem Boot, folgte Tariq durch die stille Landschaft.

Die wenigen Bauern, auf die sie unterwegs trafen, neigten stumm ihre Köpfe. Tariq erwiderte den Gruß kurz, Eve tat es ihm nach. Der Hügel musste früher einmal wichtig gewesen sein. Die Straße war breit, viel zu breit, für die wenigen Bauern, die hier ihre Felder beackerten. Junge Palmen begrenzten die Allee, an manchen Stellen sah man Reste alter Steinfiguren. Sie erinnerten Eve an Sphingen, die sie anderenorts gesehen hatte.

Rund um das Gelände zog sich eine Mauer. Am Tor stand ein einsamer alter Mann, der ohne nachzufragen aufschloss und sie passieren ließ.

Dahinter waren sie wie in einer anderen Welt.

Fackeln brannten entlang des Weges hinauf zu dem alten Tempel. Auch hier gab es eine Palmenallee, auch wenn die Pflanzen hier deutlich älter waren. Oben auf dem Hügel angekommen, blieb Eve kurz stehen und schaute sich um. Der Hügel war nicht hoch, doch er ließ sie weit über das flache Land ringsumher schauen. Sie sah die Pyramiden in der Ferne. Langsam bohrten sie sich durch den Morgendunst in das Bewusstsein der Menschen.

„Kommen Sie!", forderte Tariq sie auf.

Er ging mit ihr durch eine Reihe von Säulen. Dies musste einst der Tempelraum gewesen sein. Die Ausmaße legten nahe, dass es sich um einen großen Tempel gehandelt hatte. Das Dach fehlte und die Einrichtung, falls es einmal welche gegeben hatte, ebenfalls. Es war nur noch ein leerer steinerner Raum, der kaum noch erahnen ließ, welche Pracht oder Bedeutung er einst gehabt haben musste.

Tariq lief geradewegs auf eine Art Altar zu. Ein mächtiger Steinblock lag am Ende der offenen Säulenhalle. Darauf stand eine breite metallene Schale, in der Öl brannte. Das kleine Feuer warf letzte tanzende Schatten an die Säulen, bevor es endgültig den Kampf gegen die Sonne verlor.

Tariq umrundete den Altar. Dahinter kam eine kleine Treppe zum Vorschein, die unter den Altar führte.

Die Treppe endete vor einer metallenen Tür mit einem kompliziert aussehenden Schloss. Ihr Führer holte einen Schlüssel hervor, öffnete die Tür.

Dahinter flammte elektrisches Licht auf.

Erstaunt über diesen Bruch blieb Eve stehen.

„Was ist das hier?“

„Dies ist mein Reich“, erklärte Tariq. Sie hörte den Stolz in seiner Stimme.

Kurz überlegte sie, ob es eine gute Idee war, ihm in diese Katakombe zu folgen. Vielleicht begab sie sich nur von einer Gefangenschaft in die nächste.

Nein, sie hatte keine Wahl. Sie wollte hinter das Geheimnis der Bernsteinmaschine kommen, und das ging momentan nur mit Tariq.

o O o

Die Anlage unter dem alten Tempel war groß. Breite Gänge kreuzten sich mit schmalen, überall gab es Türen, die zu weiteren Geheimnissen führten. Über allem lag das elektrische Summen der Beleuchtungsanlage.

„Wie erzeugen sie den Strom für das Licht?“, fragte Eve.

Tariq lächelte. „Später.“

Er bog rechts ab und führte sie in ein Labor, das dem im Kairoer Palast recht ähnlich sah. Er legte dort seinen Rucksack ab.

„Willkommen in Heliopolis“, sagte er und ließ sich in einen reich verzierten Stuhl sinken.

„Was ist das hier?“

Neugierig ging Eve umher. Sie hatte sich geirrt, dieses Labor sah nicht dem in Kairo ähnlich: Es war umgekehrt. Auch hier stand eine Bernsteinmaschine, doch diese wirkte ungleich älter, fast antik. Daneben weitere Maschinen, deren Zweck sie nicht erkennen konnte.

„Dies ist der Ursprung“, orakelte Tariq.

Eve blieb stehen, fasste ihn genauer ins Auge. Der junge Mann sah erschöpft aus. Und doch brannte ein Feuer in seinen Augen.

„Der Ursprung wovon?“ Anscheinend musste sie ihm alles aus der Nase ziehen.

„Ægypten, der Welt ...“, er machte eine Pause, „... und aller Probleme.“

Eve schaute sich um, fand einen goldverzierten hölzernen Hocker, zog ihn zu Tariq und setzte sich ihm gegenüber.

„Ich höre.“

Ratlos schaute er sich um.

„Womit soll ich anfangen?“

„Ganz von vorn.“

Er schaute einen Moment zu Boden, dann nickte er.

„Dies hier ist Heliopolis. Der Ort, an dem laut dem alten Glauben Ægypten und damit die Welt entstand. Dieser Hügel, der Urhügel, ist der Beginn von allem. Deshalb stand hier ein Tempel. Einer der ältesten unseres Landes.“

„Wen betete man hier an?“

Tariq lachte freudlos.

„Mich.“

Eve hob die Brauen.

„Nein, nur ein Spaß. Man betete hier verschiedene Varianten der gleichen Gottheit an: Horus.“

„Und was hat das mit dir zu tun? Oh, verzeih, mit Ihnen?“

Tariq winkte ab.

„Schon gut, die Zeiten der Höflichkeit sind vorbei. Ich bin Tariq.“

„Eve.“

Er nickte.

„Mein Vater, der Vizekönig, hatte eine Vorliebe für die alten Götter. Osiris war sein Liebling, also nannte er sich so. Die Familie wurde entsprechend benannt. Ayda, seine Frau, wurde zu Isis, sein Bruder zu Sethos. Ich zum Horus, dem jungen Falken.“

Er erhob sich, ging auf und ab.

„Er hätte wohl nie gedacht, dass die alten Geschichten über Osiris und seine Familie damit wieder zum Leben erwachen.“

„Das verstehe ich nicht.“

„In den alten Legenden wird Osiris von Sethos verraten. Dieser tötet und zerstückelt ihn. Isis sucht die Teile, die Sethos in ganz Ægypten verstreut hat, und setzt sie wieder zusammen, damit sie einen Sohn, Horus, bekommen kann. Orisis bleibt in der Unterwelt und herrscht da, Sethos wird vertrieben.“

Eve runzelte die Stirn. „Na ja, ganz so ist es ja nicht gelaufen. Ein paar Dinge sind deutlich anders.“

„Ja, aber das Muster. Alles, was heute geschieht, steht in den Legenden, nur anders angeordnet.“

Die Ængländerin erhob sich, legte Tariq eine Hand auf die Schulter.

„Das mag sein. Aber ich würde nicht zu viel hineininterpretieren. Aus jeder alten Geschichte kann man Parallelen für sein Leben ziehen. Trotzdem ist man Herr über sein eigenes Leben.“

Tariq nickte langsam.

Bevor Eve weitersprechen konnte, blinkte ein rotes Lämpchen an der Decke auf.

„Was bedeutet das?“, fragte Eve.

Tariq zog eine Pistole.

„Wir bekommen Besuch.“

Kapitel 43

Hauke hatte keinen Plan. Keinen richtigen jedenfalls. Isis und Sethos waren wie immer nicht hilfreich. Selbst den Zugang zu Eve hatten sie ihm verwehrt.

Die alte Dienstbotin oder Köchin hatte ihm einen Hinweis gegeben … aber warum eigentlich? War das eine Falle?

Und wenn schon.

Was konnte er denn sonst tun? Herumsitzen und warten, bis Eve wieder auftauchte? Mit dem kleinen Reporter durch Kairo tingeln, um zu recherchieren, wie dieser es nannte?

Nein, dann doch lieber etwas Richtiges unternehmen. Hinweisen nachgehen, zur Not jemandem die Informationen aus dem Leib prügeln.

Seine rechte Hand schlug gegen das Holz der Bordwand. Das Boot schaukelte leicht.

Hauke schnaufte.

Wieso war er so wütend?

Eigentlich war er doch ein friedlicher Kerl. Oder nicht?

Diese Erinnerungsfetzen, die all die Lücken in seinem Gedächtnis doch nicht füllten, machten ihm Angst. Er hatte von Maschinen gehört, die wie Menschen aussahen, aber doch nur schlechte Imitate des Lebens waren. Und doch sollten diese Wesen davon überzeugt sein, menschlich zu sein.

Er starrte ins braune Wasser des Flusses. Wenn das hier vorbei war und er Eve wieder sicher nach Europa gebracht hatte, musste er unbedingt herausbekommen, was mit ihm los war. Vielleicht hatte er sich nur den Kopf gestoßen und deshalb diese Aussetzer.

Ein Ruf riss ihn aus seinen Gedanken. Er hielt direkt auf ein Segelboot zu, das ihm nicht rechtzeitig ausweichen konnte. Er stemmte sich gegen das Ruder und schaffte es gerade noch so, an dem Hindernis vorbeizuschlittern. Die Besatzung des Schiffes rief ihm einiges hinterher. Zum Glück verstand er es nicht. Zu ihrem Glück.

Wohin fuhr er eigentlich?

Der Mann am Steg hatte ihm gesagt, er solle gen Süden fahren und, nachdem er unter vier Brücken hindurch sei, den großen Kanal zur Rechten nehmen. Diesem sollte er folgen, bis er einen großen Hügel auf der rechten Seite sah. Das sollte das alte Heliopolis sein.

Hauke hatte noch gefragt, was der Ort eigentlich sei. Aber so recht hatte er es nicht verstanden. Eine Stadt war es wohl nicht, eher ein alter Tempel.

Er fluchte. Jetzt war er schon wieder in Gedanken versunken. Wie viele Brücken hatte er denn passiert? Er erinnerte sich an drei. Aber vielleicht waren es auch vier.

Auf jeden Fall war dort vorn ein Kanal, der nach rechts abging. Sollte er ihn nehmen? Oder weiterfahren? Nochmal zurück und die Brücken zählen? Er schaute den Fluss hinab. In Sichtweite gab es keine weitere Brücke und schon gar keinen Kanal.

Entschlossen drehte er das Ruder und fuhr in den Kanal ein. Die Beschreibung passte so weit. Da hinten erkannte er auch einen Hügel, der sich leicht über die flachen Felder am Rande des Kanals erhob. Darauf standen ein paar alte Säulen. Ja, das sah gut aus.

Hauke steuerte einen Steg an, von dem aus ein breiter Weg zum Hügel hinaufführte. Ein weiteres Boot lag bereits hier, Menschen waren keine zu sehen.

Einem Instinkt folgend, prüfte er, ob der Motor des anderen Bootes warm war. In der Tat konnte Hauke spüren, dass das Gefährt vor nicht allzu langer Zeit in Benutzung gewesen war.

Nun denn.

Der Friese eilte den breiten Weg hinauf. Die wenigen Bauern auf den Feldern beäugten ihn misstrauisch.

Hauke störte es nicht. Zuhause war es nicht anders. Wenn man dort einen Fischer traf, dann musterte der einen ebenso. Und erst spät kam dann ein zögerliches „Moin".

Den Fuß des Hügels umspannte eine Mauer. Neben dem einzigen Tor saß ein alter Mann und blickte ihn gelangweilt an. Hauke nickte ihm zu, drückte das Tor auf und ging hindurch.

Huh, das war einfach.

Hinter der Mauer sah alles ein wenig gepflegter aus. Alte Bäume, dazwischen noch sehr viel ältere Statuen. Oben auf dem Hügel die Ruinen, weitere Gebäude waren nicht zu sehen.

Der Friese hockte sich hinter eine der Statuen, die ein merkwürdiges Mischwesen darstellte. Halb Hund halb Katze oder so. Hauke war sich nicht sicher.

Er lauschte eine Weile. Zu hören war nichts. Also eilte er vorwärts, so leise, wie es ihm möglich war. Immerhin hatte der Alte am Tor keinen Alarm geschlagen.

Die Reste der alten Steinsäulen standen in vier Reihen auf der Spitze des Hügels. Schlecht, um sich ungesehen anzuschleichen, gut für jemanden, der dort wartete. Hauke beschloss, das Risiko einzugehen und lief gebückt zwischen die Säulen. Nichts geschah.

Er umrundete die der Zeit trotzenden Pfeiler, fand aber nichts. Das Einzige, was aus dem Steingewirr herausstach, war der große Steinblock in der Mitte, der vielleicht als Opferstein gedient hatte. Sicher hatten die hier früher Menschen geopfert, mindestens aber Tiere.

Langsam näherte er sich dem Stein. *Schiete*, warum hatte er keine Waffe mitgenommen?

Auf der Rückseite ging eine schiefe Treppe nach unten. Hauke linste hinunter. Dort war eine massive Tür, daneben ein Schloss.

Das Beste aber war, dass die Tür einen Spalt offenstand. Flackerndes Licht drang durch den Spalt nach draußen, ansonsten war es still.

Schritt für Schritt ging Hauke die ausgetretenen Stufen hinunter. Noch immer war es ruhig.

Vorsichtig schob er die Tür weiter auf und atmete auf, als sie nicht quietschte.

Dahinter begann ein in den Fels gehauener Gang, von dem mehrere metallbeschlagene Holztüren abgingen. Von der Decke hingen elektrische Lampen, von denen alte, staubige Spinnenweben herabhingen, und tauchten die Unterwelt in ein merkwürdig kaltes Licht.

Er schlich zur ersten Tür auf der linken Seite. Sie stand halb offen, der Raum dahinter war dunkel.

Weiter zur nächsten Tür, dieses Mal rechts. Die Tür weit offen, Licht brannte in dem Raum. Er war zwar nicht so kitschig verziert wie das Labor in Kairo, aber ansonsten wies der Raum einen ähnlichen Inhalt auf. Diese Maschine stand dort, dazu einige weitere Gerätschaften, die Hauke nicht deuten konnte. Was aber am Wichtigsten war: Auf dem Tisch neben der Maschine verhüllte ein Tuch einen etwa kopfgroßen Gegenstand. Hauke lächelte angespannt. Das dürfte wohl der Kopf sein, um dessentwillen er hier war. Er lauschte in den Raum, dann noch einmal in den Gang. Nichts.

So leise wie möglich ging er auf die Maschine zu und griff nach dem Tuch.

Hinter ihm schlug die Tür zu

Kapitel 44

Als es an der Tür klopfte, ging ihr erster Griff zur Schublade, in der die kleine Pistole lag.

„*Come in*“, befahl sie.

Die Tür öffnete sich leise, und ihr Diener steckte vorsichtig den Kopf durch den Spalt. Sie verkniff sich ein Grinsen. Als er vor ein paar Wochen unangekündigt ins Zimmer geplatzt war, hatte sie aus einem Reflex heraus geschossen. Seitdem war er aufmerksamer, was ihre Regeln anging.

„Ein Brief, Mylady.“ Noch immer war nur sein Kopf zu sehen.

Sie blieb stumm, musterte ihn.

„Wollen Sie ihn lesen, Mylady?“

„Das will ich, in der Tat.“

„Soll ich ihn bringen?“

„Das wäre gut.“

Endlich rang er sich dazu durch, ihr Büro zu betreten. Seine Hände zitterten, als er den Brief auf ihren Tisch legte. Dann verneigte er sich und floh aus dem Zimmer.

Sie nahm die Hand von der Waffe, schloss die Schublade.

Man konnte nie vorsichtig genug sein.

Der Brief war an ihre Tarnadresse hier in Kairo adressiert.

„William White – Finest English Tweed“

Natürlich kaufte niemand in Kairo englische Stoffe. Die verdammten Franzosen hatten sich einst den halben Orient geschnappt. Für die ænglische Krone war zu wenig übriggeblieben.

Trotzdem musste man auch hier Augen und Ohren offenhalten.

Victoria war sich bewusst, dass ihr Büro eines der unwichtigeren im großen Netz der *Europäischen Gesellschaft zur Beantwortung moralischer Fragen* war. Die wichtigen Agenten waren in Europa. Nordafrika war ein Nebenschauplatz der Weltgeschichte.

Umso gespannter war sie auf die Nachricht. Zwar bekam sie regelmäßig Post aus der Zentrale, doch dieser hier war nicht auf dem Postweg gekommen, sondern telegrafisch übermittelt worden. Es musste also dringend sein.

Sie öffnete den Brief.

Die Vorderseite wies eine normale Bestellung über etliche Yards schottischen Tartans auf. Auf der Rückseite hingegen fand sie eine Tabelle voller Ziffern und Buchstaben, die die Maße der angeblichen Bestellung genauer beschrieben.

Victoria Battenberg erhob sich, ging zur Tür und verriegelte diese von innen. Ein letzter Blick durch das kleine Guckloch im Türrahmen, ob auch niemand mehr draußen stand. Dann ging sie zu ihrem Schreibtisch und öffnete mit dem Schlüssel, den sie um den Hals trug, die verborgene Schublade. Sie nahm das dünne Papier mit der Dechiffrieranweisung und machte sich an die Arbeit. Zehn Minuten später hatte sie den Text entschlüsselt und hob erstaunt die Brauen.

Offenbar suchte eine ænglische Wissenschaftlerin zusammen mit einem friesischen Piraten Zugang zu frevlerischem ægyptischen Wissen. Dies galt es zu verhindern.

Zusammen mit der Frau des Vizekönigs sollte sie dafür sorgen, dass das Objekt der Begierde sicher nach Ængland transportiert würde, um es dort gut zu verwahren.

Victoria prägte sich die Details ein, dann verbrannte sie den Brief und ihre Notizen. Der Dechiffrierschlüssel wanderte wieder in das Geheimfach.

Dann ging sie zu ihrem Schrank, zog sich den weiten Mantel über, auch wenn es um diese Jahreszeit eigentlich zu warm dafür war. Die lange Flinte kam unter den Mantel, eine Pistole fand ihren Platz im Gürtel, eine im rechten Stiefel. Dazu einige Wurfmesser, die sich gut in ihrer Weste verstecken ließen.

Dann rückte sie die Krawatte zurecht, zog ihre weiße Weste straff, setzte den breitkrempigen Hut auf und verließ ihr Büro.

Kapitel 45

Horus trat die Tür zu und richtete die Waffe auf den Eindringling.

„Ruhig, Hauke“, rief Eve gleichzeitig.

Der Angesprochene fuhr herum, den linken Arm zum Schlag erhoben.

Horus wartete ab. Er hatte gesehen, welche Kraft in dem Arm steckte.

„Alles ist gut, Hauke. Er ist kein Feind.“

Der Angesprochene senkte den Arm. Allerdings sah man seinem Gesicht an, dass seine Zweifel groß waren.

„Was is’ hier los?“, brummte er.

„Tariq hat mich aus dem Palast gerettet“, begann Eve.

„Gerettet? Sethos sagte mir, du würdest dich ausruhen.“

Tariq lachte höhnisch. „Mein Onkel würde alles sagen. Sie sollten kein Wort aus diesem Munde glauben.“

Hauke musterte ihn.

„Und warum sollten wir dir glauben? Seit wir in diesem Land sind, werden wir belogen und verfolgt. Du hast uns sogar angegriffen.“

Tariq senkte den Blick. „Du hast recht.“

Er steckte die Waffe ein, senkte den Kopf.

„Es tut mir leid.“

Als er den Kopf wieder hob, sah er die Verwirrung im Gesicht des Friesen. Offenbar war dieser nicht gewohnt, dass man sich auch entschuldigen und vielleicht sogar vertragen konnte.

„Hmm, schon gut“, kam die gebrummte Antwort.

Tariq nickte, dann schnappte er sich einen Stuhl und setzte sich hin.

„Und was machen wir nun?“, fragte Hauke.

„Was meinst du damit?“ Eve schaute ihn fragend an.

„Na ja, wenn wir unseren Auftraggebern nicht trauen, warum machen wir den Job dann überhaupt?“

Sie hob die Brauen.

„Lass uns packen und wieder nach Hause fahren.“

„Nein“, entfuhr es ihr.

Tariq schaute sie verwundert an. „Was hält dich noch hier?“, fragte er.

Sie hielt sich die Hand vor den Mund, starrte eine Weile auf den Boden.

„Wir können nicht weg. Wir müssen erst deinen Vater retten.“

Tariq fehlten die Worte. Vater retten? War sie verrückt oder hing sie einer seltsamen Religion an? Wer wusste schon, woran die Ængländer glaubten?

„Der Vizekönig? Der is’ doch hinüber“ Hauke hob entschuldigend die Hände, als er merkte, dass seine Bemerkung vielleicht respektlos gewesen war.

Tariq winkte ab.

„Keine Sorge. Mein Vater und ich hatten kein enges Verhältnis mehr in den letzten Jahren. Seine Position war ihm wichtiger als ich.“

„Hast du deshalb Teile von ihm mitgenommen?“, fragte Eve leise.

Er nickte.

„Sein ganzes Leben hat er mir beigebracht, die alten Traditionen zu achten. Er hat diesen Ort wieder aufgebaut. Vor ihm war dies nur ein alter Schutthaufen der Geschichte. Doch kaum war er an der Macht, zählte das alles nicht mehr. Er vergaß, was ihn ausmachte, was uns ausmachte."

„Und deshalb schneidest du seinen Schwanz ab? Ich versteh's nich'", brummte der Friese dazwischen.

Tariq schluckte eine böse Antwort hinunter. Aus Sicht der Fremden mochte das Verhalten tatsächlich barbarisch aussehen.

Er schloss kurz die Augen, versuchte, sich zu sammeln.

„Es gibt eine alte Legende über Osiris. Man sagt, er wurde von Sethos zerstückelt und über ganz Ægypten verteilt. Isis sammelte seine Teile ein, belebte sie wieder, sodass Osiris zum Herrscher der Unterwelt werden konnte. Sethos wurde vertrieben."

„Aber du hast ihn zerstückelt, nicht Sethos", gab Hauke zu bedenken.

„Ich weiß. Aber für jene Ægypter, die dem alten Glauben noch anhängen, wäre es ein Zeichen. Wenn Isis nicht dafür sorgen würde, die Teile einzusammeln, damit der Körper komplett ist, hätte sie deutlich an Ansehen verloren."

Der Friese stieß ein merkwürdiges Geräusch aus. Dann lachte er laut los.

Tariq biss die Zähne zusammen. Der Kerl war ein Barbar.

„Das ist ja 'ne nette Geschichte, miin Jong. Aber eigentlich wolltest du deinem Vater doch eine reinwürgen?"

„Wie kannst du es wagen?", brauste Tariq auf.

Der Friese wich einen Schritt zurück, das Lachen verschwand.

Der junge Ægypter senkte den Kopf. Der Fremde hatte vielleicht recht. Der Gedanke, seinen Vater nach seinem Tode zu strafen, wofür er ihm im Leben nicht die Meinung hatte sagen könne, war auch ihm schon gekommen. Er hatte ihn jedoch immer verdrängt.

„Es mag sein, dass das eine Rolle gespielt hat. Eine kleine Rolle. Vielleicht", gab er leise zu.

Hauke kam näher, klopfte ihm mit der Rechten auf die Schulter.

„Jeder von uns hat mal mit seinem Alten Probleme. Ich könnte dir da Geschichten erzählen."

Kaum hatte der Friese die Worte gesagt, verdunkelte sich sein Gesicht. Er kratzte sich am Kopf, verzog das Gesicht. Vielleicht war seine Erinnerung wirklich unangenehm.

Der Blick der Ængländerin war besorgt.

„Dein Vater ist nicht tot", rief sie, so als wolle sie sicherstellen, dass der Friese die Worte auch hörte.

„Was sagst du?"

Er hatte ihm den Kopf abgeschnitten, ganz zu schweigen von den anderen Körperteilen. Wie konnte er da nicht tot sein?

„Die Maschine hier." Sie deutete auf das Gerät, das Vater hier aufgebaut hatte. „Weißt du was das ist?"

Er schüttelte den Kopf. „Vater hat es mir mal erklären wollen. Bernsteine und Geister, aber ich habe mich nicht besonders dafür interessiert."

„Das ist ein Relikt eurer Vorfahren. Sie konnten damit menschliches Bewusstsein speichern."

„Du redest Unfug, Weib!" Tariq ging ein paar Schritte nach rechts, dann wieder nach links. „So etwas gibt es doch nicht."

„Doch", beharrte sie. „Ich habe mich an die Maschine im Labor deines Vaters in Kairo angeschlossen. Sein Geist ist noch immer da."

„Aber wie?" Tariq verstand es nicht.

„Das genaue Prinzip verstehe ich auch noch nicht. Die Maschine arbeitet mit Bernstein und Elektrizität. Damit scheint es möglich zu sein, menschlichen Verstand in einen Bernstein zu übertragen."

Tariq schlug sich vor die Stirn. „Deshalb die ganzen Bernsteine im Labor? Vater hat in den letzten Monaten wohl Unsummen ausgegeben, um überall auf der Welt Bernstein zu kaufen. Jedem, der fragte, erzählte er etwas von einem Bernsteinzimmer, das er bauen wollte. "

„Ich weiß noch nicht warum, aber Bernstein scheint essenziell für diese Maschine zu sein. Dein Vater hatte sogar eine Sammlung eurer Vorfahren, wenn man es so sagen möchte. Ich habe mich mit einem verbunden. Ein sehr alter Pharao, ich kannte ihn aber nicht."

„Du hast dich mit einem alten Pharao verbunden?"

Tariq schüttelte den Kopf. Das war doch alles sehr weit hergeholt. Vater hatte zwar erwähnt, dass er eine unglaubliche Entdeckung im Nachlass seines Vorgängers gefunden hatte. Aber Tariq hatte an einen Schatz oder wichtige Informationen gedacht. Nicht an alte Maschinen, in denen die Geister der Pharaonen gespeichert waren. Das würde ja auch heißen, dass ihre Seelen nicht ins ewige Leben eingegangen waren. Hatten die Vorfahren wirklich einen solchen Frevel begangen?

„Ich muss das sehen. Verbinde mich mit meinem Vater", forderte er.

„Das geht hier nicht", behauptete sie.

„Warum nicht? Da steht doch die Maschine."

„Ja, aber der Bernstein mit dem Geist deines Vaters ist noch in Kairo."

Tariq musterte sie. Er hatte sie aus den Fängen von Sethos und Isis befreit. Doch vertraute er der Fremden so sehr, dass er sich von ihr wieder zurück in die Höhle der Hyänen locken ließ?

Sein Blick streifte das Tuch unter dem der Kopf seines Vaters lag. Ja, er hatte ihn strafen wollen. Auf die gute alte ægyptische Art. Aber nun wusste er, dass Osiris noch lebte. Er konnte mit ihm reden, Dinge klären – etwas, das sie zu seinen Lebzeiten nicht geschafft hatten. Einen Versuch war es wert.

„Gut", sagte er, „dann fahren wir wieder zurück zum Palast."

Kapitel 46

Hauke war die Sache nicht geheuer. Eigentlich konnten sie doch froh sein, dass alles so gelaufen war. Der eigentliche Auftrag hatte sich wohl erledigt, nachdem sie nun wussten, dass ihre Auftraggeber zweifelhafte Absichten hatten. Selbst die Suche nach den Körperteilen des toten Vizekönigs war jetzt nicht mehr wichtig. Aber was taten sie, anstatt wieder heim nach London ans Meer zu reisen? Sie schipperten gemütlich den Nil entlang Richtung Höhle der Löwen.

Hauke schüttelte den Kopf. *Moment.* London lag nicht am Meer.

„Köpfe runter", rief Eve.

Sie fuhren unter einer Brücke hindurch, oben sah man etliche Uniformierte, die offenbar Menschen kontrollierten.

„Sie suchen uns", stellte er fest.

„Wieso? Nur, weil sie dort ein paar Leute kontrollieren?" Der Ægypter schüttelte den Kopf. „Diesen Aufwand treiben sie nur, wenn es von ganz oben angeordnet ist. Nein, das ist keine normale Kontrolle, Sethos sucht uns."

Hauke wechselte einen schnellen Blick mit Eve. Hoffentlich merkte sie, dass ihm die Sache nicht geheuer war. Doch sie schaute schnell wieder übers Wasser.

Er biss die Zähne zusammen. Klar, sie wollte das hier. Es machte ihr Spaß, sie liebte den Nervenkitzel. Das war schon früher so gewesen.

Bevor er weiter über früher nachdenken konnte, erreichten sie den Anleger des Palasts. Doch Tariq fuhr daran vorbei.

Der Friese drehte sich um und schaute den anderen fragend an.

Der deutete stumm auf einen kleinen Anleger am Rande des Palasts. Er schien alt und brüchig und war schon halb mit Schilf zugewachsen.

So leise wie möglich legten sie an.

„Warum sind keine Wachen am Steg?", fragte Hauke.

Tariq zuckte mit den Schultern.

„Vielleicht werden sie woanders gebraucht?"

„Oder es ist eine Falle."

Hauke war nicht wohl bei der Sache. Immerhin hatte jeder von ihnen eine Pistole aus der kleinen Waffenkammer in Heliopolis.

Seine Finger tasteten nach der Waffe. Das kalte Metall beruhigte ihn etwas.

„Hier lang", befahl Tariq und folgte einen schmalen Pfad durch das Schilf.

Der Weg führte im Bogen zu den Palastgärten. Im Schatten einer Steinstatue, die einmal mehr wieder ein verrücktes Mischwesen zeigte, blieben sie stehen.

„Ab hier müssen wir leise sein." Tariq deutete auf eine schmale Tür am Rande des Gartens.

„Dort ist der Zugang für die Diener. Da müssen wir rein."

„Wird die Tür nicht abgeschlossen sein?", fragte Eve.

Grinsend präsentierte Tariq einen Schlüssel.

Dann schlichen sie los. Der Kies knirschte unter ihren Schuhen. Aber glücklicherweise war wohl niemand im Garten, der das Geräusch hätte hören können.

Tariq öffnete die Tür und lauschte ins Halbdunkel dahinter. Aus der Ferne waren Geräusche zu hören. Er winkte und ging vor.

Es dauerte nicht lange, und Hauke hatte die Orientierung verloren. Der Sohn des Vizekönigs führte sie durch schmale, unverputzte Gänge und über steile Treppen. Manches Mal hörten sie Stimmen ganz nah. Dann blieben sie stehen, machten keine Geräusche und warteten, bis die Schritte verklungen waren.

Schließlich blieben sie vor einer Tür stehen.

„Hier ist das Arbeitszimmer", flüsterte Tariq. Sie nickten.

Leise schob er die Tür auf, linste hindurch. Dann nickte er und betrat den dunklen Raum. Eve folgte ihm. Kaum hatte sie den Raum betreten, flammte Licht auf, und Uniformierte drängten lärmend aus dem Labor ins Arbeitszimmer.

Hauke spürte den Drang, wegzulaufen. Noch befand er sich im Geheimgang. Er hatte zwar keine Ahnung, wie er durch all die Gänge zurück zum Boot gelangen sollte, doch momentan war wohl jeder Ort besser als das Arbeitszimmer des toten Vizekönigs.

Doch er widerstand. Eve war in die Falle getappt, er hatte gesehen, wie Arme nach ihr griffen, sie festhielten. Er musste versuchen, sie zu befreien. Und falls das nicht gelang, zumindest in ihrer Nähe bleiben.

Hauke sprang in den Raum und schlug auf den erstbesten Schädel, den er fand.

Kapitel 47

Eve schrie. Männer griffen grob nach ihr, zerrten sie von der Tür weg. Ein Schuss übertönte kurzzeitig das Getümmel, dann wurde umso lauter geschrien.

Die Wissenschaftlerin versuchte, sich zu befreien, doch gegen die Männer, die sie festhielten, kam sie nicht an. Zwischen den kämpfenden Körpern sah sie Tariq, den Arm mit der Pistole nach oben gestreckt, während gleich zwei Uniformierte seinen Arm festhielten und versuchten, an die Waffe zu kommen.

Uniformierte? Das waren Polizisten?

Eve war sich nicht sicher, ob sie das freuen oder ängstigen sollte. Zwar stand die Polizei für die Ordnungsmacht, aber gleichzeitig befand sie sich im Zentrum der Ordnungsmacht. Nur Isis oder Sethos konnten die Polizei gerufen und ins Haus gelassen haben.

Ein Schrei lenkte ihren Blick in eine andere Ecke des Raumes. Dort sank gerade ein Polizist zu Boden. Offenbar hatte Hauke ihn am Kopf erwischt.

Nein, wollte sie rufen. Nur zu gut erinnerte sie sich an den Vorfall im Pariser Hotel. Völlig unbeabsichtigt hatte er da einen Menschen getötet. Damals waren sie ungestraft davongekommen. Aber hier würde das kaum funktionieren.

„Hauk…“, rief sie, bevor ihr jemand eine Hand auf den Mund presste. Sie schmeckte Dreck und Schweiß, während man sie weiter von Hauke wegzog.

Eine Frau kam in Eves Sichtfeld. Sie sah nicht einheimisch aus und war auch anders angezogen: Sie trug einen weiten Rock aus dünnem, schwarzem Stoff, dazu ein schwarzes Jäckchen, unter dem eine weiße Weste hervorblitzte. Ohne zu zögern trat sie ins Gewimmel, das um Hauke herum tobte, zog etwas aus der Jacke und richtete es auf Hauke.

Der hielt sofort inne. Eve brauchte einen Moment, um das Ding zu erkennen. Es war eine Damenwehr, eine sehr kleine Pistole, für eine Handtasche gemacht. Und doch war sie mit großer Sicherheit tödlich, wenn sie direkt vor einem Gesicht abgefeuert wurde.

Der Lärm verebbte. Fesseln wurden um ihre Handgelenke gezogen.

Dann traten die Uniformierten zurück, blieben aber in Reichweite stehen. Die Blicke der Frauen und Männer waren fast sämtlich auf Hauke gerichtet. Offenbar hielten sie ihn für den gefährlichsten Gegner.

Nun betrat Isis den Raum, Sethos blieb in der Tür stehen. Aus den Gesichtern der beiden wurde Eve nicht ganz schlau. Sie schienen nicht gerade glücklich über das zu sein, was hier vorging.

„Nun, da hätten wir ja die Einbrecher“, sagte Sethos laut.

Die Frau mit der weißen Weste nickte.

Dann ging sie an den drei Gefangenen entlang, musterte erst Tariq, dann Hauke, bis sie schließlich vor Eve stehen blieb.

„Miss Bailiff, nehme ich an? Ich werde Sie nach London zurückbringen.“

„Wer sind Sie?“, fragte Eve. Die Frau war ihr unheimlich. Ihre Nase war etwas schief, so als hätte sie schon einmal einen Schlag abbekommen. Auch ihr linkes Ohr sah ein wenig zerfetzt aus.

„Mein Name ist Battenberg, von der *Europäischen Gesellschaft zur Beantwortung moralischer Fragen.*“

Eve versuchte, sich nichts anmerken zu lassen. Eine *Weiße Weste.* Der Professor hatte sie stets vor den Agenten dieser konservativen Einrichtung gewarnt. Diese taten alles, um Fortschritt jeglicher Art zu verhindern. Und was Professor Clockworth-Merenge in seinen Londoner Laboratorien tat, fiel allemal darunter.

„Was werfen Sie mir vor?“ Eve hatte keinen Zweifel, dass die Frau sich irgendetwas ausgedacht hatte, doch sie hoffte irgendwie, dass sie in Anwesenheit von Isis und Sethos aus der Nummer herauskommen würde.

„Was Ihnen vorgeworfen wird, wissen Sie sicher selbst am besten.“ Die Frau ließ sich leider gar nicht erst auf Diskussionen ein. „Auf jeden Fall werden Sie, Ihr Begleiter“, sie wies auf Hauke, „und das frevlerische Gerät dort hinten sich in wenigen Tagen in London wiederfinden.“

Eve sah, wie Isis und Sethos einen schnellen Blick wechselten.

„Sie haben sicher alle nötigen Papiere?“, fragte Sethos.

Die Frau drehte sich nicht zu ihm um. „Natürlich.“

„Sie verstehen sicher, dass wir das prüfen müssen.“

Nun drehte sie sich doch um.

„Natürlich müssen Sie das.“ Die Stimme der Frau wurde schneidend. „Aber sicher geht das schnell. Sonst müsste ich meine Vorgesetzten informieren, sich den Fall noch einmal genau anzuschauen. Vor allem die Akten der Beteiligten. Manchmal findet sich ja dort das eine oder andere Mittel, um Dinge in Gang zu bringen.“

Sethos blieb stumm.

Verdammt, die hatte etwas gegen die beiden in der Hand.

„Gut. Ich sehe, wir verstehen uns. Ich lasse die beiden Gefangenen in Ihrer Obhut. Morgen Mittag erwarte ich ihre Auslieferung, zusammen mit dem Objekt dort hinten.“

Battenberg drehte sich wieder zu Eve.

„Sie können uns doch nicht der überlassen“, rief Eve. Doch weder Sethos noch Isis reagierten.

„Keine Sorge, Darling.“ Battenberg trat vor Eve und schaute sie von oben herab an.

„Niemand wird mich daran hindern, dich und dein Schoßhündchen wieder in die Heimat zu bringen.“

Eve verzog wütend den Mund.

„Schoßhündchen?“, fragte Hauke. Am Klang seiner Stimme war deutlich zu erkennen, dass ihm das Wort nicht gefiel.

Die *Weiße Weste* lachte. Männlich, Höhnisch.

„Wie willst du denn sonst genannt werden? Golem, Homunkulus, Ding?“

Hauke riss die Augen auf. Eve ahnte, dass er die ersten beiden Worte nicht kannte.

„Wovon spricht das Weib, Eve?“, fragte er.

Sie schwieg.

„Ach, du weißt es nicht?“ Battenberg grinste.

„Du bist ein Experiment. Jemand hat in deinem Kopf rumgepfuscht. Und nun rate mal, wer das gemacht hat?“

Ohne die Antwort abzuwarten, drehte sie sich um und ging zur Tür.

„Morgen Mittag“, sagte sie zu Sethos, dann verließ sie den Raum.

Kapitel 48

Anscheinend hatte Sethos wenig Lust, sie weiter im Palast zu beherbergen. Also ließ er Polizisten kommen, die sie wenig zimperlich in einen kleinen Bus bugsierten. Das Innere stank nach Erbrochenem und Schweiß. Hauke kniff die Augen zusammen und konzentrierte sich auf den Geruch. Er half ihm, bei sich zu bleiben, sich selbst nicht zu verlieren.

„Ich bin Hauke Greve, ich bin Hauke Greve, ich bin Hauke Greve."

Er spürte eine Hand auf seiner Schulter, wusste, dass es Eve war.

„Ich bin Hauke Greve!"

Der Lärm der Stadt drang durch die Wände des Busses. Das Geschrei der Menschen, das Gehupe der Fahrzeuge, all das zog ihn in die Realität.

Wenn ich meinen Namen weiß, dann existiere ich. Ich bin da.

Das Rauschen des Fahrtwindes klang wie das Meer.

Das Meer.

Es erinnerte ihn an etwas. An etwas Fremdes und doch so Bekanntes.

Hatte er je am Meer gelebt?

„Hauke?" Eves Stimme drang durch den Nebel an unverständlichen Erinnerungen.

„Ich bin Hauke Greve", betete er vor sich hin.

Der Bus ruckelte, brachte ihn aus seinem Rhythmus.

„Was ist mit ihm?", fragte der junge Mann.

In Hauke wuchs der Wunsch, ihn zu schlagen. Warum? Er war doch auf ihrer Seite.

Oder nicht? Etwas in ihm war wütend. Wütend auf alles. Wütend auf die Möglichkeit, kein Mensch zu sein, sondern nur eine Hülle, ein Shelly.

Konnte so ein künstliches Ding wütend sein? Wut war doch ein Gefühl!

Hauke hielt sich daran fest, hielt sich an seiner Wut fest. Seine Hände krallten sich um die Kante der metallenen Sitzbank.

„Hey!" Eine Stimme wurde laut. Hauke hörte Angst darin.

Er öffnete die Augen. Sein Blick fiel auf einen Polizisten, der ihn ängstlich mit vorgehaltener Waffe beobachtete. Dessen Blick ging immer wieder nach unten, zur Bank.

Seine Linke hatte den Rand der Bank verbogen. Hauke schaute hinüber zur rechten Seite, spannte die Muskeln an. Doch nichts geschah. Das Metall war fest und stark.

Er löste seine linke Hand langsam, hob sie an, betrachtete sie, als sähe er sie zum ersten Mal.

„Beruhige dich", flüsterte Eve.

Hauke versuchte, sich an seiner Wut festzuhalten, doch die war gewichen. Hatte der Angst Platz gemacht, der Angst davor, nur ein Ding zu sein, ein lebloser Golem, das Imitat eines Menschen.

Der Wagen bremste abrupt, die Tür wurde aufgerissen.

Polizisten zogen sie aus dem Wagen, was sie sich zuriefen, verstand er nicht. Aber er verstand die Blicke, die Angst in den Augen. Sie fürchteten sich nicht vor ihrem Prinzen und schon gar nicht vor Eve. Nein, aller Augen ruhten auf ihm, die Hände lagen an den Waffen.

Er ballte die linke Faust. Spürte er sie? War sie wirklich da? Ja, er spürte, wie sich seine Fingernägel in den Handballen bohrten, er spürte, wenn seine Fingerspitzen über das Leder seines Mantels glitten.

Man zog ihn weiter. Er ließ es geschehen. Einen Gang entlang, eine Treppe nach unten, wieder Gänge, Halbdunkel.

Dann öffnete sich eine Tür, schweres beschlagenes Eisen, eine vergitterte Gaslaterne spendete kümmerliches Licht.

Man stieß sie hinein, schlug die Tür hinter ihnen zu. Durch eine kleine, vergitterte Öffnung in der Tür schaute einer der Polizisten zu ihnen herein. Die anderen trollten sich wohl.

„Ich bin Hauke Greve."

Er setzte sich auf eine Bank, wiederholte den Satz wieder und wieder.

Eve setzte sich ihm gegenüber.

„Hauke?"

Sollte er mit ihr reden? Was immer mit ihm nicht stimmte, sie musste es gewusst und ihm verheimlicht haben.

Seine Augen suchten ihren Blick. Sie hielt ihm nur wenige Augenblicke stand. „Wovon hat die Frau gesprochen?"

Er wunderte sich, dass er die Frage ganz ruhig ausgesprochen hatte.

Eve schaute nicht auf.

„Wer bin ich? Oder muss ich fragen: *Was* bin ich?"

Sie schüttelte heftig den Kopf.

„Nein, du bist ein Mensch."

„Und was ist mit seinem Arm?", warf Tariq ein.

Hauke schaute nicht zu ihm hinüber. Für die Frage war er ihm dankbar, aber das musste er ja nicht zeigen.

Sie knabberte an ihrer Unterlippe. Er kannte diese Geste. Sie tat das, wenn sie nervös war, wenn sie nach Antworten suchte.

Hauke zog seinen Mantel aus, schob die Hemdsärmel nach oben. Seine Arme sahen gleich aus, kein Unterschied war zu sehen. Haare wuchsen, ein paar Muttermale hier und dort.

Und doch war sein linker Arm viel stärker als der rechte. Unmenschlich stärker.

Ein prüfender Blick zu ihr. Noch immer biss sie sich auf die Lippe.

Also gut. Er griff in seinen Stiefel, in dem er einen kleinen Dolch versteckt hatte. Zum Glück hatten die Wärter ihn aus Angst nicht gründlich durchsucht. Wozu auch, wenn man ihm die stärkste Waffe doch nicht abnehmen konnte?

„Nein!“, rief sie.

Der Dolch ritzte die Haut. Hauke hielt inne.

„Ich erzähl dir alles. Aber leg das Messer weg.“

Nickend steckte er die Waffe zurück in den Stiefel.

„Fang an!“

Sie sprang auf, ging ein paar Schritte in der Zelle hin und her.

„Wo soll ich anfangen?“

„Vorn“, schlug Tariq vor, hob dann abwehrend die Hände zur Entschuldigung.

„Eine gute Idee“, stimmte Hauke zu.

„Dein Name ist Hauke. Du warst ein …“, sie rang nach Worten, „… ein Taugenichts. Du hast dich geprügelt, warst ständig in Schwierigkeiten.“

Er senkte den Kopf. Ja, das passte irgendwie.

„Eines Tages brachten sie dich zu uns.“

„Zu uns?“

„Ich arbeite im Labor von Professor Clockworth-Merenge.“ Sie machte eine Pause.

Hauke schüttelte den Kopf, schaute Tariq an, doch auch der schien nichts zu wissen.

„Der Professor ist die führende Autorität auf dem Gebiet der Kybernetik.“

Ihre Stimme schwankte. Offensichtlich sagte sie nicht die Wahrheit.

„Kybernetik?“

Wieder biss sie sich auf die Lippen.

„Raus damit!“, befahl Hauke.

„Wir arbeiten mit Körpern. Und Seelen. Oder Geistern. Wenn man es so nennen möchte."

Er legte die Stirn in Falten. Also doch. Er war so ein Ding!

„Was habt ihr gemacht?", fragte er tonlos.

„Du warst schwer verletzt. Dein Körper versagte, wir konnten nichts tun."

Hauke kniff die Augen zusammen. Wollte er hören, was jetzt kam?

„Da war ein anderer Körper, unversehrt, vom linken Arm abgesehen. Der einzige Körper an dem Tag. Ich hatte keine Wahl. Wenn ich es nicht getan hätte, wärst du gestorben."

Sie zitterte.

Auch Hauke zitterte. War es Wut? Angst? Entsetzen?

„Wenn du was nicht getan hättest?"

Sie sog hörbar die Luft ein.

„Ich habe dafür gesorgt, dass der Körper des anderen am Leben blieb und habe deine Seele, deinen Geist, oder wie auch immer du es nennen magst, in seinen Körper verpflanzt."

„Was geschah mit dem anderen?", mischte sich Tariq ein.

Sie schwieg. Tariq hatte wohl einen wunden Punkt getroffen.

„Was geschah mit ihm?", wiederholte Hauke.

„Meine Aufgabe ist es, die Wirte zu leeren, wie wir sagen. Ich kann die Geister einsperren, sogar löschen, ausradieren, wenn man so will."

„Was?" Die Frage kam von Tariq. Hauke hörte ihm das Entsetzen an, das er selbst spürte.

„Für das, was der Professor macht, ist es wichtig, leere Körper zu haben. Alles andere macht Probleme. Ich will jetzt nicht ausholen. Es ist kompliziert."

„Du hast ihn also gelöscht?", fragte Hauke nach.

Sie schüttelte den Kopf.

„Ich dachte, ich hätte es. Aber schnell zeigte sich, dass ein Teil von ihm geblieben ist."

Hauke lachte auf. Das war es also. Er war in einem fremden Körper, und der alte Besitzer war auch noch zu Hause. Klar, dass das nicht gut funktionierte.

„Ich habe also einen Untermieter in meinen Kopf. Oder nein, eigentlich bin ich der unerwünschte Mieter, der sich breitgemacht hat."

Er lachte.

„Sag mal, was denkt ihr euch eigentlich? Warum macht ihr so eine Schiete mit Menschen? Warum hast du mich nicht einfach sterben lassen?"

Eve schaute ihn geradewegs an. Tränen liefen ihr über die Wangen. Ihren Schmerz konnte er sehen.

„Was?", fragte er wütend.

„Weil du mein Bruder bist!"

Kapitel 49

Johann Ludwig Borchert war glücklich. Nachdem er sich gestern von dem merkwürdigen Friesen am Palast des Vizekönigs getrennt hatte, war so vieles geschehen.

Als erstes hatte er versucht, sich ins Konsulat des Deutschen Reiches durchzuschlagen. Das war gar nicht so einfach. Die Ægypter waren doch sehr von ihren ehemaligen französischen Kolonialherren geprägt: Sie verstanden ihn einfach nicht! Oder, was ihm wahrscheinlicher erschien, sie wollten ihn nicht verstehen. Das konnten sie nur von den Franzosen übernommen haben!

Jegliche Fragen, die Ængland oder Deutschland betrafen, liefen ins Leere. Also fragte er sich zu den Franzosen durch. Das wiederum ging erstaunlich einfach.

Mit den Worten *Consulat de France*, mehr oder weniger Französisch ausgesprochen, war er in weniger als dreißig Minuten vor Ort. Natürlich konnte er den Franzosen hingegen keinen Franzosen vorspielen. So gut waren seine Verstellungskünste dann doch nicht. Also behauptete er, aus Vlandern zu kommen, und zwar aus jenem Teil des kleinen Landes, in dem man leider kein Französisch sprach.

Das hob die Laune des Beamten am Schalter ein wenig und verschaffte Borchert einen vorläufigen französischen Pass auf den Namen Jean Louis Borchert. Der Vermerk, dass der Besitzer ein

Vlame und kein Franzose war, würde hoffentlich niemanden interessieren. Auch die beschränkte Gültigkeit von nur vier Wochen war momentan kein Problem für den Reporter.

Dafür verschaffte ihm das offizielle Dokument nun Zugang zu Orten, die vorher wohl nicht erreichbar gewesen waren.

In einem immer noch französisch geführten Café, in dem er sein neues Dokument studierte, stellte ihm der Kellner ungefragt einen Kaffee hin und verweigerte standhaft die Bezahlung desgleichen.

Dabei brabbelte er ständig dieses französische Kauderwelsch, das Borchert mit einem Nicken quittierte.

Während der Kellner sich dem nächsten Gast widmete, überlegte Borchert, was er nun anstellen sollte.

Der Friese und die Wissenschaftlerin waren ihm entschlüpft. Er zweifelte, dass man ihn ohne Weiteres wieder in den Palast lassen würde. Noch war seine Geschichte für die GRÜNE FEE aber nicht fertig. Er wusste einfach noch zu wenig.

Und was machte man als guter Reporter, wenn man zu wenig wusste? Genau: Recherche, Recherche, Recherche.

Sein Blick ging zu den Tageszeitungen, die wie in französischen Cafés üblich in Zeitungsstöcke geklemmt auf Leser warteten. Die meisten waren natürlich auf Arabisch, doch einige gab es auch auf Französisch.

Die mit den größten Lettern war die LE CAIRE ET LE MONDE. Borchert hatte keine Ahnung, was das bedeutete, doch der Kellner konnte ihm auf die einsilbige Nachfrage nach der Adresse der Zeitung schnell dieselbige aufschreiben.

Damit ausgerüstet, machte sich Borchert auf den Weg zu einer Mietdroschke. Hier verhalf ihm das Wedeln mit seinem Pass zwar nicht zu einer kostenlosen Fahrt, aber immerhin hatte er das Gefühl, schnell und auf direktem Wege an sein Ziel gebracht worden zu sein.

Die LE CAIRE ET LE MONDE lag an einem der großen Plätze der Stadt. Ein riesiger Obelisk stand in dessen Mitte und warf seinen langen Schatten wie einen mahnenden Zeigefinger auf das Gebäude der Zeitung.

Dieser musste es ganz gut gehen, wenn sie ein großes Verlagshaus besaß. Die GRÜNE FEE, für die Borchert arbeitete, war bei weitem nicht so eindrucksvoll.

Aber genau das war vielleicht heute ein Vorteil.

Mit seinem Pass bewaffnet winkte er sich am Portier vorbei. Dann tat er, was ein aufstrebender Reporter in einem großen Verlag tat: Er schnappte sich einen Laufburschen.

Der erste sprach leider weder Deutsch noch Ænglisch, doch beim zweiten hatte er Glück.

„Wie heißt du?", fragte Borchert.

„Jules", antwortete der.

„Gut, Jules, ich brauche deine Hilfe. Ich habe heute neu angefangen und finde meinen Schreibtisch nicht."

„Da müssen Sie zuerst ins Büro der Verwaltung, dann zum Hausmeister, und dann ..."

„Jaja, aber es gibt doch sicher einen schnelleren Weg?"

Jules schaute sich um, dann zwinkerte er.

„In der Boulevardabteilung ist ein Tisch frei. Monsieur Schmitz hat den Tisch letzte Woche räumen müssen."

„Schmitz?"

„Ja, deutsche Eltern, sagt man."

„Ah, und warum musste er seinen Tisch räumen?"

„Er hat einen Artikel über den Vizekönig geschrieben. Das kam im Palast wohl nicht gut an, also musste er gehen", flüsterte Jules.

Borchert nickte. *Interessant.*

Der Junge brachte ihn in die dritte Etage. Der Schreibtisch des unglücklichen Kollegen stand direkt neben der Tür. Also ganz unten in der Hierarchie, dachte sich Borchert.

Aber egal, er wollte ja hier nicht bleiben.

Die anderen Mitarbeiter der Abteilung, es mochte gut ein halbes Dutzend sein, schaute kaum hoch. Ja, hier war das Ende der Leiter. Na ja, nicht ganz. Jungs wie Jules standen noch ein paar Stufen weiter unten.

Der Tisch sah unaufgeräumt aus.

„Der Kollege ist wohl besonders schnell abgereist“, murmelte er, mehr zu sich selbst.

„Ja“, bestätigte Jules, „Er hat es wohl vorgezogen, schnell zu verschwinden.“

Borchert setzte sich. Noch immer lagen Notizen herum, in der Schreibmaschine war noch ein Blatt eingespannt.

„Brauchen Sie mich noch, Monsieur …?“ Jules blickte ihn erwartungsvoll an.

Borchert schüttelte den Kopf, ignorierte die Frage nach seinem Namen.

Als der Junge sich umdrehte, rief er ihn zurück.

„Jules? Wo bekomme ich Informationen über den Vizekönig her?“

„Über den Vizekönig? Haben Sie nicht gehört, dass Ihr Vorgänger …“

Borchert winkte ab.

„Nein, ich schreibe doch keinen Artikel über sein Verschwinden! Nein, es geht hier um Politik, Außenpolitik, Innenpolitik, das Verhältnis zu Frankreich … du weißt schon.“

Der Junge nickte eifrig. Offensichtlich hatten ihn die Ausreden beruhigt.

„Da wäre Monsieur Richard, der ist auf jeden Fall Experte …“ Er deutete auf einen Mann auf der anderen Seite des großen Büros, dort, wo die wichtigen Leute arbeiteten.

„Nein, ich brauche Unterlagen.“

Jules nickte und rannte los.

Borchert lehnte sich zurück. Manchmal brauchte man nicht einmal eine Verkleidung, um sich als jemand anderen auszugeben.

Grinsend machte er sich an die Arbeit.

Am Abend brachte Jules ihm einen Karton voller Akten. Wie befürchtet, war das meiste auf Französisch. Aber es gab auch Etliches in Sprachen, die Borchert verstand. Zusammen mit den Notizen ergab sich ein spannendes Bild über die Familie von Ismael Pascha, der sich selbst gern als Osiris ansprechen ließ.

Korruption war sein Weg nach oben gewesen, und er hatte es verstanden, auf diesem Weg nicht zu stolpern. Im Gegenteil, er hatte Leute um sich geschart, die seinen Weg nach oben stützten. So zum Beispiel seinen Bruder Mustafa Fazil. Jener hatte nicht das Charisma des älteren Bruders, konnte aber gut in seinem Schatten agieren. Zwar konnte man ihm nichts beweisen, doch vieles deutete darauf hin, dass er immer dann die Fäden zog, wenn die weniger legalen Dinge geschahen.

Ayda, die Frau des Vizekönigs, schien das hübsche Aushängeschild zu sein. Partys, Bälle, teure Reisen in die Metropolen Afrikas und Europas. Doch auch bei ihr gab es wohl mehr hinter der Fassade zu finden.

Tariq Ibn Abihi, der Sohn Paschas aus erster Ehe, kam hingegen in den Notizen kaum vor. Offenbar hatten sich die Wege von Vater und Sohn vor einiger Zeit getrennt. Ob gütlich oder im Streit, konnte Borchert nicht feststellen. Aber seine Erfahrungen mit dem jungen Mann deuteten nicht auf ein harmonisches Verhältnis zu seinem Vater hin.

Vor gut einem Jahr hatte es Ismael Pascha dann auf den Posten des Vizekönigs geschafft, die Spitze der Macht. Und gleichzeitig die tiefste Schlangengrube, die dieses Land zu bieten hatte.

Das hatte auch dazu geführt, dass kaum noch jemand über den Vizekönig berichtete. Gerüchte gab es viele, doch ihnen zu folgen, schien gefährlich, woran der herrenlose Schreibtisch Borchert erinnerte.

Ein Botenjunge kam in die Redaktion gerannt und unterbrach seine Recherchen.

Er rief etwas, doch die meisten Redakteure winkten ab. Enttäuscht trottete der Junge wieder aus dem Raum.

Borchert pfiff ihn zu sich. Natürlich sprach der Junge nur Arabisch. Auch eine silberne Münze entlockte ihm kein Wort in einer verständlichen Sprache.

„Jules?", fragte Borchert schließlich hilflos. Das Gesicht des Jungen erhellte sich. Er nickte und rannte los.

Bange Minuten vergingen, doch dann kamen beide tatsächlich zusammen zurück.

„Was hat er denen erzählt?"

„Die Polizei hat im Palast des Vizekönigs drei Einbrecher gefasst."

Borchert versuchte, sich seine Überraschung nicht anmerken zu lassen. Selbst er als Fremder wusste, dass der Palast gut bewacht war. Wer brach denn da ein?

„Und?"

„Was und?" Jules schaute ihn verständnislos an.

Borchert verdrehte die Augen.

„Na ja, wer waren die Leute? Was haben sie geklaut?"

Jules schlug sich vor die Stirn und wandte sich wieder an den anderen Burschen.

Wenige Augenblicke später hatte er die Antwort parat.

„Es waren drei. Einer von hier und zwei Ausländer. Eine davon eine Frau." Jules betonte das letzte Wort mit erhobenem Zeigefinger. Borchert fragte nicht nach, wieso. Wahrscheinlich waren Diebe hierzulande selten weiblich. In Europa hingegen kam das öfter vor.

Viel mehr fesselte ihn die Zusammensetzung der Gefangenen. Das waren sicher Eve Bailiff, Hauke Greve und der junge Tariq. Aber warum nur waren die drei zusammen unterwegs gewesen?

„Wohin wurden die Diebe gebracht?"

„Ins Hauptquartier der Polizei."

Borchert nickte ergeben. Natürlich. Wohin sonst? Im Palast war er nicht an sie herangekommen, und jetzt waren sie ebenso weit entfernt.

„Wollen Sie sie befragen?", fragte Jules.

Der Reporter hob die Augenbrauen. Das ging? Einfach so?

„Ähm, ja, sicher."

„Gut, ich bring Sie hin."

Borchert nickte, kramte eine Münze hervor und warf sie dem anderen Botenjungen zu. Der fing sie geschickt auf und verbeugte sich ausführlich. Dann verschwand er.

„Haben Sie Geld dabei?", fragte der Junge.

„Geld?"

„Wenn man zur Polizei geht, ist Geld immer hilfreich."

Borchert kramte in seinen Taschen. Das wenige Geld, was er auf seine Reise mitgenommen hatte, war fast aufgebraucht.

„Viel ist es nicht."

Jules musterte die Münzen.

„Für den Anfang wird es reichen", entschied er.

○ ○ ○

Es reichte tatsächlich. Borchert und Jules wurden nach einer kurzen Wartezeit von mehreren Stunden – mehr Bargeld hätte die Zeit sicher verkürzt – zu der Zelle der Gefangenen geführt.

Mit Stift und Papier bewaffnet, durften die beiden sich der Zellentür nähern und durch das Gitter in der Tür schauen. Ein gelangweilter Mann, der roch, als hätte er nicht deutlich mehr Möglichkeiten zur Körperhygiene als seine Gefangenen, beobachtete sie dabei aus müden Augen.

In der Zelle saßen tatsächlich Eve Bailiff und ihr Gefolge.

„Was habt ihr angestellt?", fragte Borchert. Er tat es auf Deutsch, so dass die Wache hoffentlich nichts verstand.

„Eine *Weiße Weste* ist aufgetaucht und hat uns einsperren lassen", erklärte Eve. Sie trat an die Tür umklammerte die Gitterstäbe des kleinen Fensters. Sofort kam der Aufpasser näher, brabbelte etwas, dass Jules mit „Finger weg" übersetzte.

Sie kam der Aufforderung nach, der streng miefende Mann verschwand wieder in seiner Ecke.

„Sie müssen uns hier rausholen. Sonst sind wir morgen auf dem Weg nach Ængland. Und wer weiß, was sie da mit uns machen!"

Borchert kratzte sich am Kinn.

„Aber wie? Juristisch lässt sich wohl kaum viel machen. Geld ist das einzige, was hier helfen würde."

„Geld?" Eve begann in ihrer Tasche zu kramen. Als die Polizisten sie mitgenommen hatte, war ihr offenbar nur alles weggenommen worden, was nach einer Waffe aussah.

Ratlos hielt sie zwei Papierstücke hoch.

„Könnte das helfen?" Borchert erkannte Schecks.

Tariq erhob sich, nahm ihr die Papiere ab.

„Das ist eine Menge Geld. Ausgestellt ist es angeblich von meinem Vater!"

Eve schüttelte den Kopf.

„Das kann nicht sein. Wir wurden ja gerufen, weil er seinen Unfall hatte."

„Dann hat jemand seine Unterschrift gefälscht."

Borchert wippte ungeduldig auf den Zehenspitzen vor der Tür. Der Schweißgeruch in der Luft machte ihn nervös.

„Wie kann ich das zu Geld machen?", drängte er.

Tariq zuckte mit den Schultern.

„Geh einfach zu einer beliebigen Bank. Warte, gleich gegenüber vom Polizeipalast ist eine. Lass dir das Geld auszahlen. Dann komm wieder her."

Borchert nickte. Dann beugte er sich zu Jules.

„Kannst du ihn kurz ablenken?" Er wies mit dem Kopf leicht in Richtung der Wache.

Der Junge nickte und begann, auf den Mann einzureden. Dabei ging er ein paar Schritte auf ihn zu und an ihm vorbei, sodass der den Kopf drehen musste.

„Jetzt“, zischte Borchert.

Eve steckte das Papier durch das Gitter.

Borchert verstaute es und räusperte sich laut.

Jules verstand den Hinweis und kam palavernd auf ihn zu.

„Was hast du ihm erzählt?“, fragte Borchert beim Hinausgehen.

„Ach, nur etwas über eine Reise mit einem Luftschiff. Einmal um die Erde herum.“

Borchert stockte.

„Um die ganze Erde herum? Wir wissen doch nicht einmal genau, was da draußen noch alles ist.“

„Ja, aber mit einem Luftschiff fliegen wir einfach drüber“, beharrte Jules.

Borchert schüttelte den Kopf. Gut, er hatte in den letzten Tagen viel Phantastisches erlebt und gehört. Aber das war dann wohl doch ein Hirngespinst.

„Schreib es auf, Jules. Vielleicht druckt es jemand als phantastische Geschichte.“ Er fuhr dem Jungen durch die Haare, obgleich er sich erinnerte, dass ihn das als Kind maßlos gestört hatte.

Doch Jules schien es nicht zu stören. Im Gegenteil, seine Augen waren irgendwo in die Ferne gerichtet, und sein Mund lächelte.

Kapitel 50

Victoria Battenberg schaute sich widerwillig im Labor des Vizekönigs um. Normalerweise würde sie den ganzen Kram auf den Müll werfen lassen. Natürlich nicht, ohne es vorher ordentlich mit einem Kricketschläger zerstört zu haben.

Das war ketzerische Technologie. Was genau hier geschah, wusste sie natürlich nicht. Zu ihrer Ausbildung als Agentin der Gesellschaft gehörte es sicher nicht, sich ausführlich mit Wissenschaft zu beschäftigen. Aber allein die Tatsache, dass hier ein enthaupteter Mann künstlich am Leben gehalten wurde von einer Maschine, die aussah, als hätte sie ein verwirrter Ægyptophiler nach einem Albtraum gebaut, war mehr als unmoralisch.

Doch ihr Auftrag sah vor, nicht nur die Frau zurück nach London zu bringen, sondern auch die Maschine. Ein außergewöhnlicher Auftrag. Und eine Chance, aufzusteigen und dieses grässliche Land hinter sich zu lassen. Vielleicht ein Posten in Italien, oder Frankreich. Ja, das wäre optimal. Da passierten die wichtigen Dinge, da konnte man auf den Lauf der Dinge einwirken!

Sie hockte sich neben die Maschine, verfolgte Kabel und Leitungen mit den Augen.

Nein, sie hatte keinen Schimmer, wie das Ding funktionierte.

Draußen waren aufgeregte Stimmen zu hören.

Sie ging zur Tür des Arbeitszimmers. Draußen flüsterten die Wachen mit jemandem. Victoria zog ihre kleine Pistole. Flüstern bedeutete immer etwas Spannendes. Sie spürte, wie ihre Kopfhaut kribbelte. Sie stellte sich neben die Tür, legte ihr Ohr an die Wand und schloss die Augen.

Augenblicke später steckte sie die Waffe wieder ein, ging drei Schritte ins Zimmer und fluchte. Es gab keine Verschwörung der Wachen, niemanden, der ihr ans Leder wollte, und den sie hätte niederschießen können. Obgleich sie gerade Lust dazu hatte, nach allem, was sie gehört hatte.

Denn Eve Bailiff und ihr Gefolge waren aus dem Gefängnis entkommen. Angeblich war ein Schlägertrupp ins Gebäude gestürmt und hatte die Wachen niedergeschlagen. Dann waren alle unerkannt geflohen.

Natürlich war das Humbug; das wussten die Ægypter, und das wusste auch Victoria. „Schmiergeld" hieß das Zauberwort, das solche Geschichten hervorbrachte.

Ihre Faust schlug auf den Arbeitstisch. Sie hatte die drei nicht ordentlich durchsucht. Offenbar hatten sie noch Geld bei sich gehabt und hatten sich freikaufen können.

Sie musste ihnen hinterher, die Maschine lief ja nicht weg. Nur: Wo sollte sie sie suchen?

Die Agentin ließ sich in den Arbeitsstuhl des Vizekönigs fallen und musterte den Schreibtisch, ohne es wirklich wahrzunehmen.

Ihr Blick wanderte hinüber zum Labor und zum verstümmelten Körper.

Dann lächelte sie.

Sie musste die Wissenschaftlerin gar nicht jagen. Im Gegenteil, sie musste nur warten. Die Frau würde zurückkommen und sich die Maschine und vielleicht auch die Leiche holen.

Kapitel Drei des *Handbuches für Agenten der Gesellschaft: Ansitzjagd, oder wie die Beute einem von selbst vor die Flinte läuft.*

Victoria nickte und schaute sich um. Sie brauchte ein Versteck. Die drei waren durch die Geheimtür dort an der Wand hier eingedrungen. Sicher gab es weitere geheime Türen hier. Sie erhob sich, ging langsam die Wände entlang, ließ ihre Finger dabei über die Oberflächen gleiten. Es dauerte nicht lange, und sie fand eine verdächtige Stelle im Labor. Auf der Wand war eine kitschige religiöse Szene aufgemalt, bei der es um ein Tor oder eine Tür ging. Und genau dort befand sich auch eine Öffnung. Augenblicke später hatte Victoria die Tür geöffnet, dahinter war nur ein Lagerraum für alberne Kristalle. Die waren nicht einmal geschliffen, einfache rohe Steine. So etwas stellten sich sonst höchstens alte Damen auf den Kaminsims. Na ja, Ægypter waren seltsam. Mit einer Kerze schritt sie den Raum ab. Beruhigt stellte sie fest, dass die Kerze im hinteren Teil flackerte. Es gab also Luftzufuhr. Gut, das passte zu ihrem Plan.

Sie ging zurück ins Arbeitszimmer, nahm ein paar Papiere vom Tisch und warf sie in den Raum. Eine kleine Statue und ein paar Bücher fanden auch einen Platz auf dem Fußboden. Dann verschob sie den Schreibtisch etwas und legte den Stuhl auf die Seite.

Prüfend betrachtete sie die Szene. Ja, das sah nach einem Kampf aus.

Dann öffnete sie die Geheimtür ein wenig, durch die Eve Bailiff in den Raum gekommen war. Ein letztes Mal lauschte sie an der Tür. Gut, die Wachen unterhielten sich ruhig über eine neue Dienerin. Sie hatten also nichts mitbekommen.

Victoria ging hinüber ins Labor, zog einen Stuhl in den versteckten Raum. Dann zog sie die Tür so weit zu, dass ein leichter Spalt offenblieb. Hoffentlich fiel das niemandem auf.

Dann wartete Victoria.

Kapitel 51

Wir müssen zurück in den Palast", rief Eve.

„Psst!" Borchert legte den Zeigefinger auf den Mund.

Sie saßen in einem kleinen Park am Ufer des Nils. Die Menschen um sie herum beachteten sie zwar nicht, aber zu viel Aufmerksamkeit mussten sie auch nicht erregen.

„Wer ist das überhaupt?", fragte Tariq und wies mit misstrauischem Blick auf Jules.

„Das ist Jules, er arbeitet für eine hiesige Zeitung und hat mir geholfen."

In dem Moment, in dem die Worte seinen Mund verlassen hatten, wusste Borchert, dass es ein Fehler gewesen war, sie zu sprechen. Alle hier am Tisch waren darauf bedacht, möglichst heimlich zu agieren. Das Wort „Zeitung" wirkte da nicht förderlich.

Er winkte ab.

„Ich bin gleich wieder da. Kommst du mal, Jules?"

Der Angesprochene musterte die Anwesenden neugierig, dann nickte er.

„Sie wollen mich jetzt loswerden, oder?", fragte er.

Borchert wollte den Kopf schütteln. Dann besann er sich. „Du bist ein schlauer Bursche", gab er zu.

„Sie arbeiten also gar nicht für die Zeitung?"

„Doch, nur nicht für eine Zeitung hier in Kairo."

Jules nickte.

„Aber wenn du mal in London bist, dann frag nach mir bei der Grünen Fee. Wir suchen immer gute Geschichten. Sie können sogar ausgedacht sein."

Die Augen des Jungen leuchteten auf.

„Auch Geschichten über Luftschiffe? Oder Reisen zum Mond? Oder vielleicht zum Mittelpunkt …"

„Nun übertreib es nicht. Mond. Das will doch keiner lesen!"

Borchert kramte einige Scheine hervor, die von der Bestechungsaktion übriggeblieben waren und drückte sie ihm in die Hand.

„Leb wohl."

Jules kniff die Lippen zusammen. Dann nickte er, nahm das Geld und gab Borchert die Hand.

○ ○ ○

„Aber wenn ich es dir doch sage. Der Professor wird kommen und sich die Maschine holen. Er wird damit Soldaten machen, das war schon immer sein Ziel!" Eve war aufgesprungen.

„Soldaten?", fragte Tariq.

„Ja, er nimmt die kräftigen Körper und setzt die Geister williger Gefolgsleute hinein. Selbst wenn der Körper dann stirbt, kann er den Geist noch immer in den nächsten Körper umsetzen. Mit der Zeit werden diese Soldatengeister immer besser."

„Das ist doch abartig", entfuhr es Borchert.

„Ja, das ist es", bestätigte Eve. „Als ich anfing, mit ihm zu arbeiten, ging es darum, dem Tod ein Schnippchen zu schlagen und Sterbende zu retten."

Sie schaute zu Hauke, der den Blick nicht erwiderte. Etwas musste zwischen den beiden vorgefallen sein, überlegte Borchert. Sonst war der Friese der Ængländerin doch fast hörig gewesen.

„Was braucht er dazu?“, fragte Tariq.

„Er braucht die Maschine“, antwortete Eve.

„Also müssen wir sie zerstören“, folgerte Borchert.

Eve nickte.

„Müssen wir nicht“, brummte Hauke leise.

Alle Blicke richteten sich auf ihn.

„Was soll er mit der Maschine, wenn er sie nicht bedienen kann?“

„Stimmt, ohne Anleitung kann man das Gerät wahrscheinlich nicht bedienen, oder?“, fragte Borchert nach.

Hauke nickte.

„Der Osiris-Kristall ist noch im Labor“, gab Eve zu bedenken.

„Und was heißt das?“, fragte der Reporter.

„Momentan müsste sich nur jemand den Helm aufsetzen und den Hauptschalter umlegen, und schon ist er bei Osiris. Und der könnte ihm erklären, wie das alles funktioniert.“

„Dann müssen wir den Bernstein holen“, entschied Tariq.

„Aber wie? Als wir letztes Mal in den Palast gingen, wurden wir gefangen“, fragte Eve.

„Diesmal gehe ich allein“, antwortete Tariq.

Die Ængländerin schaute ihn an, dann nickte sie.

Kapitel 52

Dieses Mal nahm Tariq einen anderen Weg in den Palast. Die Wachen seines Onkels mochten gut sein, aber er war besser.

„Halt!“, unterbrach eine Stimme seine Gedanken, während er gerade einen Flur im Gästebereich des Palasts entlanglief.

Er kannte die Stimme nicht, also blieb er stehen, drehte sich langsam um. Es war ein Wächter, den er wirklich nicht kannte. Der Mann war recht alt, sein Haar war bereits von grauen Strähnen durchzogen.

„Wer bist du? Was machst du hier?“

Offenbar hielt ihn der Kerl für einen Diener.

„Ich … ich soll …“, stotterte Tariq.

Der Wächter kam näher, blieb ein paar Schritte vor ihm stehen, stützte die Arme in die Hüften.

„Na was?“

Tariq überlegte kurz ob er ihm eine Geschichte auftischen sollte. Doch dann entschied er sich um und trat dem Mann zwischen die Beine. Ächzend knickten dem Wächter die Knie ein. Ein Faustschlag gegen die Schläfe schickte ihn schlafen. Tariq horchte kurz, doch anscheinend hatte niemand etwas gehört. Er zog den Kerl hinter eine der breiten Säulen. Eine eilige Durchsuchung brachte eine kleine Pistole und einen

Schlagstock hervor. Tariq nahm beides mit. Dann nahm er dem Mann den Gürtel ab und fesselte ihm damit die Hände auf den Rücken. In Ermangelung eines passenden Knebels zog er dem Kerl eine Socke aus und stopfte sie ihm in den Mund.

Dann schlich er weiter. Er musste vorsichtiger sein, offenbar hatte Sethos die Wege der Wachen geändert.

Tatsächlich traf er auf seinem Weg durch den Palast noch an zwei anderen Stellen auf Wachen, wo er keine erwartet hatte. Doch beide Male konnte er sie leise umgehen.

Offenbar änderte sich immer mehr im Palast, seit Vater tot war. Er hielt inne, lauschte in sich hinein, doch die Tatsache bewegte ihn kaum noch. Das lag nicht daran, dass Eve behauptete, der Geist von Osiris befände sich in einem Bernstein. Nein, Vater war tot. Sein Körper war nur noch ein Haufen Fleisch.

Schließlich war er nur noch eine Ecke vom Arbeitszimmer des Vizekönigs entfernt. Die Wachen davor diskutierten laut.

„Niemand ist hier raus oder rein", behauptete eine Stimme.

„Und wo ist sie dann?", fragte eine kalte Stimme. Sethos.

„Wir wissen es nicht. Vielleicht ist sie durch den geheimen Gang?", gab eine dritte Stimme zu bedenken.

„Die Männer dort behaupten ebenfalls, dass sie dort nicht entlanggekommen ist."

Es wurde ruhig. Sethos dachte sicher nach.

„Verriegelt die Tür! Und dann durchsucht den verdammten Palast nach ihr! Sie kann sich nicht in Luft aufgelöst haben."

Tariq runzelte die Stirn. Von wem redete sein Onkel da? Von Isis oder von der merkwürdigen Frau in der weißen Weste?

Während er wartete, hörte er, wie die Tür abgeschlossen wurde und die beiden Wachen sich dann auf den Weg machten.

Perfekt! Er wartete noch eine Minute, dann schlich er zur Tür, schloss auf und schlüpfte hinein. Ein schneller Blick im Kreis. Das Zimmer war verwüstet, doch niemand war hier.

Tariq schloss die Tür wieder hinter sich ab, dann schaute er sich genauer um.

Was war denn hier passiert? Die Verwüstung war relativ gering, so als ob man jemanden am Schreibtisch überrascht und dann weggeschleppt hätte.

Das konnte nicht Isis gewesen sein. Seine Stiefmutter hatte das Büro stets gemieden und hätte sich wohl auch nicht an den Tisch seines Vaters gesetzt. Nein, es war wohl die *Weiße Weste* gewesen. Aber wer hatte sie überfallen?

Grübelnd ging Tariq hinüber ins Labor. Hier hatte sich nichts verändert. Nur kurz verweilte sein Blick auf dem verhüllten Körper auf dem Tisch. Nein, das war nicht mehr sein Vater. Er ging zum Kopfende des Tisches und nahm den Bernsteinkristall, der dort in der Maschine lag. Im Licht der Lampen sah der Stein wenig spektakulär aus. Das Innere war trüb und unscheinbar, und doch sollte der Geist seines Vaters darin wohnen.

Vielleicht war es nur Humbug, vielleicht war Eve Bailiff eine Hochstaplerin. Vielleicht aber auch nicht. Er musste es wissen, und er würde es erfahren. Vorsichtig steckte er den Kristall ein. Dann kniete er sich unter den Tisch, betrachtete die Kabel. Die einzelne Kiste musste die Batterie sein, die die Maschine mit Elektrizität versorgte. Tariq löste die Kabel, nahm die Kiste in die Hand. Er konnte die Maschine jetzt zwar nicht zerstören, aber er konnte sie zumindest für eine Weile unbrauchbar machen.

Ein Geräusch hinter ihm ließ ihn herumfahren. Zu spät. Etwas Schweres traf ihn an der Schulter, warf ihn zu Boden. Die Batterie rutschte ihm aus den Fingern und knallte gegen die Wand.

Er rollte sich ab, versuchte, wieder auf die Beine zu kommen. Vergeblich. Die Frau mit der weißen Weste, die mit einem Knüppel vor ihm stand, schlug grinsend weiter auf ihn ein. Tariq wich aus, kroch rückwärts, warf sich zur Seite. Sie war gut. Offenbar prügelte sie sich nicht das erste Mal.

Tariqs Kampfgeist erwachte. Das könnte Spaß machen. Mehr Spaß als mit einem Gegner wie dem Friesen, der zwar durchschaubar, aber mit seinem übermenschlich starken Arm eigentlich immer überlegen war.

Eilig griff er nach dem Schlagstock, der ihm aus der Gürtelschlaufe gerutscht war. Er parierte den nächsten Schlag der Frau, setzte sich auf, parierte wieder, und kam endlich wieder auf die Beine.

„Ergib dich!", forderte sie.

Tariq lachte nur. Das war das Letzte, was er jetzt tun würde. Er spürte den Zorn, der durch sein Blut floss. All die Wut, die sich lange aufgestaut hatte, musste endlich raus. Und dies waren der Ort und die Zeit dafür. Er schlug zu, drängte sie an die Wand.

Furcht hatte sie keine. Das gefiel Tariq. Auch als er ihr einen Schlag in die Nieren verpasste und sie ächzend zusammensackte, war ihr Blick noch immer gefasst. Ja, diese Frau verstand es, zu kämpfen. Fast schade, dass sie nicht auf seiner Seite war.

Er grinste, dann zielte er mit dem Schlagstock auf ihre Schläfe und schlug zu.

„Was tust du da?", hallte eine schrille Stimme durch den Raum.

Tariq hetzte hoch, die blutbefleckte Waffe noch in der Hand.

Isis stand in der Tür. Mit Vergnügen stellte Tariq fest, dass seine Stiefmutter dieses Mal ihr Gesicht nicht unter Kontrolle hatte. Es war nicht das allgegenwärtige, unverbindliche Lächeln, sondern einfach nur Entsetzen.

Ob sich der Ausdruck in ihrem Gesicht noch verstärken ließ? Tariq knallte die Tür neben ihr zu, sodass sie nicht fliehen konnte.

Langsam wich sie rückwärts. Nein, sie war nicht mehr Isis, die Göttinnengleiche. Sie war nur noch Ayda, die einfache Frau aus dem Süden.

Tariq packte den Griff des Schlagstocks fester und genoss ihre Angst. Dann schlug er zu, wieder und wieder.

Kapitel 53

Die Zeit, die der junge Tariq gebraucht hatte, um in den Palast einzudringen und den Kristall zu besorgen, hatte Borchert genutzt.

Eilig war er zurück zur Redaktion gelaufen und hatte Jules gesucht. Er hatte schnell bedauert, den schlauen Burschen wegschicken zu müssen. Dass es diesem ebenso ging, sah er, als er ihn im Foyer der Zeitung erblickte.

„Monsieur Borchert“, rief Jules erfreut aus.

„Ja, mein Junge?“

„Ich hatte gehofft, dass Sie mich noch brauchen.“

Borchert schmunzelte. „Du hast eine gute Nase.“ Er nahm ihn bei der Schulter und zog ihn ein wenig zur Seite. „Hast du das Geld noch, das ich dir gegeben habe?“

Der Junge nickte langsam.

„Keine Sorge. Ich will es nicht zurück. Aber würdest du mir einen Gefallen tun?“

Jules kniff die Augen zusammen.

Borchert lachte. Dann weihte er ihn in seinen Plan ein.

Kapitel 54

Mustafa Fazil, den jedermann ungefragt nur „Sethos“ nannte, betrachtete nachdenklich die Tür zum Arbeitszimmer seines Bruders.

Wie oft hatte er gewünscht, dass dies sein Büro, sein Amtssitz sei. Doch irgendwann im Laufe der letzten Jahre hatte er begriffen, dass er nicht für diesen Stuhl gemacht war.

Es lag ihm nicht, im glänzenden Ornat an der Spitze des Staates zu stehen. Das Handeln im Schatten, das war sein Metier.

Trotzdem blieb der Neid auf seinen Bruder.

Fazil zog den Schlüssel hervor und schloss die Tür auf. Noch immer hatte er keine Gelegenheit gehabt, in Ruhe um seinen Bruder zu trauern.

Er war kein Anhänger der alten Religion. Deren Symbolik fand er genauso überholt wie die Riten der Bücherreligionen, denen Teile Europas und Asiens lange angehangen hatten. Nein, das Leben endete, wenn es endete.

Die Tür war noch nicht ganz geöffnet, da hielt er inne. Vor ihm breitete sich eine Blutlache aus. So als wäre jemand neben der Tür erschlagen worden. Sethos zog seinen Dolch aus dem Gürtel. Nicht den prunkvollen, der zu seinem teuren Gewand passte. Der einfache, schmucklose war wirkungsvoller. Zudem war er mit ein paar Tropfen Gift benetzt. Dann trat er vorsichtig ein, versuchte seine Kleidung nicht zu beschmutzen.

Seine Kiefer mahlten. Ihm entglitt die Situation. Noch vor kurzem hatte er gehofft, seinen Bruder einfach beerben zu können. Eine ganz einfache Sache, die halbe ægyptische Geschichte basierte darauf. Gute alte Tradition. Doch hier war jemand gestorben, und er wusste weder, wer Opfer noch, wer Täter war. Auf Zehenspitzen ging er um die rote Lache herum, schaute sich weiter um.

Jemand hatte den Schreibtisch verwüstet, den Stuhl umgeworfen.

Langsam ging er weiter, schaute, ob sich jemand im Arbeitszimmer versteckt hatte. Dann wagte er einen Blick in den Geheimgang. Auch dieser war leer. Als er ins Labor ging, fiel ihm sein Dolch aus der Hand. Das klirrende Geräusch riss ihn aus der Starre. Eilig bückte er sich nach der Waffe.

Direkt vor ihm lag der enthauptete Körper seines Bruders. Die Drähte und Schläuche, durch die die unselige Maschine ihn am Leben erhalten hatte, waren zum großen Teil herausrissen. Die Maschine selbst lag umgestürzt am Boden. Um die zerbrochene Batterie herum hatte eine Flüssigkeit Löcher in den Teppich gefressen.

Er zwang sich, das Labor eilig zu durchsuchen, bevor er sich wieder neben seinem toten Bruder niederließ.

Während er seine Augen wandern ließ, spürte er die Tränen in seinen Augen. Wer war das gewesen? Tariq, der bereits zuvor schon nicht vor einer Verstümmelung des toten Vaters zurückgeschreckt war? Oder die fremde Wissenschaftlerin? Vielleicht hatte sie erfahren, weswegen sie gekommen war und wollte keine Hinweise hinterlassen? Oder war es die seltsame Frau mit ihrer markanten weißen Weste? Sie hatte sich geweigert, ihre mächtigen Hintermänner zu offenbaren.

Fazil wischte die Tränen fort, zog die weiße Decke, die inzwischen von Dreck, Blut und Körperflüssigkeiten verdreckt war, wieder so über die Leiche, dass sie vollständig bedeckt war. Dann schritt er langsam durch das Labor. Hier hatte es offensichtlich auch einen Kampf gegeben.

Ein paar Blutflecke waren zu sehen, jedoch keine Waffe. Es gab auch keine Blutstropfen, die hätten verraten können, wohin Täter oder Opfer geflohen waren.

Ein letztes Mal schaute er hinab zu seinem toten Bruder.

Dann machte er sich auf den Weg. Er musste mit Ayda reden.

Kapitel 55

„Hast Du ihn?“, Eve sprang auf, als Tariq sich näherte.

Er nickte lächelnd.

„Warum hat das so lange gedauert?“, fragte sie.

„Es war etwas umständlich, an all den Wachen vorbeizukommen. Mein Onkel ist vorsichtig geworden.“

„Hast du den Kristall?“, mischte sich Hauke ein.

Der junge Ægypter nickte langsam.

„Na, dann auf nach Heliopolis“, rief Borchert.

Alle drehten sich zu ihm um und brachten ein einstimmiges *Psssst* hervor.

Es dauerte einen halben Tag, bis sie in Heliopolis ankamen. Tariq hatte vorgeschlagen, diesmal nicht per Boot zu reisen. Das sei zwar der schnellste Weg, doch falls man nach ihnen suchen würde, wäre der Nil kein Ort, an dem sie sich gut verstecken konnten.

Ungern hatte Eve zugestimmt. Die Aussicht, in einer stickigen Droschke stundenlang über Feldwege zu fahren, gefiel ihr nicht sonderlich, aber sein Gedanke schien ihr plausibel.

Also drängten sie sich in eine Droschke und fuhren los.

Doch schon wenige Augenblicke später ließ Tariq den Wagen wieder anhalten.

„Ich habe noch etwas vergessen“, rief er und kletterte aus dem Wagen.

„Hey“, brüllte Hauke ihm hinterher.

„Der Fahrer kennt den Weg. Ich komme gleich nach“, rief er, dann verschwand er im Gedränge Kairos.

Der Fahrer befolgte Tariqs unausgesprochenen Befehl und fuhr schnell weiter, bevor Eve oder Hauke ihn zum Anhalten bewegen konnten.

„Was hat er denn noch vergessen?“, grübelte Borchert laut.

„Der führt was im Schilde“, brummte Hauke.

Eve schüttelte den Kopf.

„Nein, er hilft uns. Ohne ihn würde Professor Clockworth-Merenge an die Maschine gelangen, und wir könnten nichts dagegen unternehmen.“

Hauke senkte den Kopf. Vermutlich dachte er über sein eigenes Schicksal nach.

Den Rest der Fahrt schwiegen sie. Hauke mit gesenktem Kopf, und Borchert schaute auffällig interessiert aus dem Fenster, als ob ihn das ewig gleiche Grün der ægyptischen Landschaft ernsthaft interessierte.

Eve hingegen dachte darüber nach, wie es nun weitergehen würde.

In Heliopolis gab es eine zweite Maschine und damit die Chance, mit Osiris zu reden und seinen Rat einzuholen. Wenn auch er keine Idee hatte, wie man diese Technologie so verändern könnte, dass sie nur noch friedlich nutzbar wäre, dann müsste sie wohl tatsächlich die Maschine zerstören. Doch das wollte Eve um jeden Preis verhindern.

Der Fahrer hielt vor einem großen Tor, hinter dem sich die Ruinen der Tempelanlage erhoben. Wortlos wartete er ab, bis sie ausgestiegen waren, dann fuhr er einfach davon. Der Torwächter öffnete ebenso wortlos das Tor nach Heliopolis und winkte sie eilig hindurch.

„Das ist Heliopolis?“, fragte Borchert.

Hauke reagierte nicht, er schien weiter seinen Gedanken nachzuhängen.

„Ja, eine alte Tempelanlage“, bestätigte Eve.

„Nein, nicht nur einfach eine alte Anlage“, widersprach der Reporter.

„Nicht?“

„Nein, ich habe ein wenig nachgelesen. Einige Wissenschaftler behaupten, dass dies der Ursprung der alten ægyptischen Religionen sein. Sie nennen es den Urhügel.“

Eve schaute sich um. Tatsächlich erhob sich die Anlage ein wenig über die Landschaft.

„Aber natürlich ist das nur eine Theorie. Andere behaupten, der Ursprung läge irgendwo im Süden, an der Quelle des Nils.“ Er machte eine Pause. „Aber es ist auch schwer. Diese Kultur ist Jahrtausende alt, wie will man da schon feststellen, wo sie angefangen hat?“

Eve konnte die Frage nicht beantworten. Also ließ sie es.

Inzwischen waren sie zu dem alten Tempel emporgestiegen. Nirgends war jemand zu sehen. Die Tür unterhalb des Altarsteins war offen, Licht drang aus dem Türspalt.

„Ist Tariq schon hier?“, wunderte sich Eve.

„Na ja, schnell war unser Fahrer nicht gerade“, behauptete Borchert.

Eve hob die Brauen. Ihr war das Gerase durch die Straßen Kairos durchaus schnell vorgekommen.

„Er ist Umwege gefahren“, behauptete Hauke.

„Woher willst du das wissen?“

Hauke deutete wortlos nach oben. Eve verstand nicht. Was wollte Hauke damit sagen?

„Du meinst den Sonnenstand?“, fragte Borchert.

Der Friese nickte.

„Warum hast du nichts gesagt?“, fragte Eve empört. Manchmal war Hauke einfach …

Er zuckte wortlos mit den Schultern.

Wütend ließ sie ihn stehen und ging die Treppe hinunter. Egal, in welchem Körper ihr Bruder steckte, manches änderte sich einfach nie.

Den Weg ins Labor kannte sie noch. Tariq stand dort und schaute auf einen Behälter, der vor ihm auf dem Tisch stand.

„Was hast du da?“, fragte Eve.

Er schreckte hoch, als hätte er sie bislang nicht bemerkt.

„Oh … ähm … es ist der Kristall …“, stotterte er.

„Von deinem Vater?“ Eve trat näher, legte ihre Hand auf seine Schulter. In der Box vor ihm lag wirklich der Kristall, in dem der Geist von Osiris eingeschlossen war.

„Es ist einfach schwer, sich das vorzustellen“, murmelte Tariq leise.

„Ja, das ist es. Aber wenn man es einmal akzeptiert hat, dann …“

„Ah, hier seid ihr“, unterbrach Borchert sie. Hauke stand hinter ihm und musterte sie stumm.

Eilig nahm sie ihre Hand von Tariqs Schulter. Die Nähe kam ihr plötzlich merkwürdig vor.

„Was machen wir nun?“, fragte der Reporter.

„Ich werde mit Osiris sprechen. Er kennt die Maschine besser als ich, vielleicht sieht er einen Weg, wie man ihren Missbrauch verhindern kann.“

„Du meinst, das geht?“, fragte Tariq.

Sie schüttelte den Kopf.

„Ich weiß es nicht. Aber bislang fällt mir nur ein Weg ein, den Professor oder irgendjemand anderen davon abzuhalten, die Maschine für die Produktion von übermächtigen Soldaten zu nutzen.“

„Welcher?“, fragte Hauke.

Sie schwieg.

„Sie zerstören? Das ist ein guter Weg."

„Nein. Diese Maschinen sind wertvoll. Damit kann man viel Gutes tun …"

Wortlos blickte Hauke sie an, dann schüttelte er den Kopf.

„Versuch es", sagte Tariq.

o O o

Es dauerte ein wenig, bis Eve die alte Anlage von Heliopolis wieder in Betrieb nehmen konnte. Offenbar hatte schon jemand daran herumgespielt. Auch gab es hier keine Batterie, sondern das Gerät wurde über ein Kabel mit Elektrizität versorgt, das aus den Tiefen der Katakomben kam. Tariq konnte sich allerdings nicht erklären, wer die Umbauten vorgenommen hatte. Eigentlich kam nur sein Vater in Frage.

Trotzdem gelang es der Wissenschaftlerin. Sie legte den Osiris-Kristall in die Fassung und setzte sich den Helm auf.

„Was sollen wir machen, wenn etwas passiert?", fragte Borchert. Sie sah die Schweißperlen auf seiner Stirn.

„Was soll denn passieren?"

Er wackelte mit dem Kopf, hob die Hände und ließ sie wieder fallen.

„Sie kann das", brummte Hauke aus dem Hintergrund.

Eve nickte. Wenn das vorbei war, musste sie mit ihm reden und versuchen, ihr Verhältnis wieder in Ordnung zu bringen.

Dann konzentrierte sie sich und glitt hinüber in die Welt des Osiris.

o O o

Hier war es öd und leer. Braun und schlammig zog der Nil seine Bahn durch eine wüste Landschaft.

Die Sonne brannte heiß hinab und unterband jedes Leben, so, wie es vor der Eiszeit gewesen sein musste … ganz fremd schien ihr die Landschaft.

Nur ein einzelner Mann stand auf einem kleinen Hügel und starrte über die Wüste.

„Was ist geschehen?“, fragte Eve.

„Das ist ein Albtraum“, flüsterte Osiris.

„Ein Albtraum? Nein, das ist die Welt, die Euer Geist schafft, Ihr könnt sie gestalten.“

„Dann ist mein Geist wohl eine Wüste.“

Eve betrachtete den Mann voller Sorge. Er sah alt aus, eingefallen, so als hätte die überheiße Sonne am Himmel nicht nur die Landschaft verödet, sondern auch von ihm Besitz ergriffen.

„Wir brauchen Eure Hilfe“, sagte sie.

Osiris kicherte, dann wurde sein Lachen lauter. „Hilfe? Meine Hilfe?“

„Ja, die Maschine, wir müssen wissen, was Ihr über sie wisst.“

Er schüttelte den Kopf, schlug sich mit den Händen auf die Ohren.

„Nein, das ist ein Trugbild, das alles ist ein Trugbild. Auch du.“

Eve ging einen Schritt zurück. War er wahnsinnig geworden? Ging das so schnell? Oder verging die Zeit hier drinnen anders? Eigentlich wusste sie viel zu wenig über diese Geistwelten!

„Ich bin Eve Bailiff, und ich will Euch helfen. Aber dafür müsst Ihr mir vertrauen.“

Der Geist des Vizekönigs schüttelte den Kopf.

„Nein. Ich helfe dir nicht. Du hast mich hier reingesteckt. Du veränderst dein Gesicht, deine Stimme, aber ich erkenne dich.“

Eve verstand nicht. Von wem sprach er?

Plötzlich griff Osiris nach ihren Schultern, schaute ihr in die Augen.

„Nimm mich mit zurück!“

„Zurück? Wohin?“ Eve verstand nicht sofort.

„Zurück in die Welt der Lebenden.“

Sie sah die Gier in seinen Augen, das Leid, die Sehnsucht. Sollte sie ihm sagen, dass es wohl keinen Weg gab, ihn wieder zu einem lebenden Menschen zu machen? Ganz abgesehen davon, dass sein Körper zerstückelt war und nicht alle Teile mehr vorhanden oder unbeschädigt waren. Es gab auch kein Herankommen an seinen Körper mehr. Osiris war verdammt, in seinem eigenen privaten Jenseits zu bleiben.

Sie schloss die Augen und verließ seinen Albtraum.

Kapitel 56

Ich könnte es tun."

Hauke blickte zu Boden, als er den Satz sagte.

„Nein!" Eves Antwort war ein wenig zu laut, um gleichgültig zu klingen.

Der Friese schaute auf, blickte der Frau in die Augen, die seine Schwester war.

„Nein", wiederholte Eve leiser.

„Hast du eine bessere Idee?", fragte er.

„Osiris will zurück in unsere Welt und davon überzeugt werden, dass er wirklich in diesem Bernsteindings drin ist. Wie willst du das machen, wenn wir an seinen Körper nicht ran können? Oder das was davon übrig ist."

Er warf einen Blick hinüber zu Tariq, der diesem unbewegt standhielt.

Eve schloss die Augen.

„Aber wie soll das funktionieren?", mischte sich Borchert ein.

„Wenn ich das richtig verstanden habe, wisst ihr doch gar nicht, wie man die Maschine auf diese Weise benutzt."

Hauke schaute hinüber zu Eve.

Die kniff die Lippen zusammen.

„Sie kann es", antwortete Hauke an ihrer Stelle.

„Sie kann was?“, fragte Tariq aus dem Hintergrund.

Wieder legte sich Stille über die Runde.

„Ich kann den Geist deines Vaters in Haukes Kopf bringen“, sagte sie dann leise.

„Wie? Auch ohne Maschine?“, fragte Tariq nach.

Sie schüttelte den Kopf.

„Nein, ich brauche die Maschine dazu. Vielleicht irgendwann nicht mehr, aber momentan benötige ich die Energie, mit der die Maschine betrieben wird.“

Tariq musterte sie stumm.

„Gut, dann machen wir das so“, entschied der Friese.

Borchert hob stumm die Brauen, Tariq nickte langsam.

Kapitel 57

Der Anblick erinnerte Borchert an eine spirituelle Sitzung, an der er einmal in Berlin teilgenommen hatte. Damals hatte ein selbsternannter Geisterbeschwörer mit Hilfe eines sogenannten „Mediums“ Kontakt zu den Geistern Verstorbener aufgenommen. Sie hatten sich in einem Haus getroffen, das seit Jahren leer stand, weil angeblich darin jemand ermordet worden war. Borchert hatte recherchiert, dass dies nicht stimmte. Es war einfach eine Bruchbude, in die niemand mehr einziehen wollte, weil direkt dahinter die Eisenbahntrasse Richtung Hamburg gebaut worden war.

Der Tisch, um den sie sich versammelt hatten, Hand in Hand mit dem Medium, umringt von etlichen merkwürdigen Dingen wie Federn, Blüten oder Rattenschädeln, hatte gewackelt, die Lichter an den Wänden hatten geflackert. Dann hatte die angeblich medial begabte Frau seltsame Geräusche ausgestoßen und berichtet, was die anwesenden Geister so zu erzählen hatten.

Borchert hatte den Beschwörer und seine Komplizen damals enttarnt. Er, das Medium und ein cleverer Mechaniker, der sich auch ein wenig mit Elektrizität auskannte, hatten zusammen das Zimmer präpariert. So war es zu den angeblich übernatürlichen Vorgängen gekommen. Die Geschichten, die das Medium von sich gegeben hatte, waren die üblichen Dinge, die auf jeden irgendwie passten. Und doch hatten die drei mit ihren Spielereien eine Menge Leute überzeugt und um ihr Geld betrogen.

Hier sah es heute auch nach technischen Spielereien aus. Hauke lag auf der Maschine, sein Kopf war mit einer Haube bedeckt, aus der vielerlei Drähte hervorkamen und an verschiedenen Stellen im Gestell verschwanden.

Die junge Wissenschaftlerin prüfte, ob der Osiriskristall noch immer sicher in seiner Fassung lag. Dann setzte auch sie sich einen verdrahteten Helm auf und legte einen Schalter um.

Lämpchen gingen an. Sie schloss die Augen, ihre Lider begannen, leicht zu flattern.

Ja, ein wenig war es wie bei der Séance damals in Berlin.

Und doch war Borchert dieses Mal überzeugt, dass er hier keiner Trickserei zusah. Er blickte hinüber zu Tariq. Der sah angespannt aus. Waren da Schweißperlen auf seiner Stirn?

Nun ja. Wie oft kam man wohl dazu, mit seinem toten Vater zu reden? Vor allem, wenn man erst vor kurzer Zeit dessen toten Körper aus unerfindlichen Gründen zerstückelt hatte?

Ja, Borchert konnte sich vorstellen, dass Tariq nervös war.

Der Friese stieß plötzlich merkwürdige Geräusche aus. Es war wie ein Husten oder Röcheln.

Borchert wollte einen Schritt nach vorn tun, um zu schauen, was passierte. Doch Tariq war schneller. Der junge Mann stand neben der Maschine und griff nach dem Schalter, auf dem noch immer Eves Hand lag.

„Was tust du da?“, rief Borchert.

„Es funktioniert nicht, das sieht man doch.“

Borchert hob die Brauen.

„Woher willst du das wissen? Vielleicht muss es so aussehen?“

Haukes Augen öffneten sich, sein Gesicht war puterrot. Es schien, als ob er nach Luft rang.

„Es funktioniert nicht“, schrie Tariq.

Borchert sprang vor, wollte den jungen Mann von der Maschine wegreißen, doch er war zu langsam. Tariqs Hand hatte den Schalter erreicht und legte ihn trotz Eves schützender Hand um.

Die Lichter gingen aus, Stille kehrte ein.

Im vergehenden Licht konnte Borchert erkennen, dass der Körper des Friesen zusammensackte.

„Was hast du getan?“, schrie er in die Dunkelheit.

„Was ist passiert?“, hörte er die unsichere Stimme von Eve Bailiff aus dem Finsteren.

„Es hat nicht funktioniert“, versuchte sich Tariq zu rechtfertigen. Seine Stimme war atemlos.

„Was hat nicht funktioniert?“, fragte Hauke.

„Puh, du bist noch da.“ Borchert seufzte erleichtert.

„Ich bin noch da. Aber wo bin ich?“, fragte Hauke.

Langsam flammten wieder einige der elektrischen Lampen im Labor auf. Tariq hatte die Elektrizität wieder angeschaltet.

„Wo? Na hier, unter diesem alten Tempel!“ Borchert hielt inne. „Wie ist dein Name?“, fragte er den Mann, der sich den Helm vom Schädel schob und langsam in eine sitzende Position aufrichtete.

„Ismael, ich bin Ismael“, antwortete dieser.

Borchert starrte Hauke an. Nein, verbesserte er sich, nicht Hauke, nur seinen Körper. Darin steckte offensichtlich der Geist eines anderen.

o O o

Eve saß zusammengesunken neben der Maschine, der Helm umschloss noch immer ihren Kopf. Ihre Augen beobachteten den Mann, der ihr sicher vertraut, nun aber fremd war.

„Mein Name ist Borchert“, stellte der Reporter sich vor, weil die beiden anderen Anwesenden es vorzogen zu schweigen.

Der Friese erhob sich, schaute sich um. Sein Blick blieb an Tariq hängen.

Seine Fäuste ballten sich.

Kapitel 58

Die Geistübertragung hatte Eve viel Kraft gekostet. Erschöpft saß sie auf dem Schemel neben der Maschine und betrachtete das Geschehen.

Sie hatte sich in den Geist ihres Bruders begeben und hatte ihn eingesperrt. Er hatte es geschehen lassen. Er selbst hatte nun keine Kontrolle mehr über seinen Körper, bestenfalls war er stummer Beobachter dessen, was Osiris mit seinem Körper sah, hörte oder fühlte. So genau wusste sie es nicht.

Osiris hingegen war wie ein König in den neuen Geist und dessen Körper eingezogen. Sie hatte gespürt, wie er von jeder Muskelfaser, jeder Sehne, jedem Knochen Besitz ergriffen hatte. Das hatte ihr Angst gemacht. Sie hatte das schon einmal erlebt. Damals hatte sie jene kümmerlichen Reste weggesperrt, denen Haukes Körper eigentlich gehörte. Sie hatte die Angst und das Unverständnis der verstümmelten Seele gespürt. Doch das Leben ihres Bruders stand über allem. Sie hatte sich mit ihrer Entscheidung arrangiert. Hatte Erklärungen, Rechtfertigungen gefunden, die ihr Gewissen beruhigt hatten. Hauke lebte. Zwar nicht in seinem Körper und nicht im Vollbesitz seiner geistigen Kräfte, aber er war am Leben. Eine Alternative hatte es nicht gegeben.

Und nun hatte sie ihn weggesperrt. Wieder für ein größeres Ziel. Die Hoffnung, dass Osiris den Körper ihres Bruders wieder freigeben würde, sank mit jedem Atemzug. Die Angst war bereits vorher dagewesen, doch sie hatte es nicht übers Herz gebracht, es Hauke zu erklären.

Hauke, nein, Osiris, ballte die Faust. Er ging auf seinen Sohn zu und holte aus.

Der war schneller, duckte sich und rammte dem Vater die Schulter in die Seite. Ächzend ging Osiris zu Boden.

„Was soll das, Vater?“, knurrte der Sohn.

Osiris brauchte einige Momente, um auf die Beine zu kommen. Scheinbar hatte er doch Probleme, den unbekannten Körper richtig zu kontrollieren.

„Du hast meinen Körper geschändet“, brüllte er mit Haukes Stimme.

„Und warum hab ich das getan? Warum, Vater?“, schrie Tariq zurück.

Osiris blieb stehen, schwankte ein wenig.

„Was sollte es für einen Grund geben? Du wusstest, wie ich begraben werden wollte.“

Tariq lachte. Ein kaltes, höhnisches Lachen.

„Ja, das wusste ich. Wie die alten Pharaonen. Du hast sogar begonnen, dir ein Grabmal bauen zu lassen. Nur leider war es noch nicht fertig.“

„Und da hattest du nichts Besseres zu tun, als mir den Kopf abzuschlagen?“

Eve runzelte die Stirn. Woher wusste Osiris das? Sie hatte es ihm nicht erzählt. War es ihr nicht richtig gelungen, Haukes Geist einzusperren? Hatte er sich selbst befreit? Oder hatte Osiris vielleicht unabsichtlich dessen Gefängnis geöffnet?

Was auch immer geschehen war, es war gefährlich. Mehrmals hatte sie in Haukes Geist eindringen müssen, um dessen unbeabsichtigten Mitbewohner im Zaum zu halten. Und doch hatte es nie ganz funktioniert.

„Erinnerst du dich an die Legende von Osiris? Dem echten, nicht dem jämmerlichen, den du darstellst?“, fragte Tariq.

Als Antwort schlug Osiris zu. Erst mit der Rechten, der Tariq noch mühelos auswich, dann mit der Linken. Er traf seinen Sohn an der Schulter, schleuderte ihn durch die Luft.

Überrascht betrachtete Osiris seinen linken Arm.

„Was ist das?“, fragte er leise. Er schaute auf seine rechte Hand, griff sich dann ins Gesicht.

Tariq spuckte aus, sprang wieder auf. Doch er griff seinen Vater nicht an, behielt Abstand.

„Osiris wurde von seinem Bruder getötet, zerstückelt und über ganz Ægypten verteilt!“

„Was?“, rief Borchert dazwischen.

Die beiden Männer ignorierten ihn.

„Und das wolltest du nachspielen? Du undankbarer ...“

„Undankbar?“, unterbrach ihn sein Sohn. „Ich habe immer alles gemacht, was du wolltest. Doch seit du auf deinem Thron gesessen hast, war alles andere unwichtig. Du hast alle vergessen, die dich dorthin gebracht haben.“

Osiris verstummte. Die Worte seines Sohnes schienen etwas bewirkt zu haben.

„Du hast mich abgeschoben“, fuhr Tariq fort. „So wie einst Mutter.“

„Lass deine Mutter aus dem Spiel“, sagte Osiris leise.

Tariq schwieg.

Osiris schaute sich um, suchte etwas.

„Wo ist mein Körper?“, fragte er.

„Er ist in Kairo, im Palast“, sagte Eve müde.

„Lebt mein Körper noch?“ Osiris Stimme war fast tonlos.

Eve zuckte mit den Schultern. Was sollte sie ihm sagen? Im Labor in London hätte sie den Körper so lange am Leben halten können, wochenlang zur Not. Doch im zerstückelten Zustand? Die Chancen waren gering.

„Nein“, antwortete Tariq.

Eve ballte die Fäuste. Was würde der Vizekönig jetzt tun? Durchdrehen? Verrückt werden?

Sie brauchten ihn noch! Doch Osiris nickte nur langsam.

„Ich bin also tot, körperlich zumindest."

Eve nickte.

„Und dieser Körper?"

„Gehört meinem Bruder", antwortete sie.

Osiris nickte erneut.

„Ich muss also wieder zurück?"

Er wartete die Antwort nicht ab, sondern ging langsam zur Maschine hinüber. Aufmerksam betrachtete er den Bernsteinkristall, in dem bis eben noch sein Geist gespeichert war.

Eve hielt den Atem an, als er danach griff.

Er wog den Stein in der Hand, für einen Moment sah es aus, als würde er ihn zerdrücken wollen. Doch dann entspannten sich seine Gesichtszüge, und er legte den Bernstein zurück.

„Gut, ich glaube dir", sagte er an Eve gewandt.

Sie erhob sich, hielt sich aber weiter an der Maschine fest, als sie merkte, dass ihre Knie schwankten.

„Wie funktioniert die Maschine, wie können wir sie unschädlich machen?", fragte sie.

Osiris schüttelte den Kopf. „Das genaue Prinzip habe ich auch nicht verstanden."

Eve sackte auf den Schemel zurück. Alles umsonst. Wenn er es auch nicht wusste, würde Professor Clockworth-Merenge und jeder andere, der an Shellys forschte, bald hinter der Maschine her sein. Und irgendwann würden sie sie bekommen.

„Aber ich weiß, dass die Maschine ohne Bernstein nicht funktioniert."

Eve hob den Kopf. „Ja, natürlich braucht man einen Bernstein um den Geist darin zu speichern …", begann sie.

„Nein", unterbrach Osiris sie, „Es gibt in jeder Maschine einen zweiten Bernstein. Ohne den geht nichts. Es ist seine besondere Struktur, die die Energie des Universums einfängt und in die Maschine leitet."

Er schaute sich um, lächelte dann.

„Das haben die alten Texte behauptet. Das mit dem Universum ist wahrscheinlich übertrieben. Aber ich habe es ausprobiert. Ohne den speziellen Stein geht tatsächlich nichts."

Er öffnete eine Verkleidung der Maschine, griff hinein und zog einen dunklen Stein heraus. Er war schwarz wie die Nacht.

„Das ist Bernstein?", fragte sie erstaunt.

„Ich wusste gar nicht, dass die schwarz sein können", murmelte Borchert.

„Ja, Bernstein gibt es in dutzenden Farbvariationen. Doch nur der schwarze vermag diese Maschine zu betreiben", erklärte Osiris.

„Also müssen wir einfach nur die schwarzen Steine in den Maschinen zerstören?", fragte Borchert.

„Unfug. Was würde das bringen? Man könnte einfach einen neuen Stein einsetzen", unterbrach Tariq ihn.

Osiris drehte sich zu seinem Sohn um.

„So einfach ist es nicht."

Tariq kniff die Augen zusammen.

„Wie viele schwarze Bernsteine in dieser Größe hast du schon gesehen?"

Der junge Ægypter blies die Wangen auf, schaute an die Decke.

„Ich kann es dir sagen: Nur den in meiner Hand hier und jenen in meinem Labor. Diese Steine sind extrem selten. Deshalb gibt es auch nur diese beiden Maschinen."

Borchert nickte langsam.

„Also muss wieder einmal jemand in den Palast …"

Er setzte den Satz nicht fort, schaute nur zu Tariq hinüber. Der erwiderte den Blick nicht.

Kapitel 59

Ismael Pascha spürte das kalte Metall des Tisches unter sich. Er fühlte, wie die Maschine darunter vibrierte, als sehne sie sich danach, ihre Kraft fließen zu lassen.

Warm war der Helm auf seinem Kopf. Seine rechte Hand umklammerte die Tischplatte, seine Linke ließ er locker hängen. Mochten die Götter wissen, woraus sie bestand und was sie konnte. Er spürte keinen Unterschied zu seiner rechten Hand, und doch hatte er gesehen, welche Kraft in der Hand steckte. Vermutlich war sie künstlich.

Wollte er sich vorstellen, was jemand mit all diesen technischen Möglichkeiten anstellen konnte? Künstlich verstärke Körper, gesteuert von skrupellosen Geistern. Was für eine Armee mochte man damit aufstellen?

Sicher, Armeen gehörten zum Tagesgeschäft der Politik. Jedes starke Land brauchte eine starke Armee. Zur Abschreckung, bestenfalls. Als Vizekönig war es jedenfalls sein Bestreben gewesen, den Status quo mit den ehemaligen Besatzungsmächten des nördlichen Afrikas zu halten. Es lag niemandem etwas daran, Europa anzugreifen, Vergeltung zu üben.

Nein, Ægypten war ein grünes, friedliches Land und brauchte keine Armee künstlicher Menschen.

Osiris schloss die Augen.

Gleich würde er diesen fremden Körper wieder verlassen. Aber er würde nicht sterben. Sein Geist würde in diesem endlosen Gefängnis weiterleben. Bis in alle Ewigkeit. Der Gedanke erschreckte ihn noch immer. Etwas in ihm schrie, sich den Helm vom Kopf zu reißen und davonzulaufen. So weit ihn die Beine trugen.

Nur nicht zurück ins das leere Jenseits.

Und doch gab es keinen Weg daran vorbei. Dieser Körper gehörte ihm nicht, und auch wenn er in seinem Leben als Politiker nicht viele Prinzipien gehabt hatte, so widerstrebte ihm dies zutiefst. Es fühlte sich alles nicht richtig an, jede Bewegung war merkwürdig, jede Empfindung war irgendwie falsch.

Osiris öffnete die Augen. Sein Sohn stand am anderen Ende des Raumes. Sie hatten nicht mehr viele Worte gewechselt. Zu viel war zwischen ihnen zerstört.

Sein Blick ging an die Decke. Dort über ihm lag der Altarstein des alten Tempels. Wenn man den Altvorderen glaubte, so hatte nicht nur Ægypten, sondern die ganze Welt hier ihr Zentrum. Gab es einen besseren Ort, um ins Jenseits zu wechseln?

Es schloss die Augen.

Etwas kratzte an seinem Geist. Etwas wollte hinein. Er kannte das Gefühl. Es war die junge Ængländerin.

Für einen Moment widerstand er. Ein letzter Moment in dieser Welt, ein letztes Mal einen echten Körper fühlen. Dann gab er auf.

○ ○ ○

Er öffnete die Augen und befand sich wieder auf der weiten kahlen Ebene am Rande des Nils. Einer seiner Berater hatte einmal behauptet, dass Ægypten und große Teile Nordafrikas genau so ausgesehen hätten, wenn es die Eiszeit nicht gegeben hätte, die Nordeuropa in ihren kalten Fesseln hielt. Das konnte nur Humbug sein. Ægypten war grün und würde es auch immer bleiben.

Osiris schloss die Augen und befahl Grün in die Ebene. Als er sie wieder öffnete, war sein Wort Realität geworden.

Kurz wanderten seine Gedanken zu den Möglichkeiten, die er hatte, um dieses Land zu gestalten. Doch dann fiel ihm wieder ein, dass er nicht allein hier war.

Er drehte sich um und befand sich plötzlich in einem schwankenden kleinen Boot. Es war nicht die Art, die den Nil befuhr, auch nicht jene Boote, die er vom Mittelmeer kannte. Das Wasser rund ums Boot war grün und aufgewühlt. In der Ferne zogen große Wellen vorbei. Schnell setzte er sich, um nicht aus dem schaukelnden Boot zu fallen.

Ihm gegenüber saß der Friese zusammengesunken zwischen den Rudern.

„Ganz ruhig", hörte Osiris eine Stimme neben sich.

Eve Bailiff saß neben ihm, betrachtete den Mann an den Rudern konzentriert.

„Wo sind wir?", fragte Osiris.

Sie blinzelte.

„Im Geist meines Bruders."

„Aber warum schläft er?"

Sie schnaufte.

„Es ist nicht so einfach. Sein Geist ist kompliziert."

Ihre Stimme klang angestrengt.

„Kann ich etwas tun?"

Sie öffnete die Augen, schaute ihn prüfend an. Dann nickte sie. „Halten Sie ihn fest!"

Ihre Worte waren mehr Bitte als Befehl. Er lehnte sich nach vorn, griff nach dem rechten Arm des Friesen. Seine Jacke war feucht, so als hätte es vor kurzem geregnet.

Eigentlich war es ja albern. Der Friese mochte schlafen, aber so wie er da saß, konnte er kaum ins Wasser fallen.

Plötzlich ruckte der Friese ein Stück nach hinten. Die nasse Jacke rutschte Osiris aus den Fingern. Er griff erneut zu, diesmal fester. Etwas zog an dem Schlafenden.

Osiris stemmte sich dagegen.

„Was ist das?“, keuchte er.

Bevor Eve antworten konnte, sah er es. Eine blasse Hand griff aus dem Wasser nach dem Schlafenden, zog an seiner Jacke. Osiris lehnte sich zur Seite, um genauer sehen zu können. Hinter dem Boot trieb jemand im Wasser, ein Mann vermutlich. Jedenfalls sah er von den Körperproportionen so aus. Er trieb mit dem Gesicht nach unten. Eine Wasserleiche.

Und doch zog sie an dem Friesen.

„Was ist das?“, brüllte Osiris.

Als wieder keine Antwort kam, schaute er über die Schulter zurück.

Eve Bailiff war verschwunden.

Kapitel 60

Borchert schreckte auf. Er wusste nicht, wie lange er eingenickt war. Eben hatte er noch zugesehen, wie sich Eve Bailiff darauf vorbereitete, den Geist ihres Bruders und den des toten Vizekönigs voneinander zu trennen. Da es dabei aber nicht zu viel zu sehen gab, hatte er sich in eine Ecke gesetzt und musste dann eingeschlafen sein.

Ein Hämmern dröhnte durch den Raum. Hatte ihn das geweckt?

„Was war das?“, fragte er benommen.

„Jemand ist an der Tür“, antwortete Tariq. Der junge Mann griff nach seiner Waffe und lief aus dem Raum.

Borchert schaute sich um, doch er fand keine brauchbare Waffe.

Moment, hatte der Friese nicht eine Pistole bei sich? Der Reporter zögerte kurz, als er den offenbar bewusstlosen Körper des Friesen vor sich liegen sah. Wenn der jetzt mit seiner unmenschlichen Linken zuschlug, dann flog Borchert durch den Raum und brach sich alle Knochen.

Er atmete einmal tief ein, dann griff er in die Jacke des Bewusstlosen. Ja, da war die Waffe.

Borchert behielt sie in der Hand und lief zum Ausgang. Von dort war Stimmengewirr zu vernehmen.

„Alle raus!“, befahl eine laute Stimme.

Tariq stand vor der verschlossenen Tür. Offenbar wusste er nicht, was er tun sollte.

„Wer sind die da draußen?“, fragte Borchert.

Der junge Mann drehte sich um.

„Armee.“

„Armee? Du meinst Soldaten? Hier? Was wollen die?“

Er zuckte mit den Schultern.

„Frag sie doch.“

Borchert runzelte die Stirn, dann steckte er die Waffe in die Tasche und ging zur Tür.

„Was wollen Sie?“, rief er durch die Tür. Während er das sagte, musterte er die Tür. Sie sah stabil aus. Vielleicht würde sie eine Weile halten, falls jemand durchbrechen wollte.

„Öffnen Sie sofort!“

Borchert seufzte. Es war nie gut, gegen die Polizei zu arbeiten.

Er griff zum Türverschluss.

„Ich mach mal auf.“

Als keine Antwort kam, drehte er sich um. Tariq war verschwunden.

Gab es etwa einen zweiten Ausgang? Warum hatte er nicht daran gedacht? Es gab sicherlich einen. Alte Tempelanlagen hatten doch sicher nicht nur den Hauptzugang.

Noch bevor er den Gedanken vollenden konnte, flog die Tür auf. Borchert bekam etwas gegen die Stirn, fiel nach hinten. Seine Hand tastete nach der Pistole in der Tasche. Doch noch bevor er sie fand, blickte er bereits in die Mündungen von drei Gewehren.

Langsam zog er die Hand wieder aus der Tasche. Zwei Soldaten drängten in den Keller, zogen ihn nach draußen. Dort wimmelte es von Menschen.

Borchert sah auf den ersten Blick gute vier Dutzend Soldaten. Was um Himmels willen suchten die hier?

Dann machte er inmitten des Gewimmels einen Zivilisten aus, dem alle zu gehorchen schienen. Der Mann trug teure Kleider und Schmuck an den Fingern. Vermutlich war es Mustafa Fazil, der Bruder des toten Vizekönigs und damit dessen designierter Nachfolger.

„Was soll das alles?“, rief Borchert in seine Richtung.

Mustafa Fazil kniff die Augen zusammen, dann trat er zu ihm.

„Wer bist du?“

Borchert überlegte fieberhaft. Der Mann kannte ihn hoffentlich nicht. Also blieb er besser bei der Wahrheit.

„Mein Name ist Borchert, ich bin Reporter und ...“

„Ah, der Reporter“, Mustafa Fazil wandte sich ab.

„Legt ihm Fesseln an und holt die anderen heraus. Vor allem die Frau. Sie soll sich verantworten.“

„Verantworten?“ Borchert biss sich auf die Lippen. Verflucht, warum konnte er seinen Mund nicht halten? Aber seine Neugier war einfach zu groß.

Der Mann drehte sich zu ihm. Seine Augen waren kalt.

„Eve Bailiff und ihr friesischer Hund werden sich wegen Mordes an meinem Bruder verantworten. Und wenn Sie nicht Ihr Maul halten, dann sind auch Sie dran.“

Borchert kniff wie auf Befehl die Lippen zusammen. Mord? Keiner von ihnen war doch im Land gewesen, als der Vizekönig seinen Unfall in der Maschine gehabt hatte. Wie hätten sie ihn da ermorden sollen? Das stank doch zum Himmel!

„Sie war es!“

Borchert fuhr herum. Tariq stand im Eingang zum Keller, mehrere Gewehre waren auf ihn gerichtet. Doch ihn schien das nicht zu stören. Er hielt die sichtlich verwirrte Eve Bailiff fest am Arm.

Der Reporter wollte losstürmen und sie festhalten, doch der Soldat, der ihn bewachte, schlug ihm den Gewehrschaft gegen das rechte Knie, was ihn zu Boden schickte.

„Sie hat den Vizekönig auf dem Gewissen!"

Borchert glaubte, sich verhört zu haben.

Doch die Soldaten um ihn herum hatten wohl das Gleiche wie er verstanden. Plötzlich liefen alle los, als gäbe es einen Preis dafür, die Frau als erster festzunehmen.

Der Reporter rappelte sich auf. Selbst sein Bewacher war zu Eve Bailiff hinübergelaufen. Fazil versuchte, Ordnung ins Chaos zu bringen, doch seine Männer hörten nicht auf ihn.

Borchert lief los. Worte halfen hier nicht, er brauchte Muskeln: Hauke musste helfen.

Der Weg in die Katakomben des Tempels war frei. Borchert lief so schnell es mit gefesselten Händen ging. Beinahe wäre er auf der Treppe gestolpert. Der Schreck fuhr ihm durch die Glieder, machte ihn hellwach.

Irgendwo vor ihm waren Schritte zu hören. War ein Soldat hier unten?

Egal, es musste schnell gehen.

Hauke lag noch immer im Labor auf dem Tisch neben der Maschine. Der Reporter schlug ihm mit den gefesselten Händen gegen die Brust.

„Wach auf, schnell!"

Der Friese reagierte nicht.

Seine Brust hob und senkte sich, seine Lider flatterten.

„Wach auf!", brüllte Borchert.

Keine Reaktion.

Verzweifelt versucht Borchert, sich die Fesseln abzunehmen. Doch sie saßen zu eng, schnitten bereits in die Haut.

Das Geschrei draußen wurde leiser. Brachten sie Eve weg? Er musste doch etwas unternehmen.

Der Helm!

Hauke trug noch immer den seltsamen Helm, der ihn mit der Maschine verband. Vielleicht hielt der ihn in der Bewusstlosigkeit.

Borchert rannte halb um die Maschine herum, zog den Helm vom Kopf des Friesen. Nichts.

Verzweifelt lehnte der Reporter seine Stirn gegen das warme Metall der Maschine.

Was sollte er tun?

Kapitel 61

Das Boot schaukelte. Langsam wippte es auf den grünen Wellen hin und her.

Vorsichtig hob er den Kopf und sah sich um. Im Boot saß noch jemand, jemand, der deplatzierter kaum wirken konnte. Der Mann mochte um die fünfzig Jahre alt sein, vielleicht sechzig. Ein Osmane wahrscheinlich.

Gekleidet war der Mann in ein Kostüm. Anders konnte man es nicht bezeichnen. Weiter, weißer Stoff, geschmückt mit allerlei goldglänzenden Symbolen, die er nicht kannte. Auf dem Kopf trug der ältere Mann eine Art Krone. Kam der Kerl von einem Kostümfest?

„Wo bin ich?", krächzte er. Seine Stimme klang, als hätte er sie lange nicht benutzt.

Der Mann legte den Kopf etwas schief, schaute sich dann um.

„Was denkst du, wo wir sind?"

Er blickte ebenfalls ins Rund. Überall war das Meer. Grün erstreckte es sich bis an den Horizont. Die Wellen rollten leicht, hoben und senkten das Boot.

Kein Land in Sicht.

„Wir sind auf dem Meer", stellte er fest.

Der Kostümierte nickte, „Aber wo ist die Sonne?"

Ein Blick an den Himmel offenbarte das Merkwürdige. Es war hell, fast sonnig, und doch war die Sonne nirgends zu sehen.

Er blinzelte. Etwas war nicht richtig. Ohne Sonne konnte es nicht hell sein.

Ein Geräusch ließ ihn herumfahren. Hinter ihm trieb ein Körper im Wasser, das Gesicht nach unten. Mit einer Hand hielt der Mann sich fest.

„Er ist tot", erklärte der Fremde.

„Aber er hält sich fest. Seine Hand bewegt sich", murmelte er.

„Ohne Luft zu holen?", fragte der Mann im Kostüm.

Als hätte der Tote es gehört, erhob sich der Kopf aus dem Wasser. Die Augen waren geschlossen.

„Oh", entfuhr es dem Kostümierten.

„Was ist?"

Der Mann zeigte auf die Wasserleiche, die gerade versuchte, sich ins Boot zu ziehen. „Er sieht aus wie du!"

Er musterte den Toten, dann beugte er sich über das Wasser. Trotz der Bemühungen des Toten, an Bord zu kommen, war es erstaunlich ruhig. Sein Spiegelbild blickte ihn neugierig an.

„Du hast recht", gab er zu.

„Natürlich hat er recht", gurgelte die Wasserleiche. Die Augen öffneten sich langsam. Es war, als würde er in einen verschwommenen Spiegel schauen. Er sah sich selbst, aber wiederum auch einen Fremden.

„Wer bist du?", fragte er den Toten.

Der hielt in seinem Versuch, ins Boot zu kommen, inne. „Ich weiß es nicht." Dann kletterte er weiter.

Der Kostümierte half ihm, sodass er wenig später im Boot hockte. Unter ihm bildete sich eine breite Pfütze.

Er überlegte.

„Ich weiß auch nicht, wer ich bin", er presste die Hände gegen die Schläfen. Doch der Druck half nicht, seine Erinnerungen aufzuwecken. Er spürte, dass sie in seinem Kopf waren, verschüttet vielleicht, doch sie waren da.

„Ich bin Ismael Pascha, doch ihr könnt mich Osiris nennen", sagte der Kostümierte.

„Was ist ein Osiris?", fragte der Tote.

Der ältere Herr lachte.

„Osiris war ein Gott in meinem Heimatland. Zu meinen Lebzeiten habe ich versucht, ähnlich mächtig zu werden ..."

„Zu deinen Lebzeiten?"

Osiris nickte. „Mein Körper ist gestorben. Nur mein Geist existiert noch."

„Dein Geist? Du meinst, deine Seele", berichtigte der Tote.

Osiris schüttelte den Kopf. „So einfach ist das nicht. Es gibt kein Leben nach dem Tod."

„Und wo sind wir dann hier?" Der Tote lachte, Wasser quoll gurgelnd aus seinem offenen Mund.

Osiris lächelte. Und deutete auf sein Gegenüber. Die Wasserleiche folgte seinem Blick.

„Wir sind in seinem Kopf."

„In meinem?" Er nahm die Hände von den Schläfen.

„Ja. Erinnerst du dich gar nicht?"

„Woran denn? Hier drin ist alles so leer wie das Meer da draußen."

Osiris schüttelte den Kopf. „Das Meer ist niemals leer. Er wirkt nur so, weil alles unter der Oberfläche verborgen ist. Doch manchmal reicht schon ein Lüftchen, um es hervorzubringen."

Wind kam auf, peitschte das Meer auf. Das Boot schaukelte, doch er und seine beiden Begleiter blieben ruhig sitzen.

Nebelfetzen flogen vorbei, manchmal konnte man Gesichter darin sehen.

Dann wurde es plötzlich still.

„Ich bin Hauke", sagte er. Mehr zu sich selbst als zu den anderen. „Ich bin Hauke."

Er stand auf, das Boot schwankte.

„Ich bin Hauke!“, brüllte er über das grüne Meer.

„Gut, dann wissen wir schon einmal, wie wir beiden heißen“, stellte Osiris fest.

Hauke schaute den Toten an. Der saß ungerührt im Boot und schaute hinaus aufs Meer.

„Ich weiß nicht, wer ich bin“, sagte er leise.

„Das tut auch nichts zur Sache“, überging ihn Osiris.

„Wieso nicht?“, fragte Hauke.

„Weil wir in deinem Kopf sind. Es ist wichtig, dass du weißt, wer du bist. Er ist vielleicht nur eine Erinnerung, ein Mensch aus deiner Vergangenheit. Ein anderer Teil deines Selbst ... er sieht schließlich auch aus wie du.“

Hauke nickte langsam. Vielleicht war es so. „Aber was machst du dann hier?“

„Erinnerst du dich an Eve?“

Bilder rasten durch seinen Kopf. Eve und er im Luftschiff, in Paris, London, irgendwo am Strand, Sandburgen, eine Schaukel, die von einer Heckenrose umwachsen war, ein alter Brunnen in einem Garten. Vater, Mutter, Grandpa.

Hauke schwankte. Seine Knie zitterten, versagten den Dienst.

Er fand sich auf der Bank wieder, der Tote umfasste seine Schultern.

„Geht es dir gut?“ Noch immer floss Wasser aus seinem Mund.

Hauke blickte in die Augen des Mannes. Sie kamen ihm bekannt vor. Schmerzlich bekannt. Fast so, als seien es seine eigenen. Und doch war er ihm fremd. Nein, er kannte diesen Mann nicht, hatte ihn nie gesehen.

„Was tust du in meinem Kopf?“, flüsterte er.

Der Tote kniff die Lippen zusammen, schloss die Augen.

Wieder kam Wind auf. Schwächer als vorher, dünner war auch der Nebel.

Hauke sah Schemen, etwas schwamm durchs Wasser, doch so sehr er sich auch konzentrierte, er konnte nichts Genaues erkennen.

Der Kostümierte erhob sich, schritt über das Boot, als wäre er auf festem Land. Er griff den Toten und schob ihn über Bord, ohne ihn eines weiteren Blickes zu würdigen.

„Hey, was tust du?", rief Hauke. Er beugte sich über die Bordwand, um den Toten wieder an Bord zu ziehen. Doch der Mann war nirgends zu sehen. Das Wasser zog nicht einmal Kreise, dort, wo der Kerl hineingefallen war.

Er packte den Osmanen am Kragen. Doch der verzog keine Miene.

„Hör mir zu", sagte er ruhig und fügte nach einer kurzen Pause „Hauke" hinzu. Die dunklen Augen des Mannes waren ganz still.

Hauke spürte, wie die Wut ihn verließ. Vorsichtig ließ er den anderen wieder los.

Osiris dankte nicht, er deutete nur in die Ferne.

„Dies ist deine Welt, du bist der Herr hier, du kannst machen, was du willst."

Hauke schaute zum Horizont. „Ich verstehe nicht."

Der andere seufzte. „Hast du schon einmal ein blaues Meer gesehen?"

Hauke nickte, „Ja, ich denke schon."

„Schließe die Augen, erinnere dich. Stell dir das blaue Wasser vor."

Der Friese befolgte die Anweisung. Mühsam erinnerte er sich an einen Tag am Meer. Weiße Klippen, ein schmaler steiniger Strand, davor graublaues Wasser.

Eve sprang über den Strand. Sie war gerade sechs geworden. Hauke lief ihr hinterher. Vor Freude kreischend, hüpfte sie mal nach links, dann nach rechts, bis sie plötzlich hinfiel.

Hauke hockte sich neben sie, umarmte seine kleine Schwester.

„Ach, wie rührend“, murmelte Osiris.

Hauke riss die Augen auf. Das grüne Meer war verschwunden, er und der Osmane standen auf dem Strand, den er sich gerade vorgestellt hatte.

Ein paar Schritte entfernt tollten zwei Kinder durch den Sand. Hauke ging in die Knie. Das waren Eve und er. Genau die Szene, an die er sich eben erinnert hatte.

Eve fiel, sein jüngeres Ich tröstete die kleine Schwester.

Auf Knien kroch er vorwärts, doch die beiden wurden immer durchscheinender, je näher er kam.

„Du bestimmst, wie real deine Erinnerungen sind“, erklärte der Osmane von hinten.

Hauke ballte wütend die Fäuste, fand sich plötzlich inmitten einer Schlägerei wieder. Ein gesichtsloser Kerl schlug ihm ins Gesicht, ein weiterer schwang einen Kricketschläger. Hauke beugte sich zur Seite, der Schläger pfiff an ihm vorbei.

Dann schlug er zurück. Der Gesichtslose flog nach hinten, schlug mit dem Kopf auf und bewegte sich nicht mehr. Andere drängten an seine Stelle, Hauke teilte aus und steckte ein.

„Du kannst das jederzeit beenden“, hörte er den Ismael sagen.

Seine Stimme war leise, ganz ruhig. Dabei stand er einige Schritte entfernt, abseits des Kampfgetümmels.

Hauke ließ die Deckung sinken, der nächste Schlag ging durch ihn hindurch. Kein Schmerz, kein gar nichts. Die Schläger zerflossen, nur Ismael blieb.

„Das alles kommt aus deiner Erinnerung“, sagte dieser.

„Aber ich erinnere mich kaum.“

Der andere lachte. „Das hat dir deine Schwester eingeredet.“

„Was?“

„Sie hat eine Begabung. Hat sie dir das nicht erzählt?“

Was sagte er da? Was für eine Begabung?

„Offensichtlich hat sie es nicht getan.“

Ismael ging ein paar Schritte Richtung Meer.

„Komm, ich erzähle dir etwas."

Hauke schaute sich verwirrt um. Noch immer waren sie am Strand, das Meer schlug sanft ans Ufer. Kein Mensch war zu sehen, keine Möwe war in der Luft.

„Jeder Mensch hat so etwas wie eine Seele. Du magst es anders nennen, vielleicht Geist, vielleicht Anima. Jede Kultur hat ihr eigenes Wort dafür erfunden. Nur wenige bestreiten, dass es sie gibt."

„Wir Briten glauben auch nicht daran."

„Das macht nichts. Es gibt sie trotzdem. Es ist die innere Stimme, die du manchmal hörst, das Bauchgefühl, das sich meldet. Und manchmal hindert sie dich daran, zu schlafen, weil sie dir Lieder vorsingt oder sinnlosen Gedanken nachhängt. Sie ist wie ein zweites Ich in deinem Kopf."

Hauke runzelte die Stirn. Das klang irgendwie … albern.

„Die Maschine, die ihr in meinem Labor gefunden habt und hier in Heliopolis, die kann genau diese Seele extrahieren. Mit Hilfe der Energie des schwarzen Bernsteins kann sie fast alles, was dich ausmacht, in einen leeren Bernstein übertragen. Auf diese Weise kann die Seele ewig leben."

„Aber ich bin in keinem Bernstein. Ich bin nicht mal tot." Hauke machte eine Pause. „Oder bin ich tot?"

Der Osmane schüttelte den Kopf. „Nein."

„Aber was soll dann der Bernsteinkram?"

„Geduld, mein Freund. Deine Schwester kann ähnliche Dinge wie die Maschine. Auch sie kann Seelen übertragen. Sie kann sogar etwas mehr: Sie kann in fremde Seelen eindringen, sich darin bewegen. Und wenn sie es will, kann sie sogar Erinnerungen wegschließen."

„Was?"

„Frag mich nicht, wie sie es macht. Eine Laune der Natur vielleicht. Vielleicht auch eine Folge der Experimente, an denen sie in London mitwirkte."

„Aber was …?"

„Was das mit dir zu tun hat? Sie war hier. Sie hat dafür gesorgt, dass deine Welt so leer und vernebelt ist."

„Warum sollte sie das getan haben?"

„Das musst du wissen. Es muss in deinen Erinnerungen einen Grund dafür geben."

Hauke seufzte. „Aber ich weiß nicht, wie ich mich erinnern soll. Es gelingt mir einfach nicht."

Der Mann im Kostüm schüttelte den Kopf.

„Du kannst es. Du bist der Herr dieser Welt. Befreie dich von ihren Fesseln."

Hauke blieb stehen, legte den Kopf in den Nacken.

„Wie soll ich das anstellen, wenn ich die Fesseln nicht einmal sehe?" Ismael blieb stumm. „Siehst du? Ich kann mich nicht befreien."

Ismael nickte. „Aber ich kann es."

Plötzlich hatte er einen Knüppel in der Hand und holte aus.

Hauke wollte sich wegducken, doch er konnte sich kaum bewegen. Alles schien furchtbar langsam zu sein, nur Ismael war schnell.

Der Schlag traf ihn am Kopf, erschütterte die Welt. Seine Welt.

Hauke hörte sich schreien, doch der Alte holte erneut aus.

Wieder traf er, die Welt splitterte. Stücke lösten sich, gaben den Blick frei auf eine Welt dahinter.

Wieder schlug der andere zu.

Und der Vorhang fiel.

o O o

Die Park Street stank, wie nur die Park Street stinken konnte. Fisch, Urin und noch einmal Fisch. Hauke stolperte über das alte Pflaster. Der Gestank erzeugte Übelkeit. Der Friese hielt inne, grinste.

Falsch. Die Übelkeit kam von der Pisse, die man ihm als Bier verkauft hatte. Und er hatte viel von der Pisse getrunken.

Bevor er weiterdenken konnte, beschloss er, einen Teil der Flüssigkeit wieder in die freie Natur zu entlassen. Er öffnete seine Hose und ließ den Dingen ihren Lauf.

„Hey, du Penner!"

Wer schrie denn zu so später Stunde in der Gegend herum? Hauke schüttelte den Kopf und bedauerte das sofort. Immer, wenn er den Kopf bewegte, bewegten sich auch die Häuser, die Straße und überhaupt alles. Nein, Kopfbewegen war böse.

Also hielt er den Kopf still und pinkelte weiter.

„Weißt du Penner eigentlich, was du da anpinkelst?" Die Stimme war schon ganz nah.

Eigentlich müsste er doch längst sehen, wer da so schrie. Ach nein, er stand ja mit dem Gesicht zur Wand. Da waren Holzbalken, weißer Putz, Fachwerk eben. Kein Wunder, dass er da niemanden sehen konnte.

Entschlossen drehte Hauke sich um.

Ein Männlein mit rotem Gesicht stand vor ihm. Plötzlich bewegte es sich schnell. Es hüpfte nach hinten. Hauke lachte. Es erinnerte ihn an ein Stück von Shakespeare, das er neulich gesehen hatte.

„Du hast mich angepinkelt", zeterte das rote Männchen.

Mit wutverzerrtem Gesicht, ein Ausdruck, den Hauke auf anderen Gesichtern liebte, vor allem, wenn er die Wut selbst hervorgerufen hatte, griff der Kerl in seine Jacke.

Hauke indes versuchte sich an dem schwierigen Spiel, mit schwächer werdendem Strahl trotzdem noch das hüpfende Männlein zu treffen.

Doch dann erkannte er, was der Kerl aus seiner Jacke gezogen hatte. Mit einem Mal war sein Kopf frei von der Wirkung des Bieres. Nun ja, fast frei. Hauke sprang zur Seite, aber er war viel zu langsam. Er sah das Mündungsfeuer der kleinen Waffe, spürte, wie die Kugel die Jacke zerfetzte, genau über seiner Brust.

Noch bevor er auf der Straße aufschlug, versank alles im Nebel.

○ ○ ○

„Ich wurde erschossen", stellte Hauke fest.

Osiris trat zu ihm. Zusammen standen sie in einem Nebelmeer.

„Es sieht so aus."

„Aber was geschah dann?"

Hauke trat einen Schritt zurück.

„Was ist los?", fragte Ismael.

„Ich will nur sichergehen, dass du mich nicht wieder verprügelst."

Der andere lachte.

„Keine Sorge. Du schaffst es dieses Mal sicher selbst."

„Wie hast du das eigentlich angestellt?"

Ismael verzog den Mund. „Ich kann nur raten. Deine Schwester hat meinen Geist in deinen Körper transportiert, damit ich ihn benutzen kann. Anscheinend habe ich damit auch ein wenig Macht über deinen Geist. Vielleicht bleibt auch immer ein wenig zurück von der Person, mit der man verbunden war. "

„Wie meinst du das?"

„Was denkst du, in welcher Sprache wir uns gerade unterhalten?"

Hauke hing den letzten Worten nach. Welche Sprache war es?

„Ich spreche Arabisch, Französisch, Ænglisch und ein paar Worte Osmanisch. Doch keine dieser Sprachen benutzen wir gerade", erklärte Ismael.

„Welche Sprache ist es dann?"

Ismael deutete auf die Wasserleiche, „Ich denke, es ist seine. Deutsch vielleicht."

„Friesisch", flüsterte Hauke.

Er ging ein paar Schritte durch den Nebel. Eine Kugel hatte ihn durchlöchert. Direkt vor Shakespeares Theater. Vielleicht war er gleich gestorben, vielleicht erst in einem Krankenhaus. Vielleicht war er auch nie wieder zu Bewusstsein gekommen?

Nein, er lebte ja noch. Ihm fehlten zwar Erinnerungen, aber er lebte.

Hauke hielt inne. Oder war er doch so eine verfluchte Maschine?

Er presste die Hände gegen seine Schläfen, kniff die Augen zusammen.

Stimmen, da waren Stimmen.

„Er darf nicht sterben", kreischte eine Frau. Das war Eves Stimme.

Seine Augen öffneten sich. Schemenhaft sah er sich auf einem Tisch liegen. Menschen in weißen Kitteln rannten um ihn herum. In einiger Entfernung stand seine Schwester, in Tränen aufgelöst.

Ein Mann in Uniform erzählte ihr eine Geschichte von einem gutsituierten Bürger, der sich von dem Sterbenden angegriffen gefühlt hatte und von seinem Recht auf Notwehr Gebrauch gemacht hatte. Purer Unsinn, doch Eve hörte wohl kaum zu.

Hauke kannte den Ausdruck, den ihr Gesicht annahm. Sie hatte eine Idee. Ihre Tränen versiegten, und die Szene versank im Nebel.

„Ich tue das für dich, Bruder", flüsterte sie in sein Ohr.

Er lag auf einem Tisch, an seiner Stirn klebten Kabel, seine Hände und Füße waren festgeschnallt.

„Was …?", stammelte die Erinnerung seines Ichs.

Eve wischte mit der Hand über seine Stirn.

„Dein Körper stirbt. Niemand kann etwas dagegen tun."

„Ich will nicht sterben …", murmelte sein Ich.

„Ich weiß. Und ich werde es auch nicht zulassen. Dein Geist wird leben, Bruder. Du wirst leben."

Ihr Blick ging über ihn hinweg. Dort stand ein zweiter Tisch, ebenfalls mit einem angeschnallten Körper darauf.

Hauke erkannte das Gesicht. Es war seines und war es doch nicht. Der Hauke, der mit einer Kugel in der Lunge auf dem Tisch lag, hatte ein anderes, vertrautes Gesicht. Dieses hier war neu und doch bekannt.

„Wer ist das?", fragte er seine Schwester.

„Ich weiß es nicht. Ein Fischer, Friese vermutlich. Er ist ertrunken, wurde heute ins Leichenschauhaus gebracht. Das kalte Wasser hat ihn konserviert. Ihm fehlt ein Arm, vermutlich eine Schiffsschraube. Aber das kriegen wir hier wieder hin …"

Sie redete weiter, doch Hauke hörte nicht mehr zu. Er ging langsam rückwärts, weg von dem Ort, an dem seine Schwester so Furchtbares mit ihm und seiner Seele anstellte.

Angestellt hatte.

Das alles war Vergangenheit, eingebrannt in seine Erinnerungen und verschüttet durch Eve.

Sie hatte seine Seele, seinen Geist, oder wie immer man dieses wankelmütige Bewusstsein auch nennen mochte, aus seinem sterbenden Körper gerissen und einem Toten eingepflanzt. Und dann hatte sie die Erinnerung daran vergraben.

Seine liebe, ruchlose Schwester.

Wie er sie liebte und hasste.

Kapitel 62

Eve verstand nicht, was geschah. Überall waren Soldaten, jeder schrie auf sie ein. Die Gesichter waren wütend, die Stimmen überschlugen sich.

Noch immer hatte sie Probleme, ihren Kopf in Ordnung zu bringen. Gerade noch war sie dabei gewesen, die Geister von Osiris und ihrem Bruder wieder zu trennen, als sie aus diesem komplizierten Prozess herausgerissen worden war.

War es Tariq gewesen? Borchert? Einer der Soldaten? Sie wusste es nicht, zu verwirrt war sie selbst am Anfang gewesen.

Ein Mann kam auf sie zu, die Soldaten machten ihm Platz. Es war Sethos, der Bruder des Vizekönigs. Sein Gesicht war ausdruckslos wie immer, und doch lag auch darauf ein Schimmer der Wut, die sie auch überall anders sah.

„Du hast meinen Bruder getötet", zischte er.

„Was?" Verwirrt blickte sie sich um. Jetzt verstand sie die Wut der Polizisten um sie herum.

„Nein, ich habe damit nichts zu tun!"

Sethos blieb stumm.

„Ihr habt mich gerufen, ich kam erst, als euer Bruder bereits …"

„Niemand hat euch gerufen, der Brief war eine Fälschung!"

Eve schüttelte den Kopf. Das konnte nicht sein. War sie auf einen Betrug hereingefallen? Hatte sie ihre Arbeit, ihre Karriere, ihr ganzes Leben für einen Betrug aufs Spiel gesetzt?

„Aber …“

Weiter kam sie nicht, denn an einem anderen Ort kam Unruhe auf. Soldaten rannten und schleppten einen taumelnden Mann heran. Hauke schien kaum auf eigenen Beinen stehen zu können, unter seinen Augen zeigte sich dunkle Ringe, er sah erschöpft aus.

„Was habt ihr mit ihm gemacht?“, schrie sie.

Niemand antwortete ihr, alle starrten auf den Mann, dessen Augen rollten und dem Speichel aus dem Mund lief. Die Soldaten, die ihn eben noch festgehalten hatten, ließen ihn los und traten einen Schritt zurück.

Hauke ging in die Knie, schüttelte sich und gab seltsame Geräusche von sich.

„Hauke“, schrie sie.

Dann war es plötzlich ruhig. Hauke hob langsam den Kopf, seine Augen waren blutunterlaufen.

„Hauke“, flüsterte sie.

„Wo bin ich?“ Seine Stimme klang rau.

„Heliopolis, wir sind in Heliopolis. Der alte Tempel, erinnerst du dich?“

Hauke erhob sich.

„Der Tempel von Heliopolis? Der Ursprung unserer Kultur? Das Zentrum der Welt?“

Eve zuckte zurück. Das war nicht Hauke. Er würde so nicht sprechen, vor allem würde er nicht wissen, was er da gerade gesagt hatte.

„Wer bist du?“, flüsterte sie. Und hatte doch Angst vor der Antwort.

„Ich bin Ismael Pascha.“ Hauke erhob sich wankend und blickte mit erhobenem Kopf in die Runde.

„Bruder?“, fragte Mustafa Fazil ungläubig.

Der Friese blickte ihn ernst an, dann ging er zwei Schritte auf ihn zu.

„Bruder."

Die Männer umarmten sich.

„Ich bin so froh, mit dir zu sprechen. Ich dachte, ich hätte dich verloren."

Sethos umarmte seinen Bruder. Eve konnte sehen, wie nah ihm die Situation ging.

Hauke erwiderte die Umarmung.

„Es war kompliziert, aber jetzt wird wieder alles gut."

Sethos ließ seinen Bruder los.

„Es wird alles gut? Wie das? Dein Körper ist tot, du steckst im Körper dieses hässlichen Friesen und von den politischen Problemen will ich gar nicht erst reden!"

„Hässlich? Wieso …"

Sethos erstarrte. Er musterte sein Gegenüber.

„Wie ist der Name unseres Vaters?"

Ein Lachen war die Antwort. Eve kannte dieses Lachen. Es sollte Überlegenheit ausstrahlen und war doch voller Unsicherheit und Ratlosigkeit. Es war das Lachen ihres Bruders.

„Du bist nicht Osiris", stellte Sethos fest.

Bevor er seinen Männern Befehle zubrüllen konnte, gab es im Hintergrund Geschrei. Schmerzensschreie gellten über den Hügel, ein Schuss fiel.

Eve duckte sich, ihre Bewacher ließen es zu, schienen selbst ratlos zu sein. Sie schauten zu ihrem Anführer, doch auch Sethos blickte ratlos ins Getümmel.

„Was ist da los?", brüllte er über den Hügel.

Hauke sprang zu Eve und schlug einen ihrer Wärter nieder.

„Bist du es?", rief sie und bemerkt sofort die Dummheit ihrer Frage.

„Ja, ich bin Hauke, Schwester", gab er zurück.

Glück durchströmte sie. Fast teilnahmslos sah sie zu, wie er sie befreite.

Dann tauchte ein Schatten hinter ihm auf. Noch bevor sie ihn warnen konnte, bekam er einen Schlag gegen den Kopf und ging in die Knie.

Entsetzt blickte Eve auf die Frau hinter Hauke. Eine breite Wunde zog sich über ihre rechts Gesichtshälfte. Doch ihre Kleidung, vor allem die weiße Weste, ließ keinen Zweifel daran, wer sie war.

Kapitel 63

Djehutimes hasste diesen Körper. Er hasste Frauen, hasste alles Weibliche. Und nun steckte er in einem solchen Körper.

Doch es gab einen Weg, seinen Hass zu kontrollieren. Er schrie ihn nicht hinaus, verzog nicht das Gesicht. Nein, er schlug auf jene Menschen ein, die ihm im Weg standen. Er schlug genau, zielte sorgfältig, wägte die Kraft ab, die er einsetzen musste. Der Körper der Frau war stark, doch natürlich nicht so stark wie ein Mann.

Djehutimes trat dem Menschen vor sich gegen den Hals. Glücklicherweise hatte diese Frau ihren Körper gut trainiert. Er sprang dem nächsten gegen die Brust, hörte Rippen brechen.

Dann stand er hinter dem Mann, den er angreifen musste. Ungepflegte Haare, helle Haut, ein Fremder aus den Ländern nördlich des Oberen Meeres. Er holte aus, traf den Fremden an der Schläfe. Wie ein morscher Baum fiel dieser in sich zusammen.

Eine Frau starrte ihn entsetzt an, fiel auf die Knie um dem Fremden zu helfen. Auch sie war nicht aus diesem Land. Djehutimes hasste sie.

Er holte aus, zielte auf ihren Hals. Der Schlag würde ihr vielleicht nicht das Genick brechen, mindestens aber den Kehlkopf zerdrücken. So oder so würde dieses Weib in Augenblicken tot sein.

○ ○ ○

„Nein!“, brüllte Victoria.

Seit Stunden war sie gefangen in einer fremden Welt. Ein Gewirr aus Gängen und Zellen, aus denen sie keinen Ausweg fand. Keinen finden konnte, denn selbst, wenn sie einen Weg zurück ging, stellte sie fest, dass sich Kreuzungen verändert hatten, Wege nicht mehr dort waren, wo sie hätten sein müssen.

Ein Irrgarten ohne Ausgang.

Sie erkannte die Panik, die in ihr aufstieg, das Bedürfnis, sich in eine Ecke zu hocken, den Kopf mit den Armen zu bedecken und zu schreien. Endlos zu schreien.

Nein, das wollte sie nicht. Sie war stärker als früher. Mauern, die sie einsperren sollten, konnte sie inzwischen durchbrechen. Also schloss sie die Augen, atmete tief ein und rannte los.

Der Schmerz explodierte in ihrem Kopf. Sie öffnete die Augen, fand sich auf dem feuchten Fußboden wieder, vor ihr die steinerne Wand.

Ihre Hand tastete nach der Stirn, Feuchtigkeit rann ihr am linken Auge hinab. Blut.

Sie biss die Zähne zusammen, so sehr, dass sie Angst bekam, dass sie zerbrechen könnten. Langsam stand sie wieder auf. Victoria ging einen Schritt zurück, schloss die Augen und rannte wieder los.

Dieses Mal war der Schmerz stärker. Das Blut floss von der Stirn, der Schädel pochte.

Doch Victoria erhob sich erneut und sprintete wieder los.

Sie hatte aufgehört, zu zählen, ihre Nase war gebrochen, ihre Augen zugeschwollen. Und doch lief sie weiter, rannte immer wieder gegen die Wand.

Und dann brach sie.

Sie brach ohne Laut, ohne Widerstand.

Von einem Augenblick zum anderen war sie fort, und Victorias Blick war wieder frei. Vorsichtig tastete sie ihr Gesicht ab, doch die Wunden und all das Blut waren fort.

Vor ihr erstreckte sich ein Schlachtfeld. Im Zentrum stand ein Mann, gekleidet in den Glanz des alten Ægyptens. Die weiße Krone auf dem Kopf und die reich verzierten hellen Gewänder hinderten ihn jedoch nicht, um sich zu schlagen. Blutstropfen verschmierten auf seinem Rock.

Victoria trat näher. All die Armeen, die am Rande des Schlachtfeldes standen, wurden durchscheinend und verschwanden schließlich. Es blieben nur doch der Pharao und etliche Menschen in Armeeuniformen.

Was war das? Victoria konzentrierte sich. Die *Europäische Gesellschaft zur Beantwortung moralischer Fragen* hatte sie gut geschult.

Alles was sie sah, war mehr oder weniger nebulös, so als läge ein Schleier vor allem. Doch einige Dinge waren klarer, so wie der Pharao dort vor ihr.

Sie trat näher. Der Mann kämpfte gegen Soldaten, schlug sie rücksichtslos. Victoria kannte diese Art, zu kämpfen. Hier ging es um den schnellen Sieg, den Tod des Gegners in Kauf zu nehmen. Nichts war ehrenhaft an diesem Stil, es ging nur um Pragmatismus.

Sie hatte auch schon so gekämpft. Aber nur, wenn es um ihr Leben ging.

Die Ængländerin schaute sich um. Gegen wen kämpfte er? Überall waren Soldaten, unter ihnen ein hagerer Mann. Sie kannte ihn. Victoria musste sich konzentrieren, die Erinnerung an ihn war schwach. Ja, der Vizekönig war es, nein, sein Bruder. Mustafa irgendwas.

War sie nicht seinetwegen hierhergeschickt worden?

Victoria war unsicher. Manche Erinnerungen waren schwammig.

Jetzt schlug der Pharao einen Mann zur Seite, doch es war keiner der Soldaten. Dahinter kam eine Frau zum Vorschein.

Victoria erkannte sie. Eve Bailiff und ihr Begleiter. Diese waren Ziel ihres Auftrages, und der Pharao war dabei, sie zu töten.

Sie sprang dazwischen, um den Schlag abzuwehren.

Kapitel 64

Borchert kauerte sich in die dunkelste Ecke des Labors. Was er eben mitangesehen hatte, würde er am liebsten vergessen.

Dass Hauke sich doch noch erhoben hatte, war schon erstaunlich gewesen. Eigentlich hatte der Reporter nicht mehr damit gerechnet, dass der Friese nach der anscheinend nicht geglückten Geistübertragung wieder zu sich kommen würde. Aber dann war der große Kerl aufgestanden. Anfangs war er etwas wirr im Kopf, doch als Borchert ihm von den Polizisten erzählt hatte und dass Eve in Gefahr sei, hatte er sich nach draußen geschleppt.

Borchert hatte ihm folgen wollen, doch dann war ihm Tariq entgegengekommen. Wütend hatte er ihn eigentlich angreifen oder zumindest zur Rede stellen wollen. Aber er war im Schatten geblieben und hatte beobachtet, was der verräterische Ægypter vorhatte.

Der Kerl war weiter in die Katakomben gelaufen und mit etwas Schwerem zurückgekommen. Borchert konnte es von seiner Position nicht genau sehen, also versuchte er vorsichtig, sich näher heranzuschleichen. Sicher war Heimlichkeit nicht seine größte Stärke, doch der Lärm, der von draußen in die Katakomben drang, übertönte seine Geräusche.

Dann sah er es und wollte es nicht glauben. Der Prinz hatte einen Körper auf die Maschine gelegt. Eine Frau, die Borchert nicht kannte. Doch aus den Beschreibungen, die er von Eve und Hauke über die Geschehnisse im Palast gehört hatte, musste es diese Ængländerin sein, die für die berüchtigten *Weißen Westen* arbeitete. Borchert hatte nie selbst ein Mitglied dieser Organisation getroffen, doch er hatte vieles gehört. Konservativ, unfreundlich und verdammt gute Kämpfer.

War sie tot? Oder nur bewusstlos? Borchert konnte es auf die Entfernung nicht sehen. Aber er sah, dass Tariq ihr den Helm aufsetzte. Dann stellte er einen Bernstein in die Maschine und aktivierte sie. Der Körper der Frau begann, zu zucken, ihre Muskeln zogen sich unkontrolliert zusammen.

Tariq schien das Problem zu begreifen, denn er lief plötzlich um den Tisch herum und versuchte, die Frau festzuschnallen. Doch gegen ihr Aufbäumen hatte er keine Chance. Sie rutschte vom Tisch, der Helm blieb zurück.

Benommen saß die Frau auf dem Boden. Langsam kehrte das Leben in sie zurück.

Borchert zog es vor, im Schatten zu bleiben. Tariq war mutiger. Er ging in weitem Bogen um die Frau herum, sagte etwas auf Arabisch zu ihr. Die Frau schaute in seine Richtung, antwortete aber nicht. Dann sagte er etwas in einer anderen Sprache. Darauf reagierte die Frau. Wut war in ihrem Gesicht zu sehen, sie erhob sich ächzend.

Als sie an sich herabsah, konnte Borchert den Hass in ihren Augen sehen.

Dann deutete Tariq auf den Weg nach draußen, und die Frau lief los.

Tariq grinste und lief hinterher.

Borchert trat vorsichtig aus dem Schatten. Was war hier passiert? Er lugte in den Gang, in dem die beiden verschwunden waren. Nichts.

Vorsichtig näherte er sich dem Tisch und musterte den Bernstein, der in der Maschine lag. Er war rötlich. Ein kleiner Zettel darauf half ihm nicht weiter. Es waren nur unlesbare Hieroglyphen zu sehen.

Der Lärm von draußen veränderte sich. Schmerzensschreie mischten sich unter das laute Gebrüll. Borchert lief los.

○ ○ ○

Draußen war Chaos ausgebrochen. Überall lagen Verletzte herum, manch einer bewegte sich schon nicht mehr. Wer hatte das angerichtet? Hauke?

Borchert folgte der Schneise der Verletzten. Sie führte ihn bis zu Eve, die von der Frau in der weißen Weste bedroht wurde. Daneben kniete Hauke, Tariq hatte inzwischen mit einem Knüppel seinen Onkel angegriffen.

Was war hier los? Wurde jeder verrückt?

Der Reporter stolperte vorwärts. In was war er hier nur hineingeraten? Würde die GRÜNE FEE überhaupt drucken, was er hier erlebte?

Die Soldaten hatten sich ein Stück zurückgezogen. Offenbar erschreckte sie die Gewalt, die sich hier Bahn brach. Zudem war Sethos gerade nicht in der Lage, Anweisungen zu geben. Mit Müh und Not verteidigte sich der Mann gegen seinen Neffen, der weiter mit dem Knüppel auf ihn einschlug.

Schließlich siegte die jugendliche Energie über die Erfahrung des Alters. Ein Schlag gegen das Knie ließ den Bruder des toten Vizekönigs einknicken, ein Stoß gegen die Brust, und er lag auf dem Rücken.

„Was tust du?“, schrie Borchert.

Der junge Prinz hatte die Keule erhoben. Wenn er auf den Kopf zielte, war Sethos tot.

Offenbar hatte der Schrei ihn zum Nachdenken gebracht, denn der junge Mann hielt inne.

Er stellte die Spitze des Knüppels auf die Brust seines stöhnenden Onkels und schaute sich um.

„Verhaftet alle“, rief er.

Die Polizisten blieben stehen, schauten sich verwirrt an.

„Ich bin Tariq Ibn Abihi. Mein Vater Ismael Pascha, der Vizekönig, wurde von diesem Mann ermordet. Und all jene haben ihm dabei geholfen. Also verhaftet sie endlich!“

Borchert schaute sich vorsichtig um. Die Männer merkten doch hoffentlich, dass der Junge nur bluffte.

Doch dann setzte sich der erste Soldat in Bewegung. Er griff sich das leichteste Opfer, Eve. Als wäre damit ein Bann gebrochen, liefen nun auch die anderen los. Hauke, der noch immer benommen am Boden lag, wurde gefesselt, Borchert ebenso.

Einzig die *Weiße Weste* blieb in Freiheit. Das mochte aber vor allem daran liegen, dass die Frau nicht länger auf Eve losging, sondern wirres Zeug in einer fremden Sprache ausstieß, während ihre Arme unkontrolliert herumwirbelten.

Ein Seil flog durch die Luft, eine Schlinge fing ihren linken Arm ein. Augenblicke später war auch ihr rechter Arm fixiert. Nun trauten sich die Soldaten, die zuckende Frau zu Boden zu werfen.

Borchert, der direkt neben ihr auf dem Boden lag, beobachtete sie. Tariq musste etwas falsch gemacht haben.

Wessen Geist auch immer er in diesen Körper hatte einpflanzen wollen, es war nicht richtig gelungen. Die Mimik der Frau spielte verrückt.

Dann entspannte sie sich, öffnete die Augen und schaute ihn an.

Kapitel 65

Victoria öffnete die Augen. Sie lag auf dem Rücken, ihr Blick traf einen schmächtigen Europäer, der gefesselt neben ihr lag und sie voller Furcht anstarrte.

Sie stöhnte. War sie verprügelt worden? Überall meldeten sich schmerzende Körperteile. Aber am schlimmsten war der Kopf. War sie verprügelt worden? Oder war es das Resultat ihres Versuchs, mit dem Kopf durch die Wand zu gehen?

Als sie sich erheben wollte, stellte sie fest, dass man sie gefesselt hatte.

„Was ist passiert?", fragte sie den Mann neben sich.

„Ähm … Sie haben um sich geschlagen, dann haben Sie wohl die Kontrolle über sich verloren und sind überwältigt worden."

Victoria Battenberg brauchte einen Moment, um zu begreifen. Dann lachte sie los. Sie hatte es tatsächlich geschafft, hatte ihr Gefängnis durchbrochen. Sie war wieder sie selbst!

Mühevoll setzte sie sich hin. Ein Soldat ging zu ihr hinüber, wollte sie mit einem Knüppel wieder zurückstoßen. Doch ein Blick in ihre Augen ließ ihn zurückweichen. Er stieß eine Verwünschung aus und blieb zurück, ohne jedoch die Augen von ihr zu wenden.

Die Agentin kannte das. Wenn sie wollte, konnte sie sehr einschüchternd auf Männer wirken. So sehr, dass sie selbst im gefesselten Zustand gefährlich schien. Männer waren echt das Letzte.

Um sie herum schien die Lage ruhig. Zwar lagen etliche Verletzte und wohl auch Tote am Boden, doch niemand kämpfte mehr.

War es der Kampf, den sie eben wie durch fremde Augen beobachtet hatte? Falls ja, dann gingen die Toten auf ihr Konto. Genauer gesagt auf das des fremden Geists, der ihren Körper gesteuert hatte.

Ein Soldat trat zur Seite, und sie sah ihn: den Kerl, der sie im Palast beinahe getötet hatte.

Der junge ægyptische Prinz stand auf der Spitze des Hügels, nur ein paar Schritte von ihr entfernt. In Feldherrenart hatte er seinen Fuß auf die Brust eines anderen Mannes gesetzt, während er den Soldaten Befehle gab.

Soldaten. Victoria schoss ein Gedanke durch den Kopf. Sie war nicht oft in solchen Situationen gewesen. Eigentlich noch nie. Nur das Training der *Gesellschaft* hatte sie darauf vorbereitet. Und das sagte ihr, dass ihre Situation ungünstig war. Umgeben von Feinden, der Anführer in Sicht- und Hörweite. Da war kein Entkommen möglich.

Andererseits waren die Männer Soldaten. Auch wenn sie vermutlich dank diverser Zuwendungen nicht in erster Linie dem Gesetz, sondern ihrem Geldbeutel verpflichtet waren, war da vielleicht noch ein Rest Gesetzestreue.

„Nehmt den Kerl fest!“, forderte sie und verließ sich darauf, dass ihre leise Stimme mehr Aufmerksamkeit erzeugte als Gebrüll.

„Was?“, fragte ihr Bewacher sofort.

„Er hat mich verprügelt, wollte eine Shelly aus mir machen. Das ist auch in eurem Land verboten, oder?“

Der Soldat kratzte sich am Kopf, schaute sich hilfesuchend um. Ein weiterer Soldat kam dazu.

„Was will das Weib?“, fragte er auf Arabisch.

„Ihr sollt mich losmachen und den Kerl da verhaften“, antwortete sie in seiner Sprache. Gepriesen war die Ausbildung der *Gesellschaft*. Ihr Arabisch war zwar nicht gut, aber gut genug.

Sie sah die Überraschung in den Augen der Männer. Fremde Frauen, die ihre Sprache verstanden und auch noch sprachen, waren ihnen sicher nicht geheuer. Aber sie zögerten trotzdem. Also musste sie einen Zahn zulegen.

„Er hat den Vizekönig getötet.“

Es war fast lustig, mitanzusehen, in welcher Klemme sich all die Männer um sie herum nun sahen. Sie waren gekommen, um die Fremden zu verhaften, dann übernahm ein anderer das Kommando und beschuldigte ihren früheren Anführer. Und inzwischen war auch der aktuelle Anführer mordverdächtig.

Eigentlich eine Situation zum Weglaufen.

Victoria hoffte auf genau das. Wenn aus dem Dutzend Soldaten, das sie momentan sah, vielleicht drei oder vier übrig blieben, dann hatte sie eine reale Chance, sich zu befreien.

Doch plötzlich wurde es um sie herum schwarz.

Kapitel 66

Eve schaute dem Geschehen fassungslos zu.

Tariq hatte sie die ganze Zeit an der Nase herumgeführt.

Er hatte seinen Vater getötet und ihn dann zerstückelt.

Warum er dann vorgegeben hatte, ihr helfen zu wollen, ihn wieder zum Leben zu erwecken, verstand sie nun auch: Vermutlich hatte er das Potential der Maschine erkannt, als sein Vater ihm davon erzählt hatte. Bei der erstbesten Gelegenheit hatte er vermutlich vergeblich versucht, die Geistübertragungsmaschine zu benutzen. Als er bemerkt hatte, dass er die Hilfe seines Vaters brauchte, um das Gerät zu bedienen, war es aber zu spät, denn er hatte den Vizekönig bereits getötet. Was für ein wunderbarer Zufall, dass Eve aufgetaucht war, um seinen Fehler rückgängig zu machen.

Schlaues Bürschchen, kam sicher ganz nach seinem Vater.

Zudem hatte er es geschafft, Hauke außer Gefecht zu setzen, indem er die Rückübertragung des Geistes seines Vaters gestört hatte. Ihr Bruder kniete noch immer wankend am Boden. Ob es der Schlag gegen seinen Kopf gewesen war oder die Unterbrechung der Prozedur, wusste Eve nicht.

Sie musste ihm dringend helfen, aber wie?

Sich selbst hatte sie schon fast tot gesehen. Als die *Weiße Weste* aufgetaucht war und ohne viele Worte, aber mit Hass in den Augen reihenweise Soldaten schwer verletzt oder gar getötet hatte, dachte sie, es wäre vorbei. Gegen diese offenbar erprobte Kämpferin hatte sie kein Gegenmittel.

Selbst Wegrennen hätte das Unvermeidliche nur um Augenblicke hinausgezögert.

Also hatte sie ihrem Tod ins Antlitz geschaut. Doch an die Stelle des Hasses, den sie anfangs gesehen hatte, traten Verwirrung, Verzweiflung und unbändige Kraft.

So als rängen zwei Mächte um den Körper der Frau. Eve hatte auch eine Ahnung, was das ausgelöst hatte. Wahrscheinlich hatte Tariq sein neu erworbenes Wissen an dieser Frau getestet. Nicht besonders erfolgreich, denn es schien, dass Victoria Battenberg nun wieder ihren Körper beherrschte. Nicht dass ihr die Frau besonders sympathisch gewesen wäre, aber immerhin hatte sie sie bislang nicht mit dem Tode bedroht, sondern nur mit der Rückführung nach Ængland.

Das kleinere Übel war ihr gerade sehr recht.

Kapitel 67

Horus fühlte sich prächtig.

Sein Plan war aufgegangen. Nicht ganz so, wie er es gewollt hatte, doch das Ergebnis allein zählte.

Sethos, sein ungeliebter Onkel lag zu seinen Füßen. Auch Eve Bailiff, die junge ænglische Wissenschaftlerin, gehörte nun ganz ihm.

Vor allem ihr Geist und ihr Wissen natürlich. Aber vielleicht später auch ihr Körper. Eigentlich mochte er die blassen Frauen aus dem Norden nicht, aber darum ging es nicht. Macht musste ausgeübt werden. Und Frauen gegenüber gab es kein besseres Mittel.

Er würde sie brechen, sodass sie ihr Wissen und ihren Genius nur mit ihm teilte.

Ihren dummen Bruder würde er töten. Der Kerl war einfach zu unberechenbar und zu gefährlich. Sein mechanischer Arm hingegen war interessant. Das würde sich noch zu untersuchen lohnen.

Nur sein erstes Geschöpf hatte ihn nicht völlig zufrieden gestellt. Er hatte gedacht, es würde reichen, den Geist eines mächtigen Kriegerkönigs in sie zu transferieren. Aber offenbar war ihr Geist dabei nicht verschwunden, sondern hatte sich zur Wehr gesetzt. Ihr Zusammenbruch, der es den Polizisten erlaubt hatte, sie zu überwältigen, musste damit zu tun haben. Ob er Thutmosis, den mächtigen Krieger, in ihr wieder würde erwecken können? Vielleicht mit einer weiteren Sitzung in der Maschine? Es wäre schade, wenn Thutmosis durch sein Eingreifen verschwunden wäre.

Aber eins nach dem anderen.

„Gib mir deine Pistole", befahl er einem Soldaten. Der kam der Aufforderung ohne zu zögern nach.

Horus spürte ein leises Kribbeln auf seiner Kopfhaut. Ja, so fühlte sich Macht an. Und bald würde es uneingeschränkte Macht sein.

Er nahm die Waffe, richtete sie in den Himmel und drückte ab.

Das Echo des Schusses verhallte, Stille setzte ein. Jedermann blickte ihn an.

Horus genoss den Anblick. Diese Augen voller Angst, voller Wissen um seine Macht. Diese Menschen, die für ihn fast alles tun würden, und jene, die um ihr Leben fürchteten. Der Anblick berauschte ihn, doch Horus zwang sich zur Ruhe.

„Meine Getreuen. Gemeinsam haben wir diesen Sieg über die Mörder meines Vaters errungen. Und nun, da wir die Schuldigen festgesetzt haben, ist es an der Zeit, über sie zu richten."

Kaum hatte er die Worte gesprochen, hallte ein Brüllen über den Hügel.

Kapitel 68

Hauke kniete neben Eve. Sein Kopf schmerzte. In manchen Augenblicken hatte er das Gefühl, den Schmerz nicht länger ertragen zu können. Aber dann flaute die Pein wieder ab, und er konnte halbwegs klar denken.

Um ihn herum herrschte Durcheinander. Nicht alles hatte er mitbekommen. Ein Schlag gegen seinen Kopf hatte ihn außer Gefecht gesetzt.

Zudem brummte noch immer ein Teil von Osiris in seinem Schädel herum. Die Trennung ihrer Geister in der Maschine war wohl nicht richtig geglückt.

Vielleicht war es auch Osiris, der ihm einen schmerzenden Schädel bescherte.

Neben Eve entdeckte er die verhasste *Weiße Weste*. Inzwischen konnte er sich daran erinnern, dass er des Öfteren in London mit dieser feinen Gesellschaft zu tun gehabt hatte. Eigentlich waren Agenten wie diese Battenberg wohl der Grund, warum Eve ihn zu ihrem Leibwächter gemacht hatte.

Immer wieder hatten diese erzkonservativen Spinner versucht, über Eve an den Aufenthaltsort des Professors zu kommen. Hauke kniff die Augen zusammen. Kaum hatte er an den Professor gedacht, kam der Schmerz zurück. Wie die Brandung, die an die Küste schlug, verursachte sein Herzschlag ihm immer wieder neue Pein.

Ein Schrei drang in seinen Schmerz, vertrieb ihn langsam. Der Friese blinzelte, bewegte vorsichtig seinen Kopf. Der Schmerz war nicht weg, aber erträglich.

Der Schrei. Jemand hatte geschrien. Ganz nah. Eve?

Nein, die saß noch immer neben ihm auf dem staubigen Boden. Ihre Augen waren schreckgeweitet.

Vorsichtig drehte er seinen Kopf, um zu sehen, wohin sie starrte.

Die *Weiße Weste* hatte sich erhoben. Doch das Gesicht war merkwürdig verzerrt. Als wäre es eine Maske und die eigentliche Mimik käme nur unvollständig an.

Die Frau brüllte wieder. In einer Sprache die Hauke nicht verstand. War das Arabisch?

Nein, so wie die Menschen um ihn herum aussahen, verstanden sie das Weib auch nicht.

Was war es dann?

Tariq trat näher und redete auf die Frau ein. Seine Worte klangen so, als nutze er die gleiche Sprache. Die *Weiße Weste* beruhigte sich, hielt ihm ihre Hände hin. Tariq nickte, ließ sich ein Messer geben und durchschnitt die Fesseln der Frau.

Mit einem Satz sprang sie auf, drehte den Kopf schnell nach links, dann nach rechts. Ihr ganzer Körper war unter Spannung. Erwartete sie einen Angriff, oder wollte sie jemanden angreifen?

Tariq redete in der fremden Sprache auf sie ein. Ruhig, fast so als würde er mit einem Kind sprechen.

Es wirkte. Die Frau beruhigte sich, sagte ein paar Worte, Tariq nickte.

Dann befahl er alle hinauf zu dem Altarstein oberhalb der Katakomben. Er selbst stellte sich vor den Stein, neben sich die verrückte *Weiße Weste*. Sethos, Eve, Borchert und er wurden vor ihm auf die Knie gezwungen.

Dann begann er eine Ansprache. Hauke war zu benommen, um sie gänzlich wahrzunehmen. Er erzählte etwas von göttlicher Bestimmung, seiner Herkunft und dann sprach er davon, Schuldige bestrafen zu müssen.

Hauke kannte solches Gelaber. Frauen oder Männer mit Macht mussten diese hin und wieder demonstrieren, damit sie nicht verloren ging. Macht war wohl ein flüchtiger Besitz.

„... darum muss der Mann, den mein Vater einst Bruder nannte, für seine Verbrechen zur Rechenschaft gezogen werden."

Sethos rief etwas dazwischen, doch auf einen Wink seines Neffen hin steckte man ihm einen Knebel in den Mund.

„Zusammen mit meiner Stiefmutter hat er meinen Vater getötet, alsosoll auch er des Todes sein. Sie hat ihre gerechte Strafe bereits erhalten."

Ein leises Raunen ging durch die Anwesenden. Hauke wusste nichts über das Rechtssystem in Ægypten. Gab es die Todesstrafe hier nicht? *Nein, Moment.* Hatte er gerade gesagt, dass Isis tot war? Hatte er sie getötet?

Ein paar eifrige Helfer griffen den schreienden Sethos an den gefesselten Armen und schleppten den Mann trotz Gegenwehr zum Altar.

Tariq hatte sich einen Dolch geben lassen. Es war eine krumme Waffe, kaum für einen Kampf geeignet.

Ruppig riss er den Kopf seines Onkels hoch, hielt ihm das Messer an die Kehle.

Sethos brüllte etwas, doch Hauke verstand die Worte nicht. Vermutlich war es der blanke Hass, den er für seinen Neffen empfand.

Hauke kämpfte noch immer mit seiner Benommenheit. Alles in ihm schrie danach, aufzuspringen und diesen Mord zu verhindern – denn etwas anderes war es kaum. Ein Junge, der seinen Onkel aus Kalkül mal eben auf die Schnelle zum Tode verurteilte und dann auch das Urteil vollstrecken wollte, war kein mächtiger Mann. Höchstens einer, vor dem man Angst haben musste.

Lange Augenblicke hielt Tariq das Messer an der Kehle des Mannes vor seinen Knien. Dann lachte er und ließ das Messer sinken.

„Nein, mein Lieber. Der Tod ist zu gut für dich."

Hauke runzelte die Stirn. Was hatte der Kerl vor? Wollte er seinen Onkel foltern?

„Halten wir uns lieber an die Traditionen unserer Vorväter."

Was mochten die für Traditionen gehabt haben?

„Erinnerst du dich an das Totengericht? Vater hat mir ständig davon erzählt. Seine Furcht davor war stets da. Erinnerst du dich, Onkel? Dein Herz wird gewogen, gegen die Feder der Maat. Ist das Herz leichter, ist alles in Ordnung und du kannst in die nächste Welt übertreten. Ist es gleich schwer, hast du Glück gehabt und die Maat, die Weltordnung, wurde durch dich weder verschlechtert noch verbessert. Doch ist dein Herz zu schwer, und die Waage schlägt auf deiner Seite aus, dann wird dir das Ewige Leben versagt. Dein Herz wird verschlungen, deine Seele und dein Körper werden vernichtet. Und du kannst nicht zu Osiris werden. Dabei war genau das dein Plan, Onkel. Nicht wahr? Du hast Vater getötet, mit Hilfe jener Fremden dort, um seinen Platz einzunehmen. Du wolltest nicht länger der listige Sethos im Hintergrund sein, du wolltest Osiris sein, mit all seiner Macht und Pracht. Doch ich habe dich durchschaut. Ich, Sohn des Osiris, den man auch Horus nennt, habe dein Herz gewogen und es für zu schwer befunden."

Er machte eine Pause, schaute hinab auf seinen Onkel, der ihm mit weit aufgerissenen Augen zugehört hatte.

„Das Urteil für deine Vergehen ist der Tod und die endgültige Auslöschung. Und doch … ich bin gnädig."

Der junge Prinz zeigte mit dem Dolch auf Eve.

„Sie wird deine Seele von deinem Körper trennen. Deinen Körper werden wir natürlich zerstückeln und an die Nilpferde verfüttern, wie es gute Tradition im Umgang mit Feinden ist. Aber dein Geist, liebster Onkel, der wird ewig leben. Bin ich nicht ein guter Mensch?"

Tariq hob beide Hände, schaute sich applausheischend um. Einige der Soldaten applaudierten zögerlich. Sicher verstanden sie nicht, was ihr Anführer gerade gesagt hatte. Lebenslange Einzelhaft, nichts anderes war es. Als Hauke seinen Körper mit dem Geist des Osiris geteilt hatte, waren genug von dessen Empfindungen bei ihm hängen geblieben. Nein, die Existenz in einem solchen Bernstein war kein Glück, es war nur Strafe.

„Und du wirst die Bestrafung jetzt durchführen", sagte er an Eve gewandt.

„Bringt meinen Onkel und die Verschwörerin nach unten in die Katakomben."

Kapitel 69

Die Luft in den alten Katakomben unterhalb des Tempels von Heliopolis war stickig. Vier Soldaten hatten den gefesselten Sethos auf die Maschine geschnallt, waren dann zu ihren Kollegen in den Hintergrund getreten, wo sie Hauke und Borchert bewachten.

Tariq hingegen lehnte lässig an einer Wand und winkte sie mit dem Dolch zu sich.

„Nun, meine Liebe. Nachdem ich nun weiß, was du alles kannst, wirst du meinen Onkel in seine Zelle sperren. Für eine Ewigkeit, hoffe ich. Vielleicht wirst du ihn alle paar Jahre mal für mein Vergnügen hervorholen. Oder vielleicht auch nicht. Wir werden sehen."

Der junge Mann grinste anzüglich.

„Was ist, wenn ich es nicht tue?" Eve bereute die Frage sofort. Natürlich hatte sie keine Wahl. Aber ohne diese Frage war die Bedrohung diffus. Nun musste Tariq daraus eine konkrete Drohung machen. Und die würde ihr sicher nicht gefallen.

Tariq grinste.

„Wenn du willst, dass dein Bruder lebt, solltest du kooperieren."

Sie senkte den Blick. Für Hauke würde sie fast alles tun. Ob der Kerl das wusste oder ahnte oder auch nichts von beiden, war nicht von Belang. Es hatte keinen Sinn, Spielchen zu spielen.

„Ich brauche einen leeren Bernstein“, erklärte sie müde.

Tariq griff unter die Maschine und beförderte einen schmutzigweißen, faustgroßen Bernstein hervor. Er sah alt aus, abgegriffen, an einigen Stellen schienen Teile abgeplatzt.

Vor allem aber war er trüb.

„Ich brauche einen klaren Kristall. Der da ist trüb, das bedeutet …“

„Ich weiß, was es bedeutet.“ Tariqs Lächeln war nicht kalt, nein, es war voll diebischer Freude. So wie ein Kind grinste, wenn ein kleiner teuflischer Plan funktionierte.

Die Ængländerin verkniff sich eine Antwort. Offenbar wusste er nicht nur, dass der Bernstein bereits von einem Geist belegt war, sondern auch, wer darin war. Sicher kein angenehmer Zeitgenosse, sonst wäre die Strafe für seinen Onkel ja nicht gut genug.

„Dann brauche ich seinen Namen“, forderte sie.

„Wozu?“, fragte Tariq mit gerunzelter Stirn.

„Ohne den Namen wird es viel schwieriger. Es könnte sein, dass es nicht funktioniert und der Geist deines Onkels einfach verschwindet.“

„Einfach verschwindet? Wohin?“

Eve zuckte mit den Schultern.

Tariq biss sich auf die Unterlippe, überlegte einen Moment.

„Nein, er soll seine Strafe bekommen. Der Name des Mannes ist Semenchkare.“

„Semen… was?“ Warum mussten die alten Ægypter auch immer so schwierige Namen haben?

„Semenchkare, sprich es einfach als mehrere Worte, Se-Mench-Ka-Re.“

„Se-Mench-Ka-Re“, wiederholte Eve.

„Genau. Er war kurzzeitig Pharao, gleich nach dem Verrückten, der nur noch an einen Gott glaubte. Was genau geschah, weiß ich auch nicht, aber man tilgte seinen Namen von den Listen. Das macht man nur mit den Verrückten, den Bösen und den Frauen."

Eve verkniff sich einen Kommentar.

„Sorge dafür, dass der Verrückte meinen Onkel hineinlässt. Und dann nie wieder hinaus."

Die Wissenschaftlerin antwortete nicht. Sie setzte dem verängstigten Sethos den Helm auf, und legte den Kristall des Se-Mench-Ka-Re vorsichtig in die Halterung. Kurz kam ihr der Gedanke, dass sie den Vorgang nur vorspielen könnte.

Aber nein, Tariq kannte den Ablauf inzwischen. Wenn der Kristall nicht richtig in der Halterung saß oder der Helm schief auf dem Kopf, würde er sicher misstrauisch werden.

Sie brauchte eine andere Lösung.

Tariq trat zur Maschine, betrachte alles genau.

„Fertig?", fragte er knapp.

Eve nickte.

Ohne weitere Worte zu verlieren, legte er den Schalter um.

ooo

Die Welt, in der sie sich wiederfand, war gleißend hell. Die Sonne knallte erbarmungslos von oben herab. Und trotzdem war ihr kalt. Eine Dampfwolke stieg jedes Mal empor, wenn sie ausatmete.

„Wer wagt es, einzudringen?", erscholl eine Stimme.

Eve drehte sich um, nichts. Eilig schaute sie weiter, drehte sich im Kreis, doch nichts war zu sehen.

„Gib dich zu erkennen, Weib", forderte die Stimme.

„Mein Name ist Eve", sagte sie leise. Hören würde sie dieser Se-Mech… Verflucht, sie hatte seinen Namen vergessen!

„Eve?", fragte die Stimme plötzlich direkt hinter ihr. Sie fuhr herum. Der Mann, den sie sah, hatte viel von seiner Menschlichkeit verloren. Seine Haut war leuchtend weiß, fast wie hauchzartes Porzellan, das im hellen Licht glänzte. Golden leuchteten seine Augen. Auch seine Kleidung war hell, die Verzierungen strahlten.

„Ja, und wie ist dein Name?", stellte Eve eine Gegenfrage.

Das Gesicht zeigte Ärger, das Porzellan verzog sich, sprang.

„Du kennst meinen Namen nicht, Weib?"

Er riss seinen Mund auf. Weiter, immer weiter, bis der Mund sie verschlang. Dunkelheit umfing sie, während sie fiel. Eve biss die Zähne zusammen, um nicht zu schreien. Das Gefühl des Fallens war ihr extrem unangenehm. Bislang hatte sie es nur einmal erlebt, als ein Luftschiff während eines Sturmes schnell abgesackt war.

Sein Name! Unbedingt brauchte sie seinen Namen.

„Semencher", schrie sie.

„Was?", brüllte es rings um sie herum.

Semench, konstatierte sie. Und dann kamen noch zwei Silben. Die letzte Silbe war einer ihrer Götter, Re vermutlich. Aber was war dazwischen?

„Semenchkare", war ihr nächster Versuch.

Ihr Fall endete plötzlich.

Ihre Knochen fühlten sich an, als sei sie tatsächlich aus einem Luftschiff gefallen. Um sie herum erhoben sich Tribünen. Menschen saßen dort und schrien sie an. Zitternd erhob sich Eve. Auch wenn ihr bewusst war, dass diese Menschen nicht echt, sondern nur Geschöpfe ihres Gastgebers waren, machte ihr die geballte Abneigung Angst.

Plötzlich legte sich eine Hand auf ihre Schulter. Schnell sprang sie zur Seite. Doch hinter ihr stand nur Sethos, der offenbar ebenso eingeschüchtert war wie sie.

„Schnell, sag mir, wie dieser Pharao hieß! Der Name beginnt mit *Semench* und dann irgendetwas", flüsterte sie.

„Semench? Es gab so viele."

Weiter kam er nicht. Die Menge verstummte, der porzellanene Pharao war erschienen und spazierte langsam auf sie zu.

Mit jedem Schritt wurde er größer. Noch war er ein Dutzend Schritte entfernt und überragte sie bereits.

„Semench und irgendwas mit Re!“ Eve bekam Panik. Wenn sie ihren Gastgeber nicht schnell unter Kontrolle bekam, hatte sie verloren. Nein, Sethos hatte dann verloren. Sie konnte ihren Geist einfach aus dieser Welt ausklinken. Er konnte das nicht.

„Ein Verrückter, direkt nach dem, der an nur einen Gott glaubte“, rasselte sie herunter, was sie von Tariq gehört hatte.

„Nur ein Gott? Das war Echnaton“, erklärte Sethos.

„Vater?“ Die Stimme des Porzellanenen war auf einmal ganz sanft. Der Pharao schrumpfte zusammen, sah plötzlich gar nicht mehr gefährlich aus.

„Wie geht es Vater?“ Die Stimme klang fast wie die eines Kindes.

„Es geht ihm gut. Ich habe ihn gestern erst besucht“, erklärte Eve eilig.

Der verrückte Pharao kniete sich hin. Die Arena, in der sie eben noch gestanden hatte, zerfiel samt allen Zuschauern zu Staub. Zurück blieb eine weite, staubig gelbe Ebene. Ein großes weites Nichts, nur die Sonne glühte kalt von oben.

„Hat er von mir erzählt?“ Die Augen des Pharaos wurden blasser, fast konnte Eve darin wieder eine Pupille erkennen.

Was sollte sie sagen? Die Wahrheit war zu langweilig. Woher hätte sie gestern auch wissen sollen, dass sie es heute mit dem verrückten Sohn Echnatons zu tun bekommen würde?

Aber lügen? Ob das gut ging?

„Er hat nach dir gefragt“, sagte sie vorsichtig.

Der Verrückte lächelte. Dann hob er den Kopf gen Sonne.

„Gepriesen sei Re, der Aton ist. Er ist die Herrlichkeit, er ist das Leben, er ist das Alles.“

Eve schaute hinüber zu Sethos, der dem Gebet des Pharaos mit offenem Mund lauschte.

„Mein Vater, der Aton nützlich ist, hat dich zum einen Gott erhoben. Und ich, der ich gefestigt bin mit den Ka-Kräften des Re ..."

„Ka", unterbrach Sethos. Zwar war er nicht laut gewesen, aber doch laut genug, dass der Pharao ihn gehört hatte.

„Was?", flüsterte Eve in die Stille hinein.

„Das Ka fehlte. Er heißt Semenchkare", rief Sethos.

Und sie fielen. Die Sonne war verschwunden, ringsumher war nur Finsternis. Eve hörte Sethos schreien. Irgendwo neben sich, oder war er bereits tiefer gefallen? Sie hatte keine Orientierung mehr. Das Brüllen des Verrückten füllte ihren Verstand.

Eve konzentrierte sich auf sich selbst. Ihr Anker war Hauke. Das Gesicht ihres Bruders, das langsam verblasste und durch das neue Gesicht Haukes ersetzt wurde.

Hauke, der lachte.

Hauke, der seinen Kopf schüttelte, weil sie wieder einmal etwas vermeintlich Unmögliches von ihm verlangt hatte.

Hauke, der ihr zum Abschied winkte.

Hauke, der tot auf einem Seziertisch lag.

Die Stimme Semenchkares schwoll ab und wurde zu einem Nebengeräusch.

Eve öffnete die Augen.

Die Ebene um sie herum war leer und dunkel, ein paar Schritte neben ihr lag Sethos eingerollt wie ein Baby auf dem Boden und schrie.

Ein Dutzend Schritte dahinter stand Semenchkare und schrie ebenfalls.

Sie ahnte, wie er sich fühlte. Nein, sie wusste es. Denn nun hatte sie die Kontrolle über seinen Geist und damit über diese Welt.

„Steh auf", sagte sie zu Sethos.

Der hob seinen Kopf. Die Angst war noch immer in seinem Gesicht zu sehen. Dann fand er seine Fassung wieder und erhob sich.

„Hör zu. Dies alles ist seine Welt. Eine Realität, die sich sein krankes Hirn geschaffen hat. Dein Neffe will, dass ich deinen Geist hierlasse. Damit du bis in alle Ewigkeit mit dem Verrückten eingesperrt bist. Und sein Spielzeug bist."

Sethos liefen Tränen übers Gesicht. Eve spürte seine Verzweiflung.

„Der einzige Weg, es weniger schlimm für dich zu machen, ist, ihn einzusperren."

„Du willst mich hier mit ihm zurücklassen?"

Sethos sprang auf sie zu, wollte sie am Kragen packen.

Doch Eve konzentrierte sich und erschuf einen Zaun um ihn herum. Eigentlich war es kein Zaun, sondern eine Art Voliere, wie man sie ihn Zoologischen Gärten für große Vögel aufstellte. Eve hasste diese schönen Käfige, doch sie waren genau das, was sie jetzt brauchte.

Sethos prallte überrascht gegen die Metallstangen. Aufgebracht schlug er auf das Metall ein, doch es hielt stand.

Im gleichen Moment begriff Semenchkare wohl, was hier geschah und versuchte, zu verschwinden. Doch vor Eve konnte er sich nicht verstecken. Auch um ihn herum erschuf sie einen Käfig.

„Beruhigt euch", befahl sie. Natürlich half es nichts. Beide Männer schlugen auf ihre Käfige ein, versuchten, freizukommen.

Einen kleinen Moment lang erwog Eve, die beiden einschlafen zu lassen. Die Macht dazu besaß sie.

Nein, sie war nicht hier, um es sich einfach zu machen. Sethos sollte es in seinem speziellen Gefängnis nicht zu schwer haben. Das war ihr Ziel. Mehr nicht.

Sie kniff die Augen zusammen und erhob sich über die weite, leere Ebene. Schwebend warf sie einen Blick ins Rund. Doch es schien ihr, dass Semenchkare nichts Dauerhaftes erschaffen hatte in seiner Welt. Einzig die Sonne war zu groß und wärmte nicht. Eve korrigierte das.

Dann suchte sie sich eine Stelle am Fluss aus.

Ein Gedanke schoss ihr durch den Kopf. Wieso gab es eigentlich in jeder dieser Geisteswelten diesen Fluss? Ansonsten unterschieden sich die Welten in vielen Dingen, doch der Fluss, ein Abbild des Nils vermutlich, war immer zu sehen.

Eine Antwort fiel ihr nicht ein, also verschob sie die Lösung dieser Frage auf später.

Am Fluss setzte sie sich auf den Boden, musterte die Umgebung. Dann rief sie sich ein Bild in den Kopf.

Eine weiße Festung, nicht besonders groß. Nur ein breiter Turm in der Mitte, darum eine hohe Mauer mit Wachtürmen. Der Tower von London war kein besonders eindrucksvolles Gebäude. Ein Franzose hatte ihn einst errichten lassen, als er den Plan verfolgte, Ængland zu erobern. Doch dann hatte er wohl eingesehen, dass es hier nichts Profitables gab und hatte Ængland und den Tower aufgegeben. Seitdem diente er als Gefängnis. Und zuweilen auch als Hinrichtungsstätte.

Als Eve die Augen wieder öffnete, stand der Tower vor ihr. Gleich darauf bevölkerten Wachen die Tore und Wehrgänge. Ein dünner Stahlkäfig erhob sich über das gesamte Gelände.

Während sie den Körper des verrückten Pharaos heranschweben ließ, konzentrierte sie sich auf das Schwierigste. Bislang hatte sie es erst einmal gemacht, und es war nicht zu ihrer Zufriedenheit gelungen.

Sie ließ die Ebene hinter sich und drang tiefer in den Geist des Verrückten ein. Szenen aus seinem Leben prasselten auf sie ein. Wie ein Ring aus endlosen Mauern umgaben sie das Selbst des Semenchkare. Eve durchschritt jede dieser Mauern, jedoch ohne sie zu zerstören. Tiefer und tiefer hinein in die verrückte Gedankenwelt des Pharaos.

Dann endlich stand sie vor ihm. Ein schmächtiger Mann mit sonnenverbrannter Haut. Seine Augen starrten sie blind an.

Wenn sie mehr Zeit hätte, könnte sie versuchen, zu verstehen, was ihm geschehen war. Vielleicht würde sie ihm dann helfen können. Vielleicht sein Leiden erträglicher machen.

Doch sie hatte diese Zeit nicht, vor allem nicht die Kraft. Denn sie brauchte alles, um dem leidenden Selbst Semenchkares den einen Gedanke einzupflanzen: *Ich kann nicht ausbrechen.*

Der Gedanke fand seinen Weg in seinen Geist, setzte sich fest und verstärkte den Irrsinn. Eve verspürte Schuld. Als sie vor einiger Zeit Ähnliches getan hatte, um Hauke einen Körper zu verschaffen, war sie sich noch nicht über die Konsequenzen im Klaren gewesen. Doch inzwischen wusste sie es besser.

Auch Semenchkare tat sie nun Unaussprechliches an, nur um die Strafe für Sethos erträglicher zu machen.

Zurecht?

Hätte sie sich raushalten und einfach Tariqs Befehl befolgen sollen?

War der Geist eines verrückten, uralten Pharaos weniger wert als der eines undurchsichtigen Mitglieds der herrschenden Familie Ægyptens?

Eve wollte die Fragen nicht beantworten, die in ihren Geist drängten.

Langsam zog sie sich aus dem Innersten des Verrückten zurück. Als sie wieder vor dem Tower stand, ließ sie seinen Geist los. Seine Schreie hallten über die Mauern hinweg. Die Wissenschaftlerin wandte sich ab und flog zurück zu Sethos.

Der hockte in seinem Käfig und starrte hinüber zum Tower.

„Was hast du gemacht?“, fragte er leise.

„Ich habe ihn eingesperrt, damit du frei sein kannst“, erklärte sie. Der Hohn ihrer Worte ließ sie erröten. Natürlich war er nicht frei. Er kaum freier als Semenchkare.

Aber mehr konnte sie nicht für ihn tun. Nicht jetzt jedenfalls.

„Wenn ich kann, komme ich zurück und befreie dich.“

Sie sah ihm nicht in die Augen. Es war unwahrscheinlich, dass sie ihr Versprechen erfüllen konnte.

Dann ließ sie seinen Käfig verschwinden und zog sich aus dem Geist der beiden Ægypter zurück.

Kapitel 70

Borchert kauerte in einer Ecke und beobachtete Eve. Auf der Stirn der Frau standen Schweißperlen. Sie zitterte. Sethos, der auf die Maschine geschnallt worden war, ebenso.

Tariq marschierte um die beiden herum und beobachtete sie genau. Es war still. Niemand hatte den Mut, etwas zu sagen, solange ihr Anführer offenbar Ruhe wollte.

Hauke war noch immer nicht ganz bei sich. Sicherheitshalber hatte der junge Horus die *Weiße Weste* neben ihm postiert, die ihn nicht aus den Augen ließ.

Borchert hatte Angst vor der Frau. Die Erkenntnis überraschte ihn, denn eigentlich kannte er kaum Angst. Jedenfalls nicht vor anderen, vernunftbegabten Menschen. Meist konnte man reden, sich verständigen, oder man ging eben seiner Wege.

Doch vor dieser Frau hatte er echte Angst. Sie würde ihn töten, ohne zu zögern. Vielleicht reichte ein falsches Wort, ein Blick, oder eine Bewegung. Sie schien unberechenbar.

Tariq hatte seine Inspektion beendet. Er war offenbar zufrieden. Borchert atmete innerlich auf.

Seit Tariq das Kommando hier übernommen hatte, war Borchert der Kerl nicht mehr geheuer. Wer wusste schon, was der noch anstellen würde?

Der Genannte kam näher, hockte sich vor Borchert hin, musterte ihn von oben bis unten. Dann schüttelte er den Kopf und lachte.

„Du bist keine Gefahr." Einen Schritt weiter, vor Hauke, versiegte sein Lächeln. „Aber du …"

Er deutete mit dem Finger auf den Friesen. Die *Weiße Weste* riss Hauke wie auf einen unausgesprochenen Befehl hoch.

„Du bist nicht ganz so ungefährlich."

Hauke schwankte.

„Jacke aus", befahl Tariq.

Augenblicke später stand Hauke ohne seine Jacke da.

„Hemd", kam der nächste Befehl. Auch das riss ihm die Frau vom Leib.

Tariq legte den Kopf schief, betrachtete Haukes linken Arm. „Ein seltsames Stück Technik hast du da. Es sieht aus wie ein echter Arm." Fast zärtlich glitten seine Finger über die Haut des Friesen. „Und es fühlt sich auch beinahe echt an. Spürst du eigentlich den Unterschied?"

Hauke antwortete nicht. Seine Augen waren geschlossen.

Borchert hatte eine dunkle Ahnung, doch die Furcht verschloss seinen Mund.

„Halt ihn fest", befahl Tariq.

Die *Weiße Weste* folgte dem Befehl.

Dann zückte der Kerl ein Messer und schlug es kraftvoll in Haukes linken Oberarm. Borchert schrie auf, Hauke blieb still. Zitterte.

Ruhig setzte Tariq sein blutiges Werk fort. Drei Schnitte später hatte er freigelegt, was die Haut verborgen hatte. Ein künstlicher Arm, über dünne Drähte mit einem Armstummel verbunden.

Borchert konnte nicht genau erkennen, wie das Konstrukt an Haukes Körper befestigt war.

Tariq operierte weiter mit seinem Messer an Hauke herum, schließlich riss er ihm den Arm vom Körper. Dieses Mal schrie

Hauke auf. Seine Augen drehten sich nach oben, bis das Weiße zu sehen war, dann sackte er zusammen.

„Ich habe den Stecker gezogen“, grinste Tariq. „Ohne seinen künstlichen Arm ist er doch nur ein Wrack. Lass ihn los!“, befahl er.

Wieder befolgte die *Weiße Weste* stumm seinen Befehl. Hauke fiel auf die Seite und blieb liegen.

Borchert kroch trotz seiner Fesseln zu ihm. Niemand hinderte ihn daran, vermutlich hielten ihn wirklich alle für harmlos.

Der Friese atmete flach, Schweiß stand auf seiner Stirn.

„Hauke“, flüsterte Borchert.

Doch der antwortete nicht.

Kapitel 71

Als Eve zu sich kam, war Stille in den Katakomben. Die Soldaten waren verschwunden, einzig der Körper von Sethos lag noch auf der Maschine.

Als sie sich von der Maschine löste, merkte Eve, dass ihre Hände zitterten. Sie erhob sich und ging zu Sethos hinüber. Sein Atem ging flach, aber regelmäßig. Noch konnte sie ihn zurückholen, noch war sein Körper nicht verloren.

„Denk nicht mal dran", kam eine Stimme aus dem Dunkel. Sie kniff die Augen zusammen. Eine dunkle Gestalt lehnte dort an der Mauer und spielte mit einem länglichen Gegenstand herum.

Tariq trat aus dem Dunkel. Das Messer in seinen Händen hatte eine dunkelrote Spitze, so als ob …

„Hast du ihm etwas angetan?", schrie Eve.

Der Prinz verzog das Gesicht zu einem schiefen Lächeln.

„Wer hier wem etwas angetan hat, wird vielleicht die Geschichte klären. Dein Brüderchen lebt, falls du das wissen wolltest."

Eve schnaufte. Er lebte. Das war alles, was zählte.

Aber Tariq war ein Fuchs. Er würde ihr alles erzählen, um sie zur weiteren Mitarbeit zu benutzen.

„Ich will ihn sehen", verlangte sie.

Der junge Mann schaute sie eine Weile stumm an, dann nickte er.

„Natürlich."

Betont langsam ging er zur Tür und rief: „Bringt die beiden Männer."

Es dauerte nicht lange, und die Polizisten schleppten zwei Körper herein. Zuerst Borchert, der auf Deutsch zeterte, was ihm nichts half.

Dann kam Hauke. Eve sah auf den ersten Blick, dass er lebte, aber nicht bei Bewusstsein war. Erst ihr zweiter Blick traf das eigentlich Offensichtliche: Ihm fehlte der linke Arm.

Sie zitterte. Der Arm war mit dem Nervensystem ihres Bruders verbunden gewesen. Eine technische Meisterleistung von Professor Clockworth-Merenge. Ein Menschenversuch, sicher, verpönt von vielen, und doch hatte er es ihrem Bruder leichter gemacht. Diese Prothese einfach herauszureißen, war für Hauke sicher so schmerzhaft wie der Verlust eines echten Armes gewesen.

„Was habt ihr getan?", flüsterte sie.

Niemand reagierte.

„Was habt ihr getan?", brüllte sie.

Sofort sprangen zwei der Soldaten zu ihr und hielten sie an den Schultern fest.

„Lasst mich zu meinem Bruder", heulte sie.

Die Männer reagierten nicht.

„Lasst mich los!" Sie spürte, wie ihr die Tränen über die Wangen liefen und mit ihnen sämtliche Kraft ihren Körper verließ.

Tariq hatte sie in der Hand. Er konnte sie foltern … oder Hauke! Solange er sie beide am Leben ließ, würde er sie endlos benutzen können. Immer wieder würde sie für ihn widerliche Dinge tun, wahrscheinlich sogar Menschen töten müssen.

Das war doch kein Leben! Ginge es nur um sie, bräuchte sie keine Sekunde, um eine Entscheidung zu treffen. Aber es ging auch um ihren Bruder.

„Beherrsch dich, Weib!“, befahl Tariq. Er deutete auf Borchert.

„Du wirst dieses Männchen auch in den Kristall zu Sethos sperren.“

Er löste die Gurte, mit denen Sethos an der Maschine fixiert gewesen war.

„Nein“, antwortete sie instinktiv.

Tariq hielt inne. Er kniff seine Augen zusammen, kam näher.

„Du wirst mir gehorchen, Weib“, sagte er leise.

„Nein“, antwortete sie umso lauter.

Plötzlich brannte ihre Wange. Sie hatte seine Hand nicht kommen sehen.

„Sei ein braves Mädchen, und mach, was ich dir sage.“ Seine Stimme war plötzlich ganz sanft.

Ihre Mundwinkel zuckten. Gleich würden ihr die Tränen übers Gesicht laufen, von ihrer Schwäche erzählen. Ihre Zähne bohrten sich in die Unterlippe. Kräftig biss sie zu, empfing den Schmerz.

Tariq beobachtete sie, wischte dann ganz zart eine ihrer Tränen mit dem Zeigefinger auf.

Dann erhob er sich und wandte sich an Victoria Battenberg, die im Hintergrund aufgetaucht war.

„Tu ihr weh. Aber pass auf, dass ihr Kopf und ihre Arme unversehrt bleiben. Die brauche ich noch.“

Die Angesprochene antwortete nicht, aber sie ging langsam auf Eve zu.

Die beiden Soldaten ließen sie los. Offenbar hatten sie ebenfalls Angst vor der *Weißen Weste.*

Eve sackte zusammen. Ihre Beine trugen sie nicht, ihr Herz schlug so schnell, als wolle es den knöchernen Käfig ihrer Brust durchbrechen.

Victorias Hand schoss vor, umklammerte ihren Hals. Eves Hände griffen nach dem Arm, krallten sich in die Haut der Frau.

Doch Victoria war stärker, viel stärker.
„Bring sie nicht um“, kam der aufgebrachte Ruf von hinten.
Eve merkte, dass ihre Arme zur Seite fielen.
Luft, dachte sie, *ich brauche Luft.*
Dann wurde es dunkel.

Kapitel 72

Ich bin tot.

Bin ich tot?

Hoffentlich bin ich nicht tot.

Eve presste die Augen zu. Solange die Augen zu waren, war alles möglich. Dinge die sie fühlte, die sie hörte, spürte, konnten Einbildung sein.

Wenn sie die Augen öffnete, würde alles Realität werden.

Da war Lärm, polternde Steine.

Geschrei.

Eve hielt es nicht länger aus.

Als sie die Augen öffnete, sah sie zuerst gar nichts. Staub hing so dicht in der Luft, dass sie nur vage Konturen ausmachen konnte. Hustend wedelte sie mit den Händen.

Eine Mauer tauchte kaum drei Schritte von ihr entfernt aus dem Dunst auf. Mit einer Hand an der Mauer ging Eve weiter durch den Dunst. Eine Biegung nach rechts, dann eine nach links, dann wieder links. War dies ein Irrgarten? Oder ein Labyrinth?

Je weiter sie ging, desto klarer wurde die Luft, und der Lärm schwand.

Die Ængländerin blieb stehen. Dies war der Geist von jemandem. Victoria Battenberg hatte sie nicht erwürgt, sondern sie war irgendwie in den Geist der Frau gelangt.

Aber warum hatte die Frau Mauern im Kopf, und was sollte der Lärm?

Egal, sie kannte ihren Namen. Damit war sie die Herrin dieser Welt.

„Victoria Battenberg!“, rief sie laut. Eigentlich war es egal, wie laut sie den Namen rief. Sie konnte ihn auch flüstern. Manchmal reichte es schon, wenn sie den Namen klar dachte. Aber Rufen war immer noch die natürlichste Art, den Besitzer einer Geistwelt zu sich zu rufen.

Doch nichts geschah.

War dies nicht Victorias Geist? Hatte sie vielleicht einen falschen Namen gesagt?

Auf einmal spürte Eve einen Kloß im Hals. War dies vielleicht doch ihre eigene Totenwelt?

Aber machten ægyptische Mauern und Lärm in ihrem Kopf Sinn? Nichts davon gehörte zu ihr.

Es gab wohl nur einen Weg, es herauszubekommen.

Entschlossen drehte sie sich um und ging zurück, dem Lärm und Staub entgegen.

Es dauerte nicht lange, und sie kam zu einer Stelle im Gewirr der Mauern, an der die Steine zerbrochen am Boden lagen. So, als hätte eine große Kraft sie nach außen gedrückt. Eve kletterte über den Schutt durch die Bresche.

Dahinter war noch mehr zerstört. An einigen Steinen sah sie rotbraune Tropfen auf dem Boden. Blut?

Sie folgte dem Durcheinander dorthin, wo es am größten war.

Was sie sah, ließ sie unvermittelt erstarren.

Vor ihr rannte eine verdreckte Frau mit blutigen, schmutzigen Haaren mit dem Kopf gegen eine Wand. Nein, Wand war ein zu harmloses Wort. Es war eine der massiven Steinmauern, aus denen diese ganze Welt zu bestehen schien. Immer wieder nahm sie Anlauf, rammte ihren Schädel gegen den Stein, rutschte benommen daran herunter, wischte sich das Blut aus den Augen und rannte erneut an.

Beim siebten Versuch brach die Mauer. Sie bekam keinen Riss, es lockerte sich kein einzelner Stein, sondern die komplette Mauer stürzte ein.

Die Frau hielt einen Moment inne, sodass Eve ihr Gesicht erkennen konnte. Es war Victoria Battenberg. Blut lief ihr von der Stirn, doch es schien sie nicht zu stören.

Warum hatte sich die Frau eine solche Welt in ihrem Kopf erschaffen?

Eve wollte gerade etwas sagen, als sie eine Bewegung hinter dem Schutthaufen ausmachte. Ein Mann, gekleidet in eine altmodisch wirkende ægyptische Tracht trat aus dem staubigen Dunst, hob die Hände und fügte mit seiner Gedankenkraft die Mauer wieder zusammen. Eve, die aufgrund ihrer Position auf beide Seiten der Mauer schauen konnte, sah, dass er danach erschöpft in die Knie ging.

Victoria indes ging drei Schritte zurück und lief wieder los.

Eve schüttelte den Kopf. Tariq hatte also einen zweiten Geist in Victorias Körper gesperrt. Aber offenbar hatte er es nicht geschafft, Victorias Geist zu vernichten oder zumindest einzusperren. Also kämpften die beiden um die Vorherrschaft in dieser Welt.

Momentan schien der alte Pharao die Oberhand zu behalten. Doch Victorias Wille schien ungebrochen. Sie rannte weiter gegen jede Mauer an, die er errichtet hatte.

Ein endloses Spiel, welches beide auf Dauer verrückt machen würde.

Eve kannte die Unterlagen des Professors. Bevor sie in seinem Labor angefangen hatte, waren solche Fälle die Regel gewesen. Erst sie hatte es mit ihren Fähigkeiten geschafft, einen Geist zu vernichten oder einzusperren, damit ein zweiter Geist den Körper in Besitz nehmen konnte.

Doch was sollte sie nun tun? Ihre akademische Neugier an diesem Fall brachte sie nicht weiter.

Sie konnte diese Welt einfach verlassen. Aber vielleicht hing sie dann noch immer am Arm der *Weißen Weste* und war kurz davor, erwürgt zu werden.

Änderte sie etwas an der Situation in dieser Welt, kam sie in der realen Welt vielleicht frei.

Doch wer hatte sie angegriffen? Victoria oder der Mann?

Victoria war ihr sicher feindlich gesinnt, doch die Frau hatte ja den Auftrag, sie nach Ængland zu bringen. Warum sie also töten? Und warum sollte Victoria auf Tariq hören?

Nein, der alte Pharao musste derjenige sein, den Tariq benutzte und der im Moment Victorias Körper steuerte.

Also musste sie Victoria helfen, sie war das kleinere Übel.

Nur wie? Sie kannte den Namen dieses Kerls ja nicht, und in dieser Welt war sie nur Gast.

Sie konnte Victoria auch nicht ansprechen. Wenn diese innehielt, hatte der Mann Zeit, sich zu erholen, Kraft zu sammeln. Vielleicht genug, um Victoria endgültig einzumauern.

Also musste sie sich ihm nähern. Ihn ablenken, Victoria Zeit verschaffen.

Vorsichtig ging sie näher.

Wieder brachte Victoria die Mauer vor sich zum Einsturz. Und wieder machte sich der Pharao daran, sie wieder aufzubauen.

„Hey", rief sie ihm zu.

Er drehte sich zu ihr, sei Blick war voller Wut. Victoria indes hielt nicht inne. Eve spürte, wie die Mauer erneut unter ihren Angriffen erzitterte.

Der Mann hingegen begann, eine Mauer vor ihr zu errichten. Doch während er die Mauer gegen Victoria schnell aus dem Geröll erschuf, das vor ihm lag, brauchte er für Eve länger.

Entschlossen sprang Eve über die im Entstehen begriffene Mauer.

Wutschnaubend fuhr er zu ihr herum. Bevor sie wieder sicheren Stand hatte, war er bereits bei ihr. Ein Schlag ins Gesicht ließ Eve rückwärts gegen die Mauer taumeln.

Der Mann schrie etwas in einer alten Sprache. Die Wut darin war unverkennbar. Eve schaffte es gerade noch, ihre Arme hochzureißen, bevor die nächsten Schläge auf sie einprasselten.

Sie musste hier weg. Der Kerl würde sie totschlagen.

Doch Eve blieb, kauerte sich zusammen, versuchte, den Schmerz zu ertragen.

Nach wie vor spürte sie die Erschütterungen, die Victoria erzeugte, indem sie gegen die Mauer anrannte.

Dann brach ihr linker Unterarm. Der Schmerz bohrte sich in ihren Kopf. Sie sah einen ihrer Armknochen, der sich blutig durch die Haut gebohrt hatte. Einen Moment später traf sie der nächste Schlag. Dieses Mal brach ihre Nase. Benommen kroch sie rückwärts. Wie bei einer Spinne, der ein Kind bereits ein paar Beine ausgerissen hatte, war das kaum mehr als ein Versuch, zu entkommen.

Grausam grinsend sah sie den alten Mann über sich, den Fuß erhoben, um auf sie einzutreten.

Dann fiel die Mauer.

Sie sah den Schreck in seinem Gesicht, sah, wie er herumfuhr, um die Mauer zu errichten.

Doch er kam zu spät. Victoria hatte die Mauer bereits überwunden und sprang ihn an.

Eve versank im Nebel des Schmerzes. Helfen konnte sie Victoria nicht mehr. Sie konnte nur noch hoffen. Sie hatte nicht einmal mehr die Kraft, diese Welt zu verlassen.

Das Letzte, was sie wahrnahm, war eine Hand, die nach ihr griff.

Kapitel 73

Ihm war kalt. So unglaublich kalt. Er zitterte.

Hauke versuchte, die Augen zu öffnen, doch es fiel ihm wahnsinnig schwer. *Blei, alles ist aus Blei.*

Er hörte Schreie, Männer, Frauen.

Eve schrie.

Blei.

Eve schrie.

In Haukes Kopf regte sich etwas.

Eve schrie.

Er musste etwas tun. Mühsam öffnete er die Augen. Verschwommen sah er, wie zwei Menschen miteinander rangen. Der Friese blinzelte, versuchte zu erkennen, was vor ihm geschah.

Es waren zwei Frauen. Die eine hielt die andere am ausgestreckten Arm, so als wolle sie sie erwürgen.

Eve schrie nicht mehr.

Hauke schluckte, doch sein Hals war so trocken, dass allein der Versuch wehtat.

Er wollte sich mit der Hand über die Augen wischen, doch nichts geschah. Seine Hand reagierte nicht.

War er gefesselt? Langsam drehte er den Kopf, schaute sich um. Er befand sich in den Katakomben, im Raum mit der verfluchten Maschine.

Der verdammte Ægypter war da, und seine Handlanger. Die *Weiße Weste* hielt Eve an der Kehle.

Hauke schreckte auf. Die Müdigkeit verschwand langsam aus seinem Kopf.

Eve schrie nicht mehr, er musste ihr helfen!

Der Friese versuchte auf die Knie zu kommen. Doch er kippte zur Seite weg. Wieder gehorchte ihm die Hand nicht. War sie eingeschlafen? Nein, er spürte sie doch!

Er blickte an seiner linken Seite herab. Dort, wo sein linker Arm hätte sein sollen, war nur noch ein Stumpf, aus dem ein paar Drähte ragten.

Er versuchte erneut, seinen linken Arm zu heben, der Stumpf gehorchte dem Befehl.

Einen Augenblick lang war er verwirrt. Einen langen, kurzen Augenblick. Dann kam die Erinnerung: An die Prügelei, die Verletzungen seines Körpers, die nicht mehr zu heilen waren. Hinein mischten sich die Erinnerungen des namenlosen Fischers, dessen Körper er okkupierte. An einen Sturm, ein umgekipptes Boot und an den Verlust des Arms, als das Boot in die Schraube eines untergehenden Schiffes geriet.

Die Erinnerung an den fremden Schmerz ließ ihn erwachen. Er spürte, wie die Wut durch seinen Körper pulste. Er sprang auf, schlug auf eine Wache ein. Merkte, dass der Arm dazu fehlte.

Also nun mit dem rechten Arm. Das ging schwerer, aber die Soldaten, die ihn bewachten, waren wohl zu überrascht, als dass sie ihm, dem einarmigen Mann, viel entgegenzusetzen hatten.

Dann stand er vor den beiden Frauen.

Die *Weiße Weste* löste ihren Griff um Eves Kehle und zog beide Hände zurück. Die Handflächen nach vorn gerichtet sah sie aus, als wolle sie ihn wegstoßen. Doch sie tat nichts. Blieb einfach stehen und blickte auf Eve hinab.

Hauke kniete sich zu ihr, doch seine Schwester kam schon wieder zu sich.

„Es ist alles in Ordnung“, hauchte sie.

„Nein, ist es nicht“, antwortete er und sprang auf.

Doch die Frau, die Eve eben noch fast getötet hatte, stand noch immer mit abwehrenden Händen da.

„Töte sie“, keifte Horus.

Alle Blicke gingen zu ihm. Doch keiner bewegte sich.

Hauke schaute wieder zu Victoria Battenberg, aber die Frau blieb noch immer passiv.

„Was ist hier los?“, murmelte er.

„Ergreift sie alle und tötet sie“, schrie Horus.

Die Soldaten setzen sich langsam in Bewegung.

Plötzlich gab es einen Knall, und die Decke stürzte herab.

Kapitel 73

Borchert hustete. Der Staub brannte ihm in den Augen. Mühsam wischte er sich den Dreck mit der Schulter aus dem Gesicht. Seine Bewacher waren verschwunden … lagen unter den Steinen, die von der Decke gefallen waren.

Eilig versuchte er, auf die Beine zu kommen. Gar nicht so einfach mit gefesselten Händen! In den Katakomben ging es drunter und drüber. Eine Kakophonie aus Schmerzensschreien und Befehlslauten, die jedoch keiner befolgte.

Ein Dröhnen lag in der Luft. Gab es hier unten vielleicht noch größere Maschinen? Dinge, die kurz davor standen, zu explodieren? Borchert schüttelte den Kopf. Nein, das war nur seine Phantasie. Wobei es gut in einen Artikel passen würde … *antike œgyptische Tempelmaschine explodiert …*

Das würde sich gut in der GRÜNEN FEE machen.

Ach, was hing er wieder für Gedanken nach. Er musste hier raus.

Eine Stufe brachte ihn zu Fall. Kurz bevor er aufschlug, riss ihn eine starke Hand an den Händen wieder nach oben. Er schrie auf. Es fühlte sich an, als risse ihm jemand die Arme heraus.

Dann ließ der Schmerz nach. Jemand fummelte an seinen Handgelenken herum, dann war er frei. Er drehte sich kurz um und erschrak. Es war Victoria Battenberg, die *Weiße Weste*, die ihn befreit hatte.

„Raus hier", befahl sie hustend.

Das ließ er sich nicht zweimal sagen.

Zusammen rannten sie nach oben. Einige Soldaten taten es ihnen gleich, doch niemand kümmerte sich ernsthaft um sie. Jeder war um sein eigenes Leben besorgt.

Draußen fiel er auf die Knie und atmete tief ein. Als er den Kopf dabei in den Nacken legte, vergaß er jedoch für einen Moment das Ausatmen.

Über dem Hügel schwebte ein Luftschiff. Es mochten kaum fünf Schritte bis zu Ladeöffnung sein.

Und wer schaute heraus? Tindwerch, der dicke Friese. In der Hand hielt er eine kurze Stange, die er an einem Ende anzündete. Dann warf er sie in weitem Bogen auf eine Gruppe Soldaten, die mit ihren Waffen auf ihn zielten.

Augenblicke später folgte die Explosion.

„Was tust du da?", schrie Borchert.

Tindwerch, der bereits die nächste Stange Dynamit zur Hand hatte, hielt inne. Schaute nach unten, wedelte vor seinem Gesicht herum, als ob das den Staub unten vertreiben würde.

Dann erhellte sich sein Gesicht.

„Ah, gut. Warte, gleich kommt die Leiter", schrie er durch den Lärm.

Kurz darauf fiel tatsächlich das Ende einer Strickleiter neben Borchert auf den Boden.

Während er noch überlegte, was er tun sollte, stieß ihn die *Weiße Weste* an.

„Los, hoch da!"

Der Klang der Worte duldete keinen Widerspruch.

Also kletterte er. Ein Blick nach unten, vorbei an Victoria, die ihm direkt hinterher kletterte, zeigte mehrere Stellen, an denen Dynamit explodiert war. Irgendwo konnte man sogar in die Katakomben hineinsehen. Metallenes Blitzen zeigte, wo die Maschine stand. Borchert erkannte sogar Tariq, der sich dahinter verkrochen hatte.

In dem Moment sah er Eve und Hauke an der Treppe vor der Katakombe. Beide husteten. Dann diskutierten sie, worüber konnte Borchert jedoch wegen des Lärms des Luftschiffs nicht hören. Einig waren sie sich jedenfalls nicht. Und doch rannte Eve wieder nach unten. Hauke hinterher.

Borchert wollte sie vor Tariq warnen, doch seine Worte gingen im Lärm unter.

Dann stieg das Luftschiff auf.

Kapitel 75

Luft.

Eve lag keuchend auf dem Boden und rang nach Luft. Die einstürzende Decke hatte unglaublich viel Staub aufgewirbelt. Hauke kniete hustend neben ihr.

„Geht es dir gut?“, quetschte er zwischen zwei Hustenanfällen hervor.

Antworten konnte sie nicht, also nickte sie nur, während sie noch immer um jeden Atemzug rang und das Innere ihres Halses sich wie Sandpapier anfühlte.

„Gut, dann lass uns abhauen!“

Eve schüttelte den Kopf.

„Muss Maschine …“, ein Hustenanfall unterbrach sie.

„Lass die verfluchte Maschine! Wir müssen hier weg!“, rief er über den Lärm hinweg.

Woher kam der Lärm? Bei all dem Staub in der Luft nahm Eve erst jetzt wahr, dass ein Luftschiff über ihnen schwebte. Woher kam das denn? Borchert und Victoria hingen an einer Strickleiter, während das Schiff höher stieg.

„Zerstören!“ Mehr brachte sie nicht heraus.

Als der Husten einen Moment lang nachließ, erhob sie sich und rannte die Stufen zurück und hinab in die Katakomben.

Sie hörte Hauke hinter sich wütend brüllen, lief aber weiter.

Unten war die Luft noch immer voller Staub. Aus einer Ecke kam ein leises Röcheln, aus einer anderen Richtung ein erstickter Schmerzensschrei.

Wo ging es lang? Die Lampen waren ausgefallen, von rechts schien trübes Licht durch den Gang.

Schließlich fand sie den Raum mit der Maschine. Ein Teil der Decke war eingestürzt. Durch das Loch konnte sie das aufsteigende Luftschiff sehen. Borchert hing an der Leiter und winkte hektisch. Eve wusste aber nicht, wem er winkte und was er damit sagen wollte.

Die Maschine sah unbeschädigt aus. Nur ein paar Kratzer im Metall, die Leitungen und Drähte waren in Ordnung.

Also musste sie selbst Hand anlegen. Die Stromleitung musste weg, und der schwarze Bernstein in der Maschine musste zerstört werden!

Sie griff sich einen Stein, um auf die Maschine einzuschlagen.

Doch kaum war sie unten, legte sich eine Hand um ihren Hals und drückte zu. Eve wollte schreien, doch es kam nur ein heiseres Quaken aus ihrem Hals.

„Genau dich brauche ich", flüsterte Tariq ihr ins Ohr.

Mit Gewalt zog er sie hinter die Maschine, zwang sie auf den Boden, kniete sich auf sie.

Hustend versuchte sie, ihn wegzustoßen, doch sie hatte einfach nicht genug Kraft.

Wo blieb nur Hauke? Er war doch direkt hinter ihr gewesen!

Tariq schob ihr den Helm auf den Kopf. Was hatte der Kerl vor? Zu welchem verrückten Pharao wollte er sie stecken und warum?

Verzweifelt versuchte sie, den Helm wieder abzustreifen. Augenblicke später spürte sie einen Schlag ins Gesicht.

„Lass das", bellte er.

Eve versucht, sich zu konzentrieren, doch alles war auf einmal schwammig. Sie sah Tariqs Gesicht vor sich, spürte den Helm auf ihrem Kopf. Ihre linke Schläfe fühlte sich taub an.

Der Prinz nahm etwas aus einer Kiste, die unter der Maschine stand. Ein faustgroßes, hellgelbes Ding. Die Sonne, die durch das Loch in der Decke schien, ließ es kristallklar aufleuchten.

Ein Gedanke stahl sich in Eves Kopf: ein kristallklarer Bernstein. Ein leerer Stein.

Er wollte sie nicht zu jemandem sperren, er wollte sie in einen leeren Kristall sperren.

Damit hätte er ihren Geist zur Hand, wann immer er ihn brauchte.

Sie wollte aufbegehren, sich von dem Helm befreien, weglaufen, doch ihr Körper gehorchte ihr nicht.

Das Letzte, was sie sah, war Tariqs Hand, die den Schalter umlegte.

Kapitel 76

Die Unterwelt musste sich gegen ihn verschworen haben. Anders waren all diese Hindernisse nicht zu erklären.

Oder das Universum testete ihn. Es legte ihm die Chance in die Hand und prüfte, ob er sie festhalten und nutzen konnte. Oder waren es die alten Götter, die ihn auf den Prüfstand stellten?

Egal, wer oder was es war, er würde den Test bestehen.

Und er würde jeden weiteren Test bestehen, den das Schicksal für ihn bereithielt. Er würde der neue Herrscher Ægyptens werden.

Und – wenn er die Technologie der Altvorderen erst richtig beherrschte – auch Afrika und den Rest der bekannten Welt.

Doch dazu brauchte er die Hilfe der Ængländerin. Natürlich wäre sie ihm in ihrer körperlichen Form am hilfreichsten. Doch wie die Dinge sich gerade entwickelten, musste er auch mit weniger zufrieden sein. Ihre Seele, gefangen in einem Bernstein, würde genügen. Später konnte er sie in einen neuen Körper zwingen, einen ægyptischen möglichst.

Zufrieden schaute er hinab auf das Gesicht von Eve Bailiff. Ihre Augenlider zuckten, ihr Gesicht zeigte Schmerz. Oder war es Furcht?

Eigentlich war es egal. Nur noch ein Weilchen, dann würde die Prozedur beendet sein.

Dann würde er den Kristall nehmen und durch den Nebeneingang verschwinden. Es war an der Zeit, die Macht zu übernehmen. Er würde alle in Alarm versetzen, die seinem Vater hörig gewesen waren. Zuerst die Polizei Kairos, dann das Militär. Der Rest würde sich ergeben.

Dann würde er auch die Besatzung dieses verfluchten Luftschiffs da oben finden und bestrafen lassen.

Krokodile oder Nilpferde? Er würde es wohl spontan entscheiden.

Laut Anzeige müsste die Prozedur jeden Moment beendet sein. Tariq zuckten die Finger, aber er hielt sich zurück. Als er die blonde Ængländerin in die Maschine gepackt hatte, war er zu ungeduldig gewesen, und ein Teil von ihr war zurück geblieben. Zumindest schien ihm das so; Eve Bailiff musste ihm das später genauer erklären. Sie würde wissen, welche Anomalien bei diesen Prozeduren auftreten konnten.

In der Nähe ertönte ein gequältes Husten. Tariq duckte sich hinter die Maschine.

War dies einer seiner Leute oder einer seiner Gegner? Vorsichtig lugte er zwischen den metallenen Beinen der Maschine hindurch und versuchte, durch den Staub hindurch etwas zu erkennen.

Dann sah er den Schatten. Ein großer Kerl, dem offenbar der linke Arm fehlte. Ah, der verfluchte Friese! Warum lebte der immer noch?

Tariq griff nach einem Mauerstein. Als der Friese an der Maschine stand und hustend auf seine Schwester herabblickte, sprang Tariq auf und zog ihm den Stein über den Schädel.

Mit einem Ächzen fiel der Friese rückwärts.

Tariq lachte. Diese Europäer waren so schwach. Breite Schultern und künstliche Arme, doch im Herzen ein dummes kleines Kind. Nein, den Kerl brauchte er künftig nicht mehr.

Ein Blick auf die Anzeige der Maschine sagte ihm, dass die Prozedur erfolgreich war. Er schaltete die Maschine aus. Eve Bailiff lag regungslos auf dem Maschinentisch. Ihr Brustkorb hob und senkte sich langsam.

Tariq grinste. Doch während sein Blick über die Maschine wanderte, verging ihm die Freude. Der Kristall, der oben in der Maschine steckte, um den Geist der Ængländerin aufzunehmen, war klar. Das konnte nicht sein … war die Maschine beschädigt worden? Oder saß der Helm nicht richtig?

Tariq griff nach dem Helm, doch bevor er ihr diesen vom Kopf ziehen konnte, griff ihre Hand nach ihm und hielt ihn fest.

Kapitel 77

Am Anfang war es um sie herum leer und wüst.

Licht, sie brauchte Licht.

Doch Eve schuf kein Licht.

Auch wenn sie das erste Mal in dieser Situation war, ahnte sie doch, was gerade geschah. Mit jedem Schritt, den sie in das Leere, Wüste hineintat, entfernte sie sich von ihrem Körper.

Mit jeder Änderung, die sie vornahm, würde sie mehr in die Welt gesogen und damit in den Kristall, der für sie vorgesehen war.

Das war es, was die Kristalle trübte und ihn für immer zu ihrem machte. Eve schloss die Augen, versuchte, die Leere um sich herum zu ignorieren.

Sie versuchte, ihre linke Hand zu spüren. Es dauerte eine Ewigkeit, doch dann fühlte sie das warme Metall der Maschine unter sich. Nach und nach erlangte sie wieder das Gefühl für ihren Körper, spürte das harte Metall, auf dem sie lag, die Drähte an ihrem Kopf.

Der Sog wurde größer. Der Wunsch, Licht zu machen, festen Boden unter den Füßen zu haben, wurde größer. Dieses Nichts um sie herum war so unnatürlich. Es war doch nur eine Kleinigkeit, Licht zu machen, vielleicht wenigstens eine Kerze!

Dann hörte sie auch den Lärm. Ein fernes Luftschiff, Husten, ein Kampf?

Ein Schreck durchfuhr sie, als sie sich erinnerte.

Tariq! Er hatte sie überfallen und in die Maschine gezwungen. Er wollte sie in einen Bernstein pressen, um sie zu besitzen. Dann bräuchte er auch Hauke nicht mehr.

Eve versuchte, die Kontrolle über ihren Körper wiederzuerlangen. Vorsichtig bewegte sie den linken kleinen Finger, dann den Daumen der rechten Hand. Immer nur einen Millimeter, damit Tariq nichts mitbekam, falls er sie beobachtete.

Ja, die Finger funktionierten, die Zehen auch. Sie spannte noch ein paar Muskeln an, die hoffentlich keine sichtbare Bewegung erzeugten.

Dann wartete sie. Sie musste unbedingt den richtigen Moment abwarten.

Eine Person trat an die Maschine. Eve zwang sich, die Augen geschlossen zu halten. Das musste Tariq sein. Einen Moment noch, dann würde sie nach ihm greifen und ihre Kraft einsetzen.

Gleich.

In Gedanken zählte Eve runter.

Fünf … vier … drei …

Ein Schatten legte sich über ihre Augen, Tariq beugte sich wohl gerade über sie.

… zwei …

Husten erklang.

… eins.

Eve erstarrte. Das war nicht Tariq. Das war Hauke.

Augen auf oder nicht? Tariq war noch irgendwo. War es besser, ihren Bruder zu warnen oder abzuwarten?

Ein dumpfes Geräusch unterbrach sie, dann fiel etwas zu Boden; Tariq oder Hauke?

Verflucht, sie musste etwas tun!

Jemand trat an die Maschine und berührte den Helm. Jetzt galt es.

Wenn es Hauke war, konnte sie sich schnell wieder aus seinem Kopf lösen.

Jemand tastete nach dem Verschluss unter ihrem Kinn, Eve riss ihre rechte Hand nach oben und erwischte ein Handgelenk.

○ ○ ○

Wüst und leer war es. Aber dieses Mal war Eve nicht allein. Sie spürte die Präsenz des jungen Horus, seine Wut und seine Kraft.

Er schrie, brüllte.

Eve ließ sich stumm treiben. Sie hatte seinen Geist mit in die Maschine gerissen und damit hoffentlich ihren Bruder gerettet.

Doch was nun?

Was würde geschehen, wenn sie die Maschine Kraft ihres Willens verließ? Würde er zurückbleiben, oder zusammen mit ihr aufwachen?

Nein, sie durfte das Risiko nicht eingehen. Sie musste ihn in den Kristall sperren. Auch wenn sie ebenfalls hierbleiben musste.

Also öffnete sie die Augen, und es wurde Licht.

Sie schwebte im hellen Nichts, einen Steinwurf entfernt sah sie Tariq. Als er sie sah, verstummte er.

„Was hast du getan?“, fragte er leise, und doch konnte sie es hören.

Dies war ihre Welt, alles hier drin war sie. Nur er war ein Fremdkörper.

„Du willst mich hier einsperren. Das wird dir nicht gelingen“, sagte er leise.

Eve antwortete nicht. Vielleicht hatte er recht. Sie konnte ihn nur hier drinnen halten, wenn sie bei ihm blieb. Es war ihre Welt und nicht seine. Er, der Fremdkörper, blieb nur aufgrund ihres Willens hier.

Also baute sie sich ihre Welt.

Nach dem Licht kamen Erde, Wasser und Luft. Sie brauchte gar nicht viel Phantasie um *ihre* Welt zu erschaffen. Im Gegensatz zu den Ægyptern, die sich stets ein weites, flaches Land am Nil als Welt gewählt hatten, befand sie sich in einer kalten Stadt. Verschlungene Straßen zwischen abweisenden Fassaden. Alles war grau und frostig.

Eve schwebte über der Stadt, bis sie ihren Fluss fand. Wie eine Schlange wickelte sich das trübe Wasser durch die Siedlung. Sie kannte den typischen Verlauf ihres Flusses. Die Themse mochte nicht so breit wie der Nil sein, doch sie hatte ihre Kindheit geprägt.

Die Ængländer hatten es nicht leicht gehabt mit all dem Eis im Norden der Inseln. So war die Themse die Hauptverbindung zum Festland. Über den Londoner Hafen kamen Waren und Menschen, Informationen und Wissen, Geld und Schulden.

Es gab wenig, was die kalten Inseln dem Rest der Welt zu bieten hatten. Professor Clockworth-Merenge war einer der wenigen, der etwas Einzigartiges verkaufen konnte. Und so verlor die Moral gegen den Hunger, und das schwache Königshaus schützte ihn, so gut es ging.

Doch die Moral war es, die Eve immer wieder an die Themse getrieben hatte. Den Blick auf das vorbeifließende Wasser gerichtet, hatte sie sich eingeredet, dass auch ihre Schuld einfach so wegfließen würde.

Ein Trugschluss, denn irgendwann war sie ja genau deswegen geflohen.

„Wo sind wir?“, fragte Tariq, der neben ihr schwebte.

„London, meine Heimat“, antwortete sie.

„Ein kalter Ort. Ein ungemütlicher Ort“, stellte er fest.

„Und doch meine Heimat“, verteidigte sie sich.

Er nickte.

„Es ist schon merkwürdig. Auch wenn die Heimat einem nicht guttut, will man trotzdem zu ihr zurück.“

„Wie meinst du das?"

„Ich hätte Ægypten hinter mir lassen können. Vater hätte mir ein sorgenfreies Leben irgendwo in Afrika oder Europa finanziert. Doch ich wollte nicht. Ich wollte in diesem verfluchten Land meiner Vorfahren sein und es besser machen."

Eve musterte Horus nachdenklich. Sie verstand ihn.

Nein, nicht alles, nicht die Rücksichtslosigkeit, mit der er gehandelt hatte. Er hatte seinen Vater getötet und vielleicht auch seinen Onkel, nur um an die Macht zu kommen. So weit wäre sie nie gegangen. Im Gegenteil, sie *war* geflohen.

Eve schloss kurz die Augen und holte sich ein Bild ins Gedächtnis.

Dann richtete sie ihren Blick auf den Fluss und ließ den Palast entstehen. Den Somerset Palace, direkt am Ufer der Themse, das Heim der Familie Sachsen-Coburg-Gotha.

Eve wusste nicht mehr genau, wie es dazu gekommen war, dass die ænglische Königsfamilie keinen eigenen Palast hatte. Schon seit Jahrhunderten residierten sie in dem großen Gebäude, das dem Namen nach wohl einst einem Duke of Somerset gehört haben musste.

Aber die ænglische Krone war schwach. Wahrscheinlich musste sie nehmen, was sie kriegen konnte. Selbst wenn der Palast in Sichtweite des Parlamentsgebäudes lag und sie immer daran erinnert wurden, wie schwach sie waren.

„Was tust du da?"

Natürlich war Tariq nicht entgangen, dass sie begann, die Welt zu verändern, natürlich war er misstrauisch.

„Der Palast meiner Königin", erklärte sie kurz und hoffte, sein Interesse zu wecken.

Sie hatte den richtigen Nerv getroffen. Tariq folgte ihr hinab ans Ufer der Themse. Gemeinsam schauten sie hinauf zum hellen Gebäude. Seine Größe war durchaus beeindruckend, aber es erzeugte nicht die Ehrfurcht alter ægyptischer Gebäude.

„Hier leben die Anführer deines Volkes? Das ist ein wenig enttäuschend“, stellte er fest.

„Es war ein schwieriges Leben für unsere Vorfahren“, versuchte Eve, zu erklären und seine Aufmerksamkeit zu binden. „Unsere Insel ist halb von Eis bedeckt. Das Land ist zu kalt, um viel Ackerbau zu betreiben. Jahrhundertelang haben wir vor allem vom Fischfang gelebt.“

Langsam betrat sie das Haus. Als sie über die Schwelle traten, flammten die Kerzenleuchter auf. So hell, dass sie kurz die Augen schließen musste.

„Was war das?“, fragte Tariq alarmiert,

„Es war mein Fehler, verzeih. Ich bin nicht geübt darin, solche Gebäude zu erschaffen.“

Tariq schaute sich misstrauisch um, dann ging er weiter.

„Wo ist der Thron?“, fragte er.

Eve schloss kurz die Augen und ließ einen Diener erscheinen. Eigentlich passte er nicht hierher. Die Beefeater in ihren schwarzen Uniformen mit dem verschlungenen, roten Wappen der Königin auf der Brust, waren eigentlich die Kerkerwächter des Towers. Aber da Eve noch nicht das Vergnügen gehabt hatte, den Palast von innen zu sehen, kannte sie auch die Uniformen der Diener hier drinnen nicht. Die Beefeater mussten reichen. Tariq wusste ohnehin nicht, wie die echten aussahen.

Der Diener verneigte sich und ging dann voran.

Langsam, während er hin und wieder stehen blieb, um die Aufmerksamkeit seiner beiden Gäste auf Gemälde, Skulpturen oder andere spannende Dinge zu lenken.

„Warum schwitzt du?“, fragte Tariq bei einer solchen Pause.

Eve wischte sich den Schweiß von der Stirn.

„Ich weiß es auch nicht. Vielleicht bin ich die ægyptische Wärme nicht gewöhnt. Ich kämpfe schon seit meiner Ankunft hier immer wieder mit Schwächeanfällen.“

Sie hasste es, die schwache Frau zu spielen, aber momentan fiel ihr keine bessere Erklärung ein.

Es funktionierte. Tariq ging weiter und ließ sich vom Beefeater ein Gemälde erklären, auf dem die spanische Armada einst die unterlegene ænglische Flotte versenkt hatte. Kurz saß der spanische König auf dem ænglischen Thron, bevor er feststellte, dass ihn das kalte Land nicht interessierte und er es als vorübergehende Kolonie weitgehend sich selbst überließ.

Tariq kommentierte das eine oder andere. Immer aus dem Blick des allwissenden, erfolgreichen Politikers, der alles besser wusste.

Das Gespräch mit ihm wurde zunehmend anstrengender.

Denn schließlich musste sie das Gespräch durch den Mund des Dieners führen. Sie hatte nicht gelernt, wie man echte Figuren in eine Welt einbaute. Alles, was sie bislang in anderen Welten erlebt hatte, waren kaum mehr als Marionetten.

Schließlich führte der Weg sie doch in den Thronsaal. Eve hatte dafür gesorgt, dass es ein großer, aber fensterloser Raum war. Tariq ging langsam, aber zielgerichtet auf den Thron zu.

Und setzte sich darauf. Eve musste schlucken. Kein Ængländer hätte es gewagt, das zu tun. Aber was sollte es? Sie waren nicht in der realen Welt. Und wenn dieser kleine Frevel gegenüber der ænglischen Krone half, Tariq zu besiegen, dann nahm sie es hin.

„Wo ist die Krone?“, fragte er.

Der Beefeater verneigte sich, dann öffnete er die Tür gegenüber des Throns. Dahinter kam ein kleiner Raum zum Vorschein, in dem auf einem mit purpurnem Samt gefütterten Podest die königlichen Insignien lagen.

„Ihre Majestät darf die Insignien allerdings nicht tragen“, erklärte der Beefeater.

„Warum nicht?“

„Das Parlament hat vor einige Zeit gegenüber dem Königshaus durchgesetzt, dass es sich an gewisse Regeln zu halten hat. Eine davon ist, dass die Krone nicht getragen werden darf.“

Tariq lachte lange und laut.

„Deine Königin ist schwach. Wie kann sie sich Königin nennen, wenn sie nicht einmal ihre Krone tragen darf?"

Der Prinz erhob sich und ging langsam auf die Insignien zu. Den Beefeater, den Eve im Weg hatte stehen lassen, schob er zur Seite.

Er drehte eine Runde um den Podest, betrachtete die Krone von allen Seiten. Dann nahm er sie, wog sie in der Hand.

Und dann setzte er sie sich auf.

Kapitel 78

Tariq riss sich den Helm vom Kopf und sprang von der Maschine.

Was war geschehen?

Hatte er nicht eben noch eine Krone getragen?

Welche Bosheit hatte sich die Ænglånderin ausgedacht?

Hinter der Maschine hockte Eve Bailiff und schaute ihn mit angsterfüllten Augen an. Ihr friesischer Begleiter erhob sich ächzend und wankte auf ihn zu.

Tariq schaute sich um, sie waren noch immer in der Höhle unter dem Allerheiligsten von Heliopolis. Der Friese kam auf ihn zu, in der Hand eine Waffe.

Tariq erkannte sie nicht genau, aber er sprang nach vorn. Der Friese drückte ab, der Schuss hallte durch die Höhle. Einen Wimpernschlag später warf Tariq Hauke um. Ächzend lag der Mann unter ihm. Tariq schlug zu.

Wieder und wieder.

Der Friese wimmerte. Ein Frauenschrei unterbrach ihn.

Die Ænglånderin kam hinter der Maschine vorgekrochen.

„Lass ihn leben, ich tue auch alles …“, heulte sie.

Tariq grinste. Einen Moment lang dachte er darüber nach, die Situation zu nutzen. Aber nein, noch immer fand er die blasse Frau aus dem Norden nicht attraktiv genug.

„Du wirst alles tun“, stellte er leise fest.

Dann griff er nach einem kindskopfgroßen Felsbrocken und schlug Hauke den Schädel ein.

Eve heulte auf, kroch auf ihn zu, schlug mit bloßen Händen auf ihn ein, versuchte ihn zu kratzen.

„Ja, tob dich aus, mein Kätzchen.“

Dann griff er sie bei den Armen und zog sie hoch. Sie war überraschend schwach. So, als habe der Tod ihres Bruders auch ihre Lebensgeister erlöschen lassen.

Ohne viel Gewalt zwang er sie in die Maschine, schnallte sie fest und setzte ihr den Helm auf. Dann schaltete er die Maschine ein.

Während die Maschine lief, suchte er den Boden nach der Schusswaffe ab.

Gerade rechtzeitig lud er nach, denn von der Treppe waren eilige Schritte zu hören.

Tariq blieb stehen, die Waffe im Anschlag.

Ein Soldat kam schwer atmend aus dem Dunkel.

„Wir haben alle Flüchtigen gefasst, Herr.“

„Und das Luftschiff?“

„Das wurde abgeschossen. Alle Insassen sind tot.“

Tariq senkte die Waffe. Ja, sosollte es sein. Er schaute durch das Loch in der Decke hinauf zur Sonne.

Seine Gegner waren vernichtet, nun konnte er anfangen, zu regieren. Nun würde er Horus sein und die Welt besser machen, als Osiris es je vermocht hatte!

Er ging zurück zur Maschine, betrachtete, wie der Kristall, in den der Geist der Ængländerin transportiert wurde, sich langsam trübte.

Als die Maschine das Signal gab, dass die Übertragung erfolgreich gewesen war, schaltete er sie ab. Er nahm den Kristall aus der Halterung, legte ihn dann ihn den gepolsterten Behälter, in dem er auch die anderen Kristalle transportiert hatte.

Nun war sie sein, nun brauchte er ihren blassen Körper nicht mehr.

„Dein Dolch“, sagte er zu dem Polizisten, der noch immer wartete.

Ohne zu zögern drückte der Mann ihm die gewünschte Waffe in die Hand.

Tariq schaute hinunter auf die schlafende Frau. Er setzte den Dolch an und zog ihn dann quer über ihren Hals. Der Körper bäumte sich auf, während Blut aus der Wunde quoll. Mit weit hervortretenden Augen versuchte die Frau, sich zu befreien. Doch schnell ließ ihre Kraft nach. Das Blut schäumte weiter aus der Wunde, während ihr Blick ihn suchte.

Tariq wich dem Blick nicht aus. Er ging näher, blickte ihr in die Augen, sah, wie sie brachen.

Eve Bailiff war tot und doch für immer in seinem Besitz lebendig.

Er ließ den Dolch auf ihren blutigen Oberkörper fallen.

Dann ging er die Stufen hinauf.

Hinauf in seine Welt.

Kapitel 79

Puh, sein Schädel dröhnte. Hatte er gesoffen?

Hauke hielt sich die Hand an den Kopf. Das Pochen ließ ein wenig nach.

Autsch, da war eine riesige Beule. Also wohl doch kein Besäufnis, eher eine Prügelei.

Er öffnete die Augen und fand sich in einer Höhle wieder, durch ein Loch in der Decke schien die Sonne herein.

Heliopolis, Eve, Tariq.

Hauke versuchte, auf die Beine zu kommen, klappte aber stöhnend wieder zusammen. Alles drehte sich, sein Kopf tat weh, und der linke Arm fühlte sich an als sei er herausgerissen worden.

Ein Blick nach links ließ ihn erstarren. Sein linker Arm fehlte. Er spürte wie er schwankte, spürte plötzlich den Schmerz ganz real.

Sein Mund war trocken.

Er spürte, wie ihm schwindelig wurde.

Wach bleiben, rief er sich zu.

Wach bleiben.

Wenn man einschlief, wachte man womöglich nicht wieder auf.

Er biss die Zähne zusammen, ballte die rechte Faust, spannte die Bauchmuskeln an. Immer wieder. Langsam spürte er, wie sich sein Körper wieder stabilisierte. Die Welt drehte sich langsamer, und irgendwann blieb sie stehen.

Ein paar Schritte vor ihm stand die vermaledeite Maschine. Jemand hing darüber. Hauke brauchte in dem Licht einen Moment, um Genaueres zu erkennen.

Das war doch Tariq, der dort in einer seltsamen Pose über der Maschine lag. Und unter ihm war noch ein Körper zu sehen. Eve!

Hauke hievte sich hoch, hielt sich mit der Rechten am felsigen Gestein fest.

Jetzt konnte er mehr sehen. Eve lag angeschnallt auf der Maschine, der Helm saß noch auf ihrem Kopf. Und Tariq lag mit dem Oberkörper halb auf ihr, während seine Beine an der Seite herunterhingen. Es sah aus, als hätte er neben der Maschine gestanden und wäre dann im Stehen eingeschlafen.

Hauke humpelte hinüber zur Maschine. Mit Mühe konnte er sich mit einer Hand festhalten. Dann schloss er die Augen, wartete einen Moment. Als er wieder Gewalt über seinen Körper hatte, schob er den bewusstlosen Tariq von seiner Schwester. Einen Moment lang blieb der Körper hängen. Eves linke Hand hatte sich um den Arm des Æygpters geklammert. Hauke löste den Griff, Tariqs Körper fiel endgültig.

In dem Moment schlug Eve mit einem Schrei die Augen auf.

Hauke wich zurück, wäre beinahe hingefallen.

„Du lebst“, rief sie.

Er nickte schwankend.

„Ich bin so froh, beinahe hätte ich es nicht geschafft!“

Hauke blieb stehen. War das wirklich seine Schwester? Die beiden Körper waren mit der Maschine verbunden gewesen. Vielleicht hatte der Vatermörder es irgendwie in den Körper seiner Schwester geschafft?

„Mach mich los, Hauke“, bat sie.

Er zögerte. Wie sollte er herausfinden, ob sie Eve war? In seinem Zustand konnte Tariq ihn selbst im Körper seiner Schwester überwältigen oder gar töten.

„Was ist los?“, fragte sie.

„Bist du wirklich Eve?“

Seine Schwester schaute ihn stumm an.

„Du hast Angst, dass ich nicht ich selbst bin?“

Er nickte.

„Aber wie soll ich es dir beweisen?“

Hauke schüttelte den Kopf. Er hatte keine Ahnung. Noch immer hatte sein Gedächtnis große Lücken. Zudem konnte Tariq Zugriff auf Eves Erinnerungen haben.

„Du kannst es mir nicht beweisen“, stellte er fest.

Eine Zeitlang schauten sich beide stumm an.

„Dann musst du mir vertrauen. Ich weiß, dass ich dein Vertrauen schon missbraucht habe.“

Hauke strauchelte.

Vertrauen war etwas, was seine Schwester sehr auf die Probe gestellt hatte. Sie hatte seinen Geist, seine Seele, sein Selbst in einen fremden Körper gesteckt, hatte sein Gedächtnis beschränkt, sodass er sich an kaum etwas erinnern konnte. Sie hatte ihn zu einem anderen Menschen gemacht, zu einem, der ihr auch noch diente. Das alles schrie nicht gerade nach *„Vertrau mir“*.

Hauke kniff die Augen zusammen. Sein Kopf schmerzte. Wahrscheinlich vom Schlag, den er abbekommen hatte. An den er sich auch nicht mehr erinnerte.

War das alles überhaupt echt? Oder war er in einer dieser merkwürdigen Kopfwelten? Wie konnte er es feststellen? Sich kneifen? Sich wünschen, aufzuwachen?

Seine Beine versagten ihm den Dienst. Er hielt seinen Oberkörper mühsam aufrecht.

Er war in einer beschissenen Situation. Ganz dumpf erinnerte er sich an ein Gespräch mit seiner Schwester. Es musste zwanzig oder mehr Jahre her sein. Er war gerade so erwachsen, sie stand kurz davor. Aber schon damals war sie die bei weitem Klügere.

Sie hatte ihn gefragt, woher er wüsste, dass er nicht träumen würde, ihr Bruder zu sein. Anfangs hatte er gelacht, später war er verstummt. Denn alles was er vorbrachte, konnte sie entkräften.

Am Ende war er sich nicht mehr sicher, ob er träumte oder nicht. Eve hatte gegrinst und ihn mit dem Gedanken allein gelassen. Er wusste nicht, ob sie ihm später eine bessere Antwort gegeben hatte oder ob ihm womöglich selbst eine eingefallen war.

Aber vermutlich tat das alles nichts zur Sache. Denn in diesem Moment wusste er, was die Antwort auf ihre Frage war. Oder besser: was seine Antwort auf die Frage war.

Es war egal; ob er träumte oder nicht, dies war seine Realität, und er tat darin, was ihm für diese Realität am besten schien.

Mühsam richtete er sich auf. Seine Entscheidung gab ihm neue Kraft.

„Hauke?“

Seine Schwester war offensichtlich unsicher, was sein Zusammenbruch zu bedeuten hatte.

Als er endlich vor der Maschine stand und sich zitternd mit der Rechten daran festhielt, schaute er ihr in die Augen.

Sie hatte Angst. So wie früher, als ihr großer Bruder sie vor jemandem beschützen musste, dem sie unangenehme Wahrheiten gesagt hatte.

Ob Tariqs Seele in ihrem Körper die gleiche Angst in den Augen haben könnte?

„Ist Hauke mein richtiger Name?“, fragte er sie.

Seit er wusste, dass sie in seinem Kopf herumgespielt hatte, verstand er, woher seine Gedächtnislücken kamen. Die Lücken konnte er sogar akzeptieren, doch er wurde das Gefühl nicht los, dass sein Name nicht stimmte.

Sie schüttelte den Kopf, senkte die Augen.

Er wartete.

„Du heißt Hugo, Hugo Bailiff."

Hauke schloss die Augen. *Hugo.* Nein, der Name löste nichts in ihm aus.

„Warum hast du mich dann Hauke genannt?" Er öffnete die Augen und beobachtete das Gesicht seiner Schwester.

„Wir haben ein Wörterbuch für Namen im Labor. Der Professor gibt seinen Werken gern einen passenden Namen. Da ich wusste, dass dein Körper wahrscheinlich einem Friesen gehört, habe ich deinen Namen ins Norddeutsche übersetzt. Beide Namen gehen auf ein altes Wort zurück, dass *Verstand* bedeutet."

Er hob die Brauen, dann lachte er laut los. Ja, das war der Humor seiner Schwester, daran erinnerte er sich. Sie lächelte ihn an.

„Was immer auch in meinem Kopf ist, als Verstand würde ich es nicht bezeichnen."

Eve schüttelte den Kopf. „Tröste dich, Bruder. Verstand hattest du auch vorher nicht viel."

Hauke grinste. Dann lehnte er sich mit der Hüfte gegen die Maschine und begann mühsam, mit einer Hand ihre Fesseln zu lösen.

„Tu mir einen Gefallen, Schwesterchen, bleib bei Hauke. Hugo klingt …"

„Abgemacht."

Nachdem ihre rechte Hand frei war, schaffte sie den Rest allein.

Der Friese blieb weiter an die Maschine gelehnt stehen.

„Was ist geschehen? Wieso ist der Kerl ohnmächtig?", fragte er leise.

„Ich habe ihn ausgetrickst", erklärte sie und ein Lächeln huschte über ihr Gesicht. Ja, das war seine Schwester. Niemand lächelte so.

„Und wie?“

„Ich habe ihm eine Welt in einer Welt vorgegaukelt.“

„Das verstehe ich nicht.“

„Ich habe so getan, als würden wir beide aufwachen und uns hier in dieser Höhle befinden. Doch es war nur Schein. Wir befanden uns noch immer nur in meinem Kopf, genauer in dem schwarzen Bernstein, der diese Maschine erst möglich macht.“

„Und dann?“

„Dann habe ich ihm freie Hand gelassen. Und natürlich tat er das, was ich erwartet hatte. Er tötete dich und dann mich.“

„Und damit warst du frei?“

„Genau.“

Hauke begann, zu lachen.

„Er ist also in dieser Maschine, denkt, er sei in der echten Welt und hätte uns beide getötet?“

Er lachte weiter. Laut. Eve stimmte mit ein.

„Ja, das denkt er.“

Dann schaltete sie die Maschine ab, öffnete eine Abdeckung und nahm einen schwarzen Bernstein heraus.

„Was tust du?“, fragte er.

Anstatt zu antworten, legte sie den schwarzen Kristall auf den Boden, griff nach einem Stein und zerschmetterte den Bernstein.

Dann erhob sie sich und umarmte Hauke.

Kapitel 80

Tindwerch kaute auf einer Honigwabe herum. Er liebte ægyptische Honigwaben und bedauerte schon jetzt, dass er das Land wohl für immer verlassen musste.

„Was is'n nu passiert? Lasst euch doch nicht alles wie Würmer aus der Nase ziehen."

Borchert lachte.

„Warum lachst'n?", fragte Tindwerch.

Der Reporter schaute sich langsam im Lagerraum der *Heike* um. Tindwerch folgte seinem Blick: Eve Bailiff saß auf einem Ballen Stoff, neben ihr lehnte Hauke Greve an einem Balken. Auf der anderen Seite stand diese merkwürdige Ængländerin und giekte Löcher in die Luft. Und dann war da noch der lütte Jung neben dem Reporter. Den französischen Namen hatte sich Tindwerch nicht merken wollen.

„Ach, wir sind schon eine merkwürdige Truppe und haben Seltsames erlebt", erklärte der Reporter.

„Ja, aber was'n nu? Euer kleiner Freund war ja schlau genuch, mir zu stecken, dass ihr in Gefahr seid. Und da hab ich meine alten Dynamitvorräte geplündert, um zu schauen, ob sie noch funktionieren", zwinkerte der dicke Friese.

„Das ist schwer zu erklären", sagte Eve. Ihr Bruder nickte langsam.

Victoria Battenberg, wie die seltsame Frau aus Ængland wohl hieß, starrte weiterhin Löcher in die Luft.

Einzig der Junge antwortete.

„Ich glaube, Osiris hatte Angst, bei seinen Experimenten in der Maschine steckenzubleiben. Darum hat er einen Brief verfasst, der im Notfall an den einzigen Menschen geschickt wurde, dem er eine Lösung zugetraut hat. Doch dieser Brief gelangte nicht in die Hände dieses Mannes. Stattdessen …"

Er schaute Eve an, die erst überrascht schaute, dann ihren Blick senkte.

„Stattdessen ging einiges durcheinander. Aber lest einfach im nächsten Quartal die GRÜNE FEE. Darin wird alles stehen, was hier so geschehen ist, nicht wahr, Monsieur Borchert?"

Der lächelte.

„Aber ihr dürft auf keinen Fall unsere echten Namen erwähnen", sagte die Battenberg unvermittelt.

„Und auch sonst solltet ihr das eine oder andere Detail weglassen", schlug Eve vor.

Borchert winkte ab.

„Keine Sorge. Wenn ich alles so aufschreiben würde, wie es geschehen ist, würde man mir ohnehin vorwerfen, es sei alles nur ausgedacht."

Er machte eine kurze Pause.

„Nein, ich denke, ich werde das eine oder andere weglassen oder verändern. Und wer weiß, in ein paar Jahren … " Er deutete auf den Jungen neben sich. „Vielleicht wird Jules ja mal Geschichten über Luftschiffe, Unterseeboote oder Raketen zum Mond schreiben."

Tindwerch kicherte los.

„Unterseeboote, so weit kommt's noch. Ihr verrückten Schreiberlinge! Was ihr euch immer so ausdenkt."

Er biss in die Honigwabe, wischte sich den klebrigen gelben Saft vom Kinn.

„Nu aber mal Butter bei die Fische. Wo soll ich euch absetzen?"

Niemand antwortete. Alle schauten nur stumm vor sich hin.

„Ich muss nach Europa", begann Hauke leise.

„Europa is groß, miin Jong. Weißte selber."

„Nach Friesland, nach tu hus."

„Tu hus? Ich dachte du kommst von Ængland?"

„Das erklär ich dir mal in 'ner ruhigen Minute bei 'ner Buddel Rum."

Tindwerch grinste und hob den Daumen. Eine Buddel Rum war immer eine gute Gesprächsgrundlage.

„Und du, Mädel?", fragte er Eve.

Sie schüttelte den Kopf.

„Ich weiß es noch nicht. Man wird mich suchen, ich muss wohl irgendwo untertauchen."

Battenberg meldete sich zu Wort.

„Ich würde vorschlagen, dass ich sie begleite. Ich habe gewisse Erfahrungen damit, wie man Leute findet. Das ist vielleicht hilfreich für jemanden, der nicht gefunden werden will."

Dann starrte sie zu Boden.

„Das würden Sie tun?", fragte Eve Bailiff erstaunt.

Die andere nickte. „Ich denke, ich habe etwas gut zu machen. Außerdem würde ich gern verstehen, was da in meinem Kopf passiert ist."

Bailiff erhob sich und ging zu der anderen Frau hinüber. Es gab eine kurze Umarmung, dann begannen beide, zu tuscheln.

Tindwerch verdrehte die Augen.

„So sind die Frauen. Man fragt sie was, und sie antworten, und hinterher ist man so schlau wie vorher."

Borchert lachte. „Ich würde gern noch eine Weile an Bord bleiben, wenn es recht ist."

„Ich auch", fügte der Junge mit dem unaussprechlichen Namen hinzu.

„Jut“, stimmte Tindwerch zu. „Da Krischan neulich von Bord gegangen ist, kann ich Hilfe gebrauchen. Es gibt jede Woche eine Flasche Rum und dazu ein ordentliches Handgeld, eine enge Koje und jede Menge Abenteuer. Seid ihr dabei?“

„Jawoll, Kapp‘n“, riefen beide wie aus einem Munde.

Tindwerch verzog kurz das Gesicht.

Das Leben war schon ganz gut, so wie es war. Mal trieb es einen hierhin, mal dorthin. Aber überall lernte man interessante Leute kennen. Und wenn das Leben einmal vorüber sein sollte, dann gab es genug Leute, die sich an einen erinnerten und einen weiterleben ließen. Das war auch eine Form von Unsterblichkeit, und man brauchte dafür nicht tonnenweise Steine aufzuschichten.

Dann steckte Tindwerch sich eine neue Honigwabe in den Mund und grinste zufrieden.

Epilog

Osiris war wieder allein in seiner Welt.

Sie war wieder leer, nur ein weites, flaches Land am Ufer des Nils.

Dort setzte er sich, hielt die Hand ins Wasser und spürte das kalte Nass.

Dies war nun seine neue Welt. Es war weder die Unterwelt, die seine Vorfahren sich ausgemalt hatten, noch die Art Paradies, von dem einige Religionen erzählten.

Es konnte eine Hölle sein.

Aber letztlich war es seine Entscheidung, was er daraus machte.

Er konnte Dinge schaffen und zerstören, konnte die Zeit, die ihm geschenkt wurde, genießen.

Eine Ewigkeit lang.

Ende

Nachwort

Einige Personen in diesem Buch basieren lose auf Persönlichkeiten der ägyptischen und europäischen Geschichte.

Natürlich hat jeder schon einmal von *Echnaton* gehört, der es schaffte, für kurze Zeit den Monotheismus in Ägypten zu etablieren und damit wahrscheinlich Einfluss auf das im Entstehen befindliche Christentum hatte. Über seinen Nachfolger *Semenchkare* wissen wir viel weniger, wir wissen nicht einmal sicher, ob es ihn gab.

Thutmosis der III., auch *Djehutimes* genannt, folgte seiner Halbschwester *Hatschepsut* auf den Thron, nachdem diese ihn vertrieben hatte.

Natürlich sind meine Beschreibungen dieser Persönlichkeiten Phantasie. Wie normal oder verrückt jene Pharaonen gewesen sind, ist heute wohl kaum mehr objektiv festzustellen.

Man kann es aber versuchen, indem man forscht, hinterfragt, vielleicht der eigenen Phantasie Raum lässt. So wie zum Beispiel *Erich von Däniken*.

Oder auch wie jener Mann, der mir als Vorlage für den Reporter Borchert diente – *Jean Louis Burckhardt*, ein Schweizer Forscher des ausgehenden 18. Jahrhunderts, der mit ungewöhnlich hohem persönlichen Einsatz Entdeckungen machte, die uns noch heute begeistern. Er war der erste Mensch, der nach langer Zeit den Tempel von Abu Simbel und die Felsenstadt Petra wiederentdeckte. Auch die heiligen Stätten von Mekka dürfte er als einer der ersten Europäer gesehen haben.

Unter mehreren Decknamen und unter ständiger Lebensgefahr war er im Orient unterwegs und starb schließlich in relativ jungen Jahren in Kairo.

Eine inspirierende Persönlichkeit, die die üblichen Pfade der damaligen Zeit verlassen hat und uns Außergewöhnliches hinterlassen hat.

Christian Lange, Juni 2018

Fantástico – Fabuloso – Apocalíptico! So lautet das Motto des fliegenden Zirkus Apocalástico. Rasante Artisten zu Pferde, eine bärtige Dame, ein echtes Mammut, ein Magier, der mit elektrischem Strom zaubert, der junge Roma-Akrobat Ferenç Badi und seine chinesische Partnerin Yue am Trapez können das Publikum in ganz Europa begeistern.

Die Eiszeit des 19. Jahrhunderts verhindert ein Vordringen auf andere Kontinente jenseits der Ozeane – bis maskierte Männer das Zirkusluftschiff kapern, um es in Gefilde zu steuern, die nie ein Europäer zuvor betreten hat. Bereits auf der Überfahrt stellt sich heraus, dass nichts so ist, wie es scheint: Agenten verschiedener Mächte haben im Zirkus ihre Finger im Spiel, und der Name eines schrecklichen Geheimnisses geistert durch die Gänge des Luftschiffs.

Doch am Ziel ihrer Entführer wartet eine faszinierende, fremde, blutrünstige Hochkultur auf die Artisten, und der Rückweg in die Heimat wird ihnen das Äußerste abverlangen …

Der zweite, eigenständige Roman aus der doppelt preisgekrönten Steampunk-Welt von Eis & Dampf entführt in ein faszinierendes Abenteuer und auf einen noch nie auf diese Weise beschriebenen weißen Fleck auf der Landkarte!

Judith & Christian Vogt:
Die verlorene Puppe
400 Seiten, Taschenbuch
ISBN 978-3-86762-275-2

Im 9. Jh. n. Chr. ereignete sich in Island eine Serie von Vulkanausbrüchen, die eine Kaltperiode nach sich zog, die Entdeckung Amerikas verhinderte, durch Stürme auf dem Meer die Navigation mit Schiffen erschwerte und Nordeuropa mit Eis überzog. Europa versank in Territorial- und Religionskriegen.

Dampfkraft, Æronautik und Elektrizität läuteten eine umjubelte Periode des wissenschaftlichen Fortschritts ein. Enormer Rohstoffbedarf auf der einen und erschwerte landwirtschaftliche Bedingungen auf der anderen Seite zementierten die Monarchie, die Konflikte der Adelshäuser und die Armut der Arbeiterklasse.

Mit Beiträgen von Eevie Demirtel, Torsten Exter, Stefan Holzhauer, Ann-Kathrin Karschnick, Mike Krzywik-Gross, Christian Lange, Henning Mützlitz, Marcus Rauchfuß, Stefan Schweikert, Christian Vogt, Judith Vogt und André Wiesler.

Ausgezeichnet mit dem **Deutschen Phantastik Preis 2014** – Bester Anthologie!

Christian Vogt Hrsg.:
Eis und Dampf
304 Seiten, Taschenbuch
ISBN 978-3-86762-200-4